eye

守望者

——

到灯塔去

被埋葬的孩子　山姆·谢泼德剧作集

〔美〕山姆·谢泼德　著

孙冬　译

Sam Shepard

Buried Child
and Two Other Plays

南京大学出版社

BURIED CHILD：Copyright © 1978 by Sam Shepard

CURSE OF THE STARVING CLASS：Copyright © 1978 by Sam Shepard

TRUE WEST：Copyright © 1980 by Sam Shepard

Simplified Chinese Edition Copyright © 2024 by NJUP

江苏省版权局著作权合同登记　图字：10-2020-518 号

图书在版编目（CIP）数据

被埋葬的孩子：山姆·谢泼德剧作集／（美）山
姆·谢泼德著；孙冬译. — 南京：南京大学出版社，
2024.8

书名原文：The Buried Child

ISBN 978-7-305-27314-8

Ⅰ.①被…　Ⅱ.①山…②孙…　Ⅲ.①戏剧文学－剧
本－作品集－美国－现代　Ⅳ.①I712.35

中国国家版本馆 CIP 数据核字（2023）第 182463 号

出版发行　南京大学出版社

社　　址　南京市汉口路 22 号　　　　邮　编　210093

BEI MAIZANG DE HAIZI：SHANMU XIEPODE JUZUOJI

书　　名　被埋葬的孩子：山姆·谢泼德剧作集

著　　者　[美]山姆·谢泼德

译　　者　孙　冬

责任编辑　付　裕

照　　排　南京紫藤制版印务中心

印　　刷　南京爱德印刷有限公司

开　　本　787 mm×550 mm　1/32　印张 10.25　字数 195 千

版　　次　2024 年 8 月第 1 版　2024 年 8 月第 1 次印刷

ISBN　978-7-305-27314-8

定　　价　60.00 元

网　　址：http://www.njupco.com

官方微博：http://weibo.com/njupco

官方微信：njupress

销售咨询：(025)83594756

目　录

导　言

歌颂带电的物体

孙　冬

　　美国当代剧作家山姆·谢泼德于2017年去世，这位二十世纪晚期的"文化偶像"结束了传奇的一生。谢泼德二十一岁时处女作搬上舞台，二十二岁被《纽约时报》称为外外百老汇的天才。一生中获得了包括普利策奖在内的大大小小的奖项，成为继尤金·奥尼尔和阿瑟·米勒之后最重要的当代剧作家之一。除了创作了五十五部戏剧，他还为电影、电视编剧，出版了两部小说、多部短篇小说集和散文集，出演了五十多部电影，曾获得奥斯卡最佳男配角提名。此外，谢泼德还是一名摇滚乐手，曾组建自己的乐队并和鲍勃·迪伦一同创作。

　　《饥饿阶级的诅咒》（*Curse of the Starving Class*）、《被埋葬的孩子》（*Buried Child*）和《真正的西部》（*True West*）这三部剧是谢泼德的"家庭三部曲"，标志着谢泼德的创作从早期激进的先锋姿态转向更贴近现实主义的主题和表现手法。这个转向给谢泼德带来了更大的成功。1979年，谢泼德就是凭借《被埋葬的孩子》获得了普利策奖。但是，现实主义在谢泼德戏剧中从来都不意味着如实描摹，而是以一种狂暴的奇幻方式所呈现的充满断裂、非理性、悖论和相互抵消的现实。它们如诗般将美国戏剧的现实主义传统与表现主义、超现实主义、后现代主义和神秘主义元素糅合在一起。这使得谢泼德的舞台现实逃脱因果，逸出人的经验。它们虽然不像其早期作品那样完全抗拒阐释，但是也无法化约为一致和整体性的解读，不过，这也是谢泼德的魅力所在。这三部剧在当代舞台上不断重演、经久不衰也证明了它们在美国戏剧史中的地位。

"家庭三部曲"的核心议题可以概括为破碎的家庭、消失的西部、秘密和背叛、男性气质、流行文化和资本主义等。人物之间的关系限于父母、子女、兄弟。家庭冲突中的丑闻、尔虞我诈、背叛、暴力对于现当代戏剧舞台来说并不陌生，这些母题我们都可以在奥尼尔、阿瑟·米勒、田纳西·威廉斯、莉莲·海尔曼等其他现代剧作家的作品中一一找到，但是谢泼德笔下的家庭更加诡异和暗黑，而最直观地呈现"美国恐怖家庭故事"的是谢泼德戏剧中的物体，包括家用电器、家具物件及动物。事件的发生通常因物而起，而非叙事的必然发展。尼尔·麦格雷戈的《大英博物馆世界简史》使用了大英博物馆藏品中与古代艺术、工业、技术和武器等相关的一百件物品来介绍人类历史，也许我们也可以通过舞台上的物体来破解谢泼德。

在谢泼德的戏剧中，物体并不是简单的道具，也不单单是象征和隐喻。它们超越了符号的意指功能，作为自身在场。卸载了固定意义的同时，它们也负载了情感的电荷。它们恣意地劈开再现的表面，凿出错裂和断层，在潜意识层面打动读者。可以说，是这些物体提供了一种感情逻辑，将支离破碎的戏剧黏合在一起，给早已分崩离析的家庭提供一个还能够共同栖居的理由。这些物体介于客体和主体之间，意义含混和流动。它们脱离了表征的叙事，却构成了舞台场景（mise-en-scene）的中心。

门

　　在现实主义戏剧中，门通常与舞台上的背景浑然一体，观众的视点追踪人物的进出，但从未在门上停留。然而，在《饥饿阶级的诅咒》中，门是情节发展的主要线索，它先是被暴力砸碎，成为一堆碎木板。之后，人物的一系列活动和对话都围绕着门来展开。墙和门的功能是划定一个空间，维持一个家庭内部的完整性和私密性。在墙和门之内，人享有自由、领土权和自治权。在《饥饿阶级的诅咒》中，韦斯利一直坚持做的一件事就是把父亲砸个稀巴烂的门修好，其初衷就是要维护这个微型国家的主权完整。然而，在他修好之后，其他人却视而不见或者干脆否定那是一扇门。没有门，就不存在一个固定的居住空间，没有固定的居住空间，就不存在牢不可破的家庭。居住空间的形态是家庭的必要前提。这就是在剧中，每个人都在家里感到被殖民和被侵略的原因。同样，《被埋葬的孩子》中残缺的楼梯也在勾勒一个破碎的家庭空间。当家成为"非家"，人也会成为"非人"。《饥饿阶级的诅咒》中的羊和羊圈出现在厨房里，抹杀了内部和外部的界限，也否定了门的必要性和隔绝功能。第一幕中，韦斯利在大段的呓语中叙述他如何躺在床上看到外面发生的一切，这也在表明墙和门其实已经有名无实。家破，国也自然不国，成为"非国家"。谢泼德通过人物之口表达了一种无处不在的恐惧：资本正像僵尸一样入侵，大有吞噬一切的势头。大批开发商和像泰勒一样的投机者正在蚕食南加州的乡村，低价收购，高价卖出，把原本宁静的乡村建成超级都市的住宅区和后花园。在《真正的西部》中，李和奥斯汀这一对兄弟形成了里和外的对应关系。一个居家男人，一个流浪汉；一个守法公民，一个法外之徒；一个职业编剧，一个电影的门外汉。在最后的决斗场景里，两个人定格于你死我活的决斗姿态，一个在门里，一个在门外。

侵入的主题也体现在食物和疾病之上。韦斯顿给家人带来了洋蓟，又名朝鲜蓟，一种不知如何烹调，且散发异味的外来物种。同样，疫病是外来细菌或者病毒对身体内部的感染。当身体之门被攻陷，蛆虫侵入羊的内脏，人又何尝不是被占领的地带？说到底，我们都是皮肤之下的陌生人。谢泼德本人就曾多次声称自己感觉是一个"冒名顶替者"。

外来物质对人的改装和异化在谢泼德的戏剧中直观地体现在人物的外貌上。现代科技对人的异化使得人人都早已是赛博格，比如《被埋葬的孩子》中装有假肢的布拉德利，《真正的西部》中去墨西哥配假牙的父亲，《地狱之神》（*The God of Hell*）中因受到钚辐射而基因变异的海恩斯，《无心》（*Heartless*）中移植的心脏，《响尾蛇行动》（*Operation Sidewinder*）中的机器蛇。这些义肢和假体既是毁灭性的，又往往是赋能的。布拉德利的假肢可以让他产生具有超能力的幻觉。被拿走了假肢的布拉德利立马从一个恶棍缩成一个婴儿。而机器蛇也因具有超常的力量而被各种政治力量抢夺。

冰　箱

在谢泼德的戏剧中，厨房是一个元空间。一切活动——家政、商业、政治和创作都围绕着厨房进行。厨房与房子的其他空间之间没有明显的隔断。一切空间都可以用作厨房，厨房也可以转化为其他空间。除了"家庭三部曲"，《震惊》（*States of Shock*）、《世界如茵》［*When the World Was Green（A chef's Fable*）］等剧中皆是如此。厨房里的橱柜、冰箱、操作台、烤箱、煎锅、水槽等构成了舞台上的主要景观。因此，在谢泼德的戏剧中，厨房不是僵化的和单一功能的场所，而是具有变化的潜能和活跃的力量的空间。

冰箱在戏剧、影视中常被塑造成神秘之物。在剧作家卢卡斯·拜茨的《冰箱》里，它是一个"上载"生命的装置。在电影

《捉鬼队》中，冰箱是魔鬼的出租房。总之，冰箱似乎是一个出入其他维度空间的门户。在《饥饿阶级的诅咒》中，冰箱不行使存储功能，而行使门的功能。如韦斯顿所言："好像它的存在就是让人打开又合上。"在《论家用电器》中，汪民安把冰箱称为一个住宅，其实它是一个住宅里的住宅，或者像镜像里映照着住宅的一个住宅。在剧中，两个住宅的共性是它们都有一扇被践踏的门；它们都有名无实。冰箱里的空间是一片虚空，一个本该是食物的居所的空间，却成为吞食食物的无底洞。通过镜子，冰箱成为吸食与抽干房子和人的通道：亲密关系、信任、信仰、梦想、土地、西部和牛仔，以及美国赖以成为美国的乡村生活、传统和价值观。剧中，人物生活的南加州乡村，从最富庶的地区成为匍匐在日益扩张的洛杉矶周边的郊区。家里所有人都在不停地打开冰箱寻找不存在的东西：对母亲来说，那是欧洲和中产阶级生活方式；对父亲来说，是土地和男性气质；对艾玛来说，是被流行文化所渲染的墨西哥；而韦斯利则想要一个正常运转的家、一个自己可以掌控的命运。对每个人来说，冰箱还是其他人的爱。因此，在剧中，人们对食物存在着从具象的需要到非具象的欲望的转变。欲望发出的"我要"并没有具体的对象，这要求是一个无，因为它的对象是一个不在场的在场。舞台上的人对食物的需要已经为无止境的欲望所顶替。欲望因而超越了一切具体对象，具有了无限的否定性。

沙　发

　　沙发是一个隐居室，是阻挡世界的隔栅，在沙发上，人完全可以摆烂、各种花样躺。沙发也是一个禁闭室，夫妻二人吵架，有一方大概率要去睡沙发。《被埋葬的孩子》中，沙发除具有以上所有功能，还是非法物质储藏室（藏酒）、铁王座和子宫。

　　作为家中的男性首领，道奇把象征社会权力的沙发（铁王座）当作最后的避难所。他宁可终日面对被鲍德里亚称为单向度交流的电视，也不愿意和妻子发生实质性的对话，以此维护等级和男性尊严。尽管身体朽败，但道奇依然在嘴上略胜一筹。《被埋葬的孩子》的结尾，沙发取代了谢泼德早期戏剧如《牛仔》（Cowboys）中的浴缸，成为子宫的意象。在这个沙发子宫里，道奇"生下"了文斯，家族的血脉、男性的毒素、文化遗传都延续到文斯身上。戏剧以道奇躺在沙发上开始，以文斯躺在沙发上结束。当然，谢泼德在这里也是借用了印第安和凯尔特等民族的"玉米王"神话仪式：人们选出一个人做玉米王，到了春天播种的时候，把他杀死作为祭祀品，让新的玉米王就位，以求得风调雨顺、五谷丰登。因此，抢占沙发也象征着文斯取代道奇成为家族的新首领。

烤面包机

烤面包机是可有可无的家用电器。可往往最没用的小家电才最能制造家和中间阶级的幻觉。奥斯汀在从周围住户那里偷了好多烤面包机之后，开始审视这些电器并取笑邻居们——没有了烤面包机，他们甚至不知道怎么吃早餐。机器塑造了人的身体和生活仪式，就像没有了手机，人们无所适从一样。个人和家庭，在某种意义上，是机器塑造的效应。

《真正的西部》中，烤面包机成为一个舞台焦点，不仅在于它们是偷来的，也在于它们的密集排列和异常生产。二十到三十个烤面包机排成一排，并同时吐出面包片，本就是舞台一大景观，更不用提二十片吐司发出的香味给观众的感官带来的震撼。在一个关乎真实和幻觉的讨论中，烤面包的香味是唯一真实的，在场观众都能闻到，比李的西部故事更加原汁原味。德勒兹的断言——"感知（perception）是直接的，它比物体在语言中的表征更能抵达物体本身"在本剧中得到了直观的体现。每个观众的位置、饥饿程度影响着他对舞台上面包味道的感知，这是语言无论如何也说不清楚的。不管李和奥斯汀最后如何收场，关于真实和虚构的讨论都必然无解，就像笛卡尔问的问题一样，我如何确定此刻是真实还是虚构，我在过去经历过和我在此地写作都不能确定，而也许我在此地烤面包却可以锚定真实。

活体动物和人的器官

一只活羊被放在舞台上，随后又被宰杀，虽然宰杀并不在现场进行，但舞台上到处是鲜血。这是一个冒险的策略。在剧场里，剧组一般不使用活体动物，是因为存在安全隐患和不可控性。好像这还不够刺激，谢泼德又在《饥饿阶级的诅咒》中让演员站上桌子朝一张纸撒尿。而纸的下方则是睁大眼睛、不知如何反应的观众。在另一部戏剧《无心》中，女演员在舞台上赤裸着上身，露出胸前的伤疤。在《震惊》中，舞台的一侧在打人，另一侧在手淫，两边在同一时间达到高潮。直面被屠杀的动物、裸露的生殖器、肉体创伤和性爱场面会引起极端的生理不适。长久以来，戏剧舞台上动物和人的生理是隐形与隐喻的，观众的感觉也安放在安全地带。而目睹活体动物的死亡和裸露的生殖器使得人的感觉向外、向未知的现象世界和物自体延伸。由此产生的生理不适感是生理、心理和文化的综合反应。而这种不适感正是我们感觉倾注的结果。我们也许不知道活体动物和裸露的性器官是否满足了观众的窥私癖，但有一点可以肯定，杀戮和人的器官是不可化约的、纯粹的在场，全然抓住了观众的注意力。观众看到的不仅是作为戏剧拟像和象征符号的羊与生殖器，更是一个真实的、不可思考之物，一个物自体。物因而成为戏剧舞台上的"人物"。而这一点则通过人和物之间的对话得到证实。在《饥饿阶级的诅咒》中，演员们不断和羊说话，和冰箱说话，和洋蓟说话。物体处于客体和主体之间。但人与人对话时却言不由衷，词不达意，常常不在一个频道上。因而，人类中心的情感叙事转向人和物之间的叙事。

在这三部戏剧中，无法化约的活物还包括那些无缘无故生长的玉米。剧中人都矢口否认近年种过玉米。但是蒂尔登不顾他人反对，不停抱上来大量的玉米棒。如果说烤面包机是违反了数量原则，玉米则直接违背了科学和植物学常识。这些没人种、本该不存在的玉米就像没有指涉的符号，所指和能指之间的关系是任意的，每个人的心中所指也是不同的。物体作为表意链条的破坏者，与人的关系必然发生变化。它们往往和人之间有一种超现实的、非理性的联系。比如，剥玉米对雪莉来说，是处理分离焦虑的活动，类似弗洛伊德的线团游戏；对家族里其他人来说，是埋在地下的秘密。在剧的结尾处，蒂尔登怀里的玉米变成了死婴。这一符号的对等——玉米＝婴儿，足以让观众惊恐。舞台上剥皮、去穗和脱粒的工作与杀婴在感觉上统合在一起。虽然一个是出地死，一个是入地亡，但时间、空间、原子、有机和无机的属性都在这一过程中发生了裂变。在道奇濒死之际，儿子布拉德利把玉米衣撒在他的身上，这个情节来自玉米王的仪式。包裹着玉米尸体的衣服被扒下来穿到了道奇身上，这个场景中，玉米的能指指向死亡。戏剧的符号和场景也在游戏中成为滑动的能指，舞台也因此成为充满变化、波动和生成的空间。

结　语

在舞台上，物体不以它的某种初始和最终状态而命名，而是以物质的一次旅程、一次遭遇而命名，其目的是让观众感知物体遭遇的全部过程。在这三部剧中，门和打字机被砸碎，门被修补，冰箱打开、关上，剃刀剃头，玉米脱粒，面包烤熟。这些戏剧事件展开的时间和舞台时间同步。也就是说，观众目睹了事件发生的过程；目睹物体从一个形态到另一种形态的变化。这期间需要演员的体力投入，需要电力，需要对建筑材料和食材进行加工，需要对空间和时间的持续占有。这个过程也可以说是"物在行动"。它们的发生并不遵循逻辑和理性原则，反而违反了日常空间的规则，拒绝被纳入表征和意义的系统。无法解释为什么要让几十个烤面包机同时工作，也说不清为什么布拉德利要偷偷摸摸地给熟睡的道奇剃头，也不清楚为什么雪莉要在一堆陌生人中间剥玉米。这些行为并不完全服务于故事，而是更像插入的一个游戏、运动、偶发境遇或抗议。它们诉诸人的感官，让观众的视觉、听觉、味觉都参与进来，成为舞台的一部分。毕竟，有什么比与舞台共时和共感更能体现在场的？而戏剧（play）也回归集体游戏（play）的意义。在"家庭三部曲"之外,《地狱之神》中的煎培根,以及《已故的亨利·摩斯》(*The Late Henry Moss*)中的煮汤,也都是在舞台时间和空间里进行的烹饪。食物烹饪好之后,演员们会吃下这些食物。在这个过程中,舞台成为德勒兹的"生成"和"情动"的一种直观的、戏剧化的演示。随着物质转向另一种状态,物体的意义不断被更新,观众也收获了一种"在物间成长和转变"的经验。

　　谢泼德创造的舞台现实是充满异象的现实。其目的是试图打破超验所指和先验主体中被整合的秩序,在混乱中寻找一种有机、真正、纯粹的东西,而这种东西或许本身就是幻觉,即使存在于稍纵即逝的瞬间或历史时刻,也在书写、表征、神话、机械复制、流行文化生产和文化规训中丢失和被歪曲。物体自身在谢泼德诗化的戏剧中携带着抗拒,其模拟现实的功能搁浅,舞台上,物体撕开社会肌理,以意想不到的方式互动,并逐渐走向脱轨,真实的、正常的空间也逐步让位于一个虚幻空间。可以说,是物体和身体催化了"戏剧的政变",破坏了以人为中心的舞台,人之受动、物之能动打破了舞台上及现实中人和物的等级关系,走向匿名和敞开的现象世界,将物体建构成一个个与文本和模拟现实分庭抗礼的物现实。也许,剧作家希望这个生成和转化的现实能触及舞台上和观众席里的人,从而实现自我的生成和转变。

饥饿阶级的诅咒

Curse of the Starving Class

1977

人　物

马尔科姆

斯莱特

埃　拉

韦斯顿

埃利斯

艾默生

艾　玛

韦斯利

泰　勒

第一幕

·

第一场

场景：舞台后部的中心区域摆放着一张非常普通的早餐桌，上面盖着一块红色的油布。桌子的四边各有一张款式不同的金属椅子。悬挂在舞台右边和左边的是两个皱巴巴的红色格子窗帘，略有褪色。舞台的左下角是一个运行着的真冰箱和一个小煤气炉，并排放置在一起。在舞台右下方是一堆木头碎片、撕裂的纱门和其他杂物，这是一扇被损毁的门。灯光聚焦在韦斯利身上，他身着运动衫、牛仔裤和牛仔靴。他俯身捡起门的残骸，有条不紊地将它们扔进一辆旧手推车里。这个动作持续了一段时间。韦斯利的母亲埃拉从舞台左下方慢慢地走进来。她是一个娇小的女人，身披浴袍，脚上趿拉着粉红色毛绒拖鞋，头上戴着卷发圈。她刚刚醒来，一边给闹钟上发条，一边睡眼蒙眬地看着韦斯利。韦斯利一直在清理废墟，没有理会她。

埃　拉　（沉默了一会儿）不该让你来打扫这个烂摊子。

韦斯利　我在打扫。

埃　拉　我知道，但不应该是你。应该他来做。是他把门砸碎的。

韦斯利　他不在这里。

埃　拉　他还没回来吗?

韦斯利　没有。

埃　拉　好吧，等他回来再说。

韦斯利　但是我们必须住在这儿。

埃　拉　他会回来的。回来再打扫也不迟。(韦斯利继续将垃圾
　　　　碎片丢入手推车。埃拉给钟上完发条后，把它放到了
　　　　炉子上。看着钟)我一定是早上五点钟才睡觉的。

韦斯利　你叫警察来了?

埃　拉　昨晚?

韦斯利　是的。

埃　拉　当然，我报了警。开什么玩笑? 我的生命正处在危险
　　　　之中。我正受到威胁。我为什么不报警呢?

韦斯利　他并没有威胁你。

埃　拉　你是在开玩笑吗? 他把门都踢碎了，那不是事实吗?

韦斯利　他只是想进来。

埃　拉　绝不该以这种方式进入家门。进到房子里的方法多得
　　　　是。他也可以从窗户爬进来啊。

韦斯利　他喝醉了。

埃　拉　这不是我的问题。

韦斯利　你锁上了门。

埃　拉　我当然要锁门。我已经告诉他我要锁门。我告诉他，

下次再发生这样的事，我就会锁门，他可以去汽车旅馆过夜。

韦斯利　他现在就在那儿吗？

埃　拉　我怎么知道？

韦斯利　我猜是他开帕卡德走的。

埃　拉　如果那辆车不在了，我想就是他开走的。

韦斯利　你为什么要叫警察呢？

埃　拉　我刚告诉过你的。我害怕。

韦斯利　你以为他要杀了你吗？

埃　拉　我想——我以为——我不知道我在想什么——我当时想的是，我不知道站在门外的是谁。我不知道谁要破门而入。那会是谁？可能是任何人。也许完全是一个陌生人。

韦斯利　我听到你们对着彼此尖叫。

埃　拉　我想你是听到了。

韦斯利　所以你一定知道那是谁了。

埃　拉　我不确定。这是最可怕的。我能从门里闻到他的味道，但我不确定是他。

韦斯利　他闻起来是什么味道？

埃　拉　酒味，还能有什么味道？

韦斯利　他喝了那么多酒吗？

埃　拉　酒味从里到外地渗出来。

韦斯利　哦。

埃　拉　就像某种被人遗忘的衰老动物。（突然高兴起来）你想要吃点早餐吗？

韦斯利　不，谢谢。

埃　拉　（走到冰箱前）那我来吃点。你干吗不想吃？

韦斯利　（仍在清理垃圾）让警察来自己家真是很丢脸。让我感觉我们变成了其他人。

埃　拉　（在冰箱里搜索）没有鸡蛋，但有培根和面包。

韦斯利　让我感到孤独。好像我们有麻烦了。

埃　拉　（还在冰箱里查看）我们没有麻烦。是他有麻烦了，我们没有。

韦斯利　你不必叫警察。

埃　拉　（猛地关上冰箱门，拿着熏肉和面包）我告诉过你，他想杀了我！你要我怎么做？豁出去，把自己当成牺牲品还是怎么的？（他们互相看了一会儿。埃拉最终打破了局面，把培根和面包放在炉台上。韦斯利又回去继续清理碎片。他开始喋喋不休地说起来，而埃拉则在炉子下面的抽屉里搜寻，拿出一个煎锅。她点燃了炉子上的一个炉灶，然后开始煎熏肉。）

韦斯利　（一边把木头碎片扔进独轮手推车，一边说）我躺在床上。我能闻到鳄梨花的香味。我能听到郊狼的声音。我能听到跑车在街上呼啸而过。我能感觉到自己睡在这个国家这个州这个房子的这张床上。我能感觉到这个国家离我很近，就像它长在我骨头里。我能感觉到外面所有人，在夜里，在黑暗中。甚至我能感觉到在睡梦中的人。还有所有睡梦中的动物。狗。孔雀。公牛。甚至我能感觉到拖拉机伫立在潮湿的暗夜，等着太阳升起。我直视天花板，所有的飞机模型都还挂在那些细金属线上。飘浮，微微摇摆，就像被人的呼吸轻轻吹动着。蛛网也随着它们一起摇动。翅膀上沾满了灰尘，印花脱落。我的 P-39[①]。我的梅塞施米特[②]。我的日本零式战机。我能感觉到自己躺在它们下面的床上，就像躺在海边，而它们正在我上方进行侦察。侦察我。飘浮。在拍摄敌方阵线。我，敌人。我能感觉到我周围的空间就像一个巨大的黑暗世界。我像动物一样听着。我害怕地听着。害怕声音。绷着一颗心。就像随时会有什么东西入侵我。一些异样的东西。难以形容的东西。然后我听到帕卡德从山上驶来。从一英里外，我都能从发动机阀门的声音听出那是一辆帕卡德。接着我就能想象我爸爸开车的样子。下意识地换挡。换到第二挡，准备最后一次爬坡。我能感觉到车

---

① 美国贝尔飞机公司设计的战斗机，"二战"期间广泛使用。（如无特别说明，本书脚注均为译者注。）

② "二战"期间，德国空军使用的战斗机。

头灯越来越近。穿过果园。我能看到树木被一个接一个地照亮，然后又退回黑暗之中。我的心怦怦直跳。就因为我爸爸回来了。然后我听到他在刹车。车灯熄灭了。车钥匙拔下来了。然后是长时间的沉默。他在干什么？只是坐在那里。等着从车里出去。他为什么要等那么久？他已经烂醉如泥，不能动弹。他烂醉如泥，也不想动弹。他要在车里睡一整晚。他以前在那儿睡过觉。他之前醒来时，引擎盖上挂着露水。头痛欲裂。牙齿上还沾着花生。然后我听到帕卡德的门打开了。金属砰的一声。狗在不远处吠叫。门砰的一声关上。脚。纸袋夹在一只胳膊下面。纸袋子包着"老虎玫瑰酒"。脚走过来了。一只脚向门口走去。脚停下。心跳加速。没有开门的声音。脚开始踢门。男人的声音。爸爸的声音。爸爸喊妈妈。没有应答。脚踢门。脚更剧烈地踢。木头裂开。男人的声音。在晚上。脚猛烈地踢穿门。一脚踹破门。瓶子打碎了，玻璃碎了。拳头穿过门。男人咒骂。男人发疯。脚和手撕裂。头部撞破。男人大喊大叫。肩膀断裂。全身断裂。女人尖叫。妈妈尖叫。妈妈尖叫着报警。男人扔木头。男人呕吐。妈妈打电话报警。爸爸猛地掉头逃跑。回到车道上。车门猛地关上。发动机点火。车轮尖叫。挂一挡。车轮尖叫着跑下了山坡。帕卡德消失了。声音消失了。什么也听不到。什么也看不到。飞机还挂在头顶。心脏还在剧烈跳动。没有声音。妈妈还在哭。轻轻地哭。然后就没有声音了。接着又是轻轻地哭。然后在房子里四处走来走去。然后不走了。然后轻轻地哭。然后停止。然后，就可以听到远处高速公路上的声音。（韦斯利拿起手推车的一端，嘴里发出汽车的声音，从右侧把它推下舞台，留下埃拉独自待在炉子前盯着熏肉。一个人自言自语。）

埃　拉　我知道你现在首先会想的是你弄伤了自己。这是很自然的。你也许认为你的身体里面出了什么严重的状况，所以你才会流血。这只是一种自然的反应。但我想让你知道真相。我想在你跑去加油站让别人讲给你一大堆鬼话之前，告诉你所有的事实。听着，第一，你永远不要这个时候去游泳。那会让你流血而死。水把血从你身上抽出来。你会大出血的。这是一个众所周知的事实。（韦斯利的妹妹艾玛从台右走上来。她年纪比韦斯利更小，穿着白色和绿色的4-H俱乐部①制服。手里拿着几张手绘的图表，上面指示着如何正确地切一只整鸡。她把图表放在舞台的桌子上，然后摊

————————

①　即四健会，由美国农业部的农业合作推广体系所管理的非营利性青年组织，旨在促进青少年的健康成长和学习。

开、摆平，埃拉和她说话，就好像只是在继续她们之前的谈话。）

艾　玛　但如果我被邀请了呢？汤普森一家有了一个新的加热游泳池。你应该去看看，妈。他们晚上甚至还会亮起泳池四周的蓝灯。真的很漂亮。就像一家豪华酒店。在夜里闪闪发光。

埃　拉　（转过身去看熏肉）我说不能游泳，我说真的！这件事不是开玩笑的。你这一辈子会不断变化。你不想生活在无知之中吧？肮脏和无知。

艾　玛　当然不，妈妈。

埃　拉　有些人就是这样，你知道吗？有些人并不介意无知而肮脏。

艾　玛　什么？

埃　拉　肮脏和无知。他们乐此不疲。

艾　玛　我没有。

埃　拉　那就好。那就不说了。接下来是卫生巾。你可不要从旧加油站厕所的那些旧机器里购买。我知道他们说"消毒了"。其实它们都很脏。它们已经在那些地方待了好几个月。那些肮脏而可怕的加油站。你不知道那些机器里是谁投的硬币。这些25美分的硬币上都是细菌。银色硬币上华盛顿的侧面对着前方。他英俊的下巴凸了出来。这些硬币看似无害。可细菌在那些卫生巾上到处喷洒。这是脏得不能再脏的东西。

艾 玛 （仍在排列图表）他们怎么叫它纸巾？

埃 拉 （停顿一秒）什么？

艾 玛 他们为什么叫它纸巾？纸巾是擦脸的东西。

埃 拉 （回身去煎烤熏肉）这个嘛，我不知道。这不是我编造
的，很久以前有人叫它们纸巾，于是大伙也就这么
说了。

艾 玛 "卫生纸巾"。

埃 拉 是的。

艾 玛 这个词发音很奇怪。像是医院用语。

埃 拉 本来就应该是"卫生的"。但不幸的是，它们并不卫
生。它们可不是无菌的，这是肯定的。而且你应该知
道，你要送进那里去的任何东西都应该是无菌的。

艾 玛 伸到哪里去？（埃拉走到舞台后方，面向艾玛，然后改
变了话题。）

埃 拉 这些东西是什么？

艾 玛 它们是我做演示用的。

埃 拉 什么演示？

艾 玛 如何切一只整鸡。

埃 拉 （回头去看培根）哦。

艾 玛 4-H俱乐部的项目。你知道的。我要在4-H的集市上
进行演示。我以前告诉过你。希望你没有用掉我最后

一只鸡。(艾玛走到冰箱前,在里面找鸡。)

埃　拉　我都忘了这件事。我以为这还要几个月呢。

艾　玛　我告诉过你是这个月。集市总是在这个月举行。每年都是这个月。

埃　拉　我不记得了。

艾　玛　我的鸡呢?

埃　拉　(无辜状)什么鸡?

艾　玛　我在里面放了一只准备用来油炸的仔鸡,都弄好了。我杀了鸡,把它处理好了,什么都做好了!

埃　拉　它不在那儿。冰箱里只有熏肉和面包。

艾　玛　我昨天才把它放进去的,妈!你没有把鸡肉做了吧?

埃　拉　我为什么要做它?

艾　玛　做汤之类的。

埃　拉　我为什么要用仔鸡来做汤呢?不要胡说。

艾　玛　(摔冰箱门)它不在里面!

埃　拉　别在这里尖叫!如果你要尖叫,就请出去!(艾玛从舞台右侧狂奔而下。埃拉把炉子上的培根拿了下来。短暂停顿,然后可以听到艾玛在舞台外大喊大叫。埃拉在煎锅里放了一些面包,开始煎起来。)

艾玛的声音　(场外)那是我的鸡,你他妈的给我煮了!你把我的鸡煮熟了!是我养的鸡,一点点从孵化箱开始,一直到寿终正寝,你把它给煮了,好像它是我们家以前的那些冷冻鸡肉！你在享用的时候，有没有考虑到我所付出的劳动！一年来，我每天早上都得喂它碎玉米！我还要给它换水！我还得用斧头杀死它！把它的内脏掏出来！还要把它身上的每一根羽毛都拔下来！我必须做全套的工作，而你就这么拿出来煮了！（韦斯利从台左进入，然后走到舞台中间。）

韦斯利　她干吗大喊大叫的？

埃　拉　有人偷了她的鸡。

韦斯利　偷了？

埃　拉　煮了。

韦斯利　你煮的。

埃　拉　我也不知道那是她的。

韦斯利　上面有她的名字吗？

埃　拉　没有，当然没有。

韦斯利　那她就没什么好嚷嚷的了。（向台下大喊）闭嘴吧！如果你不想让别人煮你的鸡，你应该把你的名字写在上面！

艾玛的声音　（场外）你赶紧叼袜子闭嘴吧！

韦斯利　（走到桌子旁）绝妙的语言。（注意到桌上的图表）这东西是什么？

埃　拉　她的图表。她要做演示。

韦斯利　（举起其中一张图表）演示？演示什么？

埃　拉　如何切一只鸡。还能有什么？（埃拉把熏肉和面包放在盘子里，走到桌子跟前。她坐在台左那端。）

韦斯利　谁都知道怎么切鸡。任何一个傻瓜都能切开一只鸡。

埃　拉　嗯，有一些特别的骨头你必须拆开。显然有一些特殊的方法。

韦斯利　（手里拿着图表，冲着台下）这有什么特别的呢？

埃　拉　（在餐桌旁吃饭）具有解剖学的意义。一只鸡的解剖结构。如果你了解解剖原理，你就成功了一半。

韦斯利　（面向前方，在地板上摊开图表）就是一些骨头。骨头和肌肉。

艾玛的声音　（场外）你们完全不在乎别人的想法！如果我在冰箱里发现一只鸡，在煮它之前我会征求别人的同意！

埃　拉　（一边吃一边大喊）如果你饿急眼了就不会问了！（韦斯利拉开他裤子的拉链，开始在图表上撒尿。埃拉一直在桌旁吃饭，没有注意到。）

艾玛的声音　（场外）在这所房子里，没有人在挨饿！你现在就在那里填着你的嘴巴！

埃　拉　那又怎样！

艾玛的声音　（场外）所以没有人在挨饿！我们不属于饥饿阶级！

埃　拉　不知道自己在讲什么就不要讲话！没有什么饥饿阶级！

艾玛的声音　（场外）本来就有！有一个阶级是饥民阶级，但我们不是!

埃　拉　我们饿了,对我来说,我们就算得上饥民了!

艾玛的声音　(场外)你是个被惯坏的娘们!

埃　拉　(对韦斯利)你听到她叫我什么了吗?(她才注意到他
　　　　在做什么,她对艾玛喊着)艾玛?

艾玛的声音　(场外)干吗!

埃　拉　你哥哥在你的图表上到处撒尿!(转过头去吃饭。艾玛
　　　　从台右快速地走了上来,看着韦斯利把他的生殖器放
　　　　回裤子里,拉上拉链。他们面对面盯着对方,埃拉还
　　　　在继续吃饭。)

艾　玛　这是一个什么样的家庭?

埃　拉　(没有抬头)我试着阻止他,但他不听。

艾　玛　(对韦斯利)你知道我为了那些图表工作了多久吗?我
　　　　先要做研究。我去了图书馆。我借了书。我花了很多
　　　　时间。

韦斯利　把时间花在这上面,蠢不可及。这些鸡。

艾　玛　我要离开这所房子!(她马上就离开了)我再也不会回
　　　　来了。

埃　拉　(在艾玛身后喊她,但身子仍待在桌子旁)你太年轻
　　　　了!(对韦斯利)她太小了,还不能离家出走。这太荒
　　　　唐了。并不能说是她的错,但她还太小,不能离开家。
　　　　她才刚刚来第一次月经。

韦斯利 （走到冰箱前）太棒了。

埃 拉 你不知道那是什么样的。很不容易。你不必让她的日子变得更糟。

韦斯利 （打开冰箱，盯着里面看）我可没有。我为她开辟了新的可能性。现在她不得不做点别的事了。这可能改变她的整个人生方向。将来有一天，当她回首往事，她会记得她哥哥在她的图表上撒尿的那天，并把那一天看作她人生的转折点。

埃 拉 你怎么知道？

韦斯利 她已经决定离开家了，不是吗？这是一个新的开始。

埃 拉 （突然站起来）她太小了，还不能离家！从冰箱那里滚开！（她走到冰箱前，猛地把门关上了。韦斯利走到桌子前，坐在台右那端）你像是长在冰箱里一样！

韦斯利 我饿。

埃 拉 你怎么能一直都饿呢？我们并不穷。我们虽然不富有，但我们也不穷。

韦斯利 那我们是什么？

埃 拉 （回到桌子旁，坐在韦斯利对面）我们就在这两者之间。（埃拉停下话头，又开始吃东西，韦斯利看着她）不过，我们一定会发财的。

韦斯利 你是什么意思？

埃 拉 我们很快就会有一笔钱了。

韦斯利　你在说什么？

埃　拉　没事。不过你就等着吧。你会大吃一惊的。

韦斯利　据我了解，我爸失业了。

埃　拉　是的。不过这和他无关。

韦斯利　你也不工作，是吧？

埃　拉　不要管了，反正我到时候会告诉你的。然后我们就会
　　　　义无反顾地离开这个地方。

韦斯利　我们要去哪里？

埃　拉　也许是欧洲。难道你不想去欧洲吗？

韦斯利　不想。

埃　拉　为什么？

韦斯利　欧洲有什么？

埃　拉　欧洲应有尽有。高雅艺术。绘画。城堡，建筑。时髦的
　　　　食物。欧洲历史悠久。他们对自己的传统了如指掌。

韦斯利　那些东西这里也有。

埃　拉　你为什么不像你外祖父那样敏感一些呢？我一直以为
　　　　你和他一样，但你不是，是吗？你一点也不像他。

韦斯利　不像。

埃　拉　为什么不呢？你的割礼是按照他的方式做的。包皮几
　　　　乎一模一样。

韦斯利　你是怎么知道的？

埃　拉　我看过了。我看过你们两个的，我看到它们非常相像。

韦斯利　他死了。

埃　拉　别胡闹，他还活着的时候我看的。

韦斯利　你偷偷溜进他的房间，还是怎么的?

埃　拉　我们住的房子很小。

艾玛的声音　（场外）我的伙计在哪里?!

埃　拉　（对韦斯利）她在喊什么呢?

韦斯利　她的伙计。

埃　拉　（对艾玛大喊）你需要你的伙计干什么?

艾玛的声音　（场外）我要把马骑走!

埃　拉　**不要开玩笑! 你知道骑马能走多远吗? 走不了多远!**

艾玛的声音　（场外）足够了!

埃　拉　**你不能带走那匹马!**（对韦斯利）去把那匹马锁在马
　　　　厩里。

韦斯利　让她走吧。

埃　拉　骑着那匹马? 你疯了吗? 她会在高速公路上挨枪子儿的。

韦斯利　她不会骑马上高速的。高速公路可不是骑马的地方。

埃　拉　那匹马害怕自己的影子。（向台下的艾玛大喊）**艾玛，**
　　　　你不能带走那匹马!（艾玛没有搭腔）**艾玛!**（对韦斯
　　　　利）去看看她是不是去了马厩。我不想让她骑那匹
　　　　马。这太危险了。

韦斯利　她骑马技术一流。

埃　拉　**我不管!**

韦斯利　那你就去马厩看看吧。（停顿。埃拉看着他。）

埃　拉　也许，她不会有什么事儿的。

韦斯利　她当然不会有事。她又不是第一天骑马。

埃　拉　你看看她的暴脾气。

韦斯利　她只是被宠坏了。

埃　拉　不，并没有。我从来没有给过她一个不该给的东西。
　　　　　什么都没有。都是最基本的必需品。没有其他的。

韦斯利　那个老头子宠坏了她。

埃　拉　他都不在家，怎么能宠坏她呢?

韦斯利　他在家的时候就会宠她。

埃　拉　那匹马是个厉害货色。我真希望你能去马厩看看。

韦斯利　她能对付它。

埃　拉　我看到那匹马有了一套新鞋，那马是个白痴! 他们每
　　　　　次都得把它撂倒。给它喂药，然后把它撂倒。

韦斯利　那么，那笔钱哪里搞来的?

埃　拉　什么钱?

韦斯利　足够让我们很富有的那笔钱。就是你说的那些钱。

埃　拉　我在卖房子。（长时间停顿，韦斯利盯着她。她转身从
　　　　　他身边离开）我要卖掉房子、土地、果园、拖拉机、存
　　　　　货。所有的一切，统统不留。打包售出。

韦斯利　这些不是你的。

埃　拉　这里既是他的，也是我的!

韦斯利　你不打算告诉他吗?

埃　拉　不,我不打算告诉他,我也不应该告诉你。所以,你也
　　　　要保密。

韦斯利　你怎么能卖掉这房子呢? 这是不合法的。

埃　拉　这房子是我俩的共同财产。

韦斯利　那么,他就必须共同签署交易协议。一人一半。

埃　拉　我已经和律师核实过了,这是合法的。

韦斯利　那抵押贷款呢? 贷款都没有还清,当初买房子,你还
　　　　借过钱。

埃　拉　不要盘问我! 我已经搞定所有的步骤了。

韦斯利　和谁搞定的!

埃　拉　我有一个当律师的朋友!

韦斯利　律师朋友?

埃　拉　没错。一个成功的律师。他会为我打理一切。

韦斯利　你雇了个律师?

埃　拉　我告诉过你,他是个朋友。他这么做是帮我一个忙。

韦斯利　你没付给他钱吗?

埃　拉　他会拿一定比例的佣金。一小部分。

韦斯利　你打算不告诉任何人就和别人分钱吗?

埃　拉　我告诉你了。这就够了。你可以和我一起走。

韦斯利　这就是我住的地方。

埃　拉　这也算个家? 它甚至都没有前门。雨从外面直接灌进来。

韦斯利　你卖房子赚的钱甚至都去不了圣地亚哥。房子里满是白蚁。

埃　拉　这片地还是值钱的。现在每个人都想要一块好地。

韦斯利　一块好地?

埃　拉　这是一处很好的、值得开发的地产。你知道这些日子土地卖什么价钱? 你知道吗?

韦斯利　不知道。

埃　拉　很多。老多了。普通人每天花大把大把的钱, 就为了置地。银行四处放贷。小型家庭贷款。到处都在建楼。每个人都想要一块土地。这是唯一确定的投资。它永远不会像汽车或洗衣机那样贬值。土地的价值将在十年内翻一番。不到十年。土地的价格每天都在上涨。

韦斯利　你疯了。

埃　拉　为什么? 就因为我不是个傻瓜吗? 谁来打理这个地方?

韦斯利　我。

埃　拉　哈! 你是在开玩笑吗? 你做什么了? 喂几只羊。偶尔给果园犁犁地。浇浇水。还有什么?

韦斯利　我维护这个家。

埃　拉　我并不是在说维护的问题。我说的是把它修整一番。让它看起来像有人住在这里。你这样做过吗?

韦斯利　有人住在这里啊!

埃　拉　谁! 你父亲就没有!

韦斯利　他也为这个家付出过。他给土地浇水。

埃　拉　在他能爬起来的时候。他多久浇一次？他回到家里，在地板上昏睡三天，醒来之后消失一个星期。你把那称为付出？我不能独自打理这个地方。

韦斯利　没人要求你这么做！

埃　拉　没人要求我！是的！我要卖掉它，就是这样！（他们坐在那里，停顿了好一会儿。韦斯利迅速站起来）你去哪儿？

韦斯利　我要喂羊了！（他从台左下场。埃拉在后面喊着。）

埃　拉　替我去看看艾玛，好吗，韦斯利？我不喜欢她独自一人在那儿。那匹马太疯狂了。

韦斯利的声音　（场外）**他要是发现，会杀了你的！**

埃　拉　（站定，对场外喊着）**他不会知道的！**（停下来，等待回答；韦斯利没有回答；她又开始大喊）**他唯一要杀的人就是他自己！**（她再次停下来，站在那里等着韦斯利的回答。没有一点声音。她转向桌子，盯着盘子。她拿起盘子，拿到炉子上。她把它放在炉子上。她盯着炉子。然后，她的目光转向冰箱，看着它。她走到冰箱前，打开了门向里面看）什么都没有。（她关上冰箱门。继续盯着冰箱。自言自语）他不会杀了我的。我完全有权出售。合理合法。没错。他站都站不住。他醉得跟软脚鸡一样，没什么力气杀人。几乎都站不起来，更不用说杀人了。（她盯着冰箱，再次打开冰箱，朝里面看）什么都没有。为什么总是什么都没有呢？为什么不能时不时有些东西呢？就一次。就来那么一次，可以吧？出现点完全意想不到的东西。凭空闪现。（她关上冰箱。然后再次打开它）什么都没有。绝对没有。这简直是个奇迹。一片荒芜。（艾玛从台右上场，一只手拿着缰绳，她的白色制服上满是泥。她看着埃拉盯着冰箱看。）

艾　玛　那个混蛋差点杀了我。（埃拉关上冰箱，转向艾玛。）

埃　拉　你怎么了？

艾　玛　它拖着我冲过畜栏。

埃　拉　我告诉过你不要去碰那匹傻马。它疯了，那匹马。

艾　玛　我到底怎么才能离开这里？

埃　拉　你不能离开这里。你太小了。你对外面的世界没有任何概念。现在去换身衣服吧。

艾　玛　我还太小，不能生孩子，对吧？

埃　拉　什么意思？

艾　玛　这就是出血的意义，对吧？这就是流血的目的。

埃　拉　别傻了，去把制服换下来。

艾　玛　我只有这一套制服。

埃　拉　那换上别的衣服嘛。

艾　玛　我不能永远待在这里。

埃　拉　没有人会永远待在这里。我们都要走了。

艾　玛　我们?

埃　拉　是的,我们要去欧洲。

艾　玛　谁?

埃　拉　我们所有人。

艾　玛　还有爸?

埃　拉　他可能不去,也许没有他。

艾　玛　怎么会? 他喜欢欧洲,不是吗?

埃　拉　去了欧洲他不知道该干点什么。

艾　玛　你是说只有你、我、韦斯利要去欧洲? 听上去很可怕。

埃　拉　为什么? 这有什么好可怕的呢? 可以把它当成一个
　　　　假期。

艾　玛　那和在这里还不是一样?

埃　拉　怎么会一样? 不会的! 我们会在欧洲。一个全新的地
　　　　方。一个全新的世界。

艾　玛　但我们还是我们。

埃　拉　你到底怎么了? 为什么这么说?

艾　玛　我们不会有什么变化的。

埃　拉　我尽力去把事情做好。尝试去做一些改变。我试着给
　　　　我们的生活带来一点冒险,你却把整件事说得像一地
　　　　鸡毛。

艾　玛　反正我们也没钱去欧洲。

埃　拉　换你的衣服去吧!

艾　玛　不去。(她走过桌子,坐在舞台右侧那端。)

埃　拉　要是你爸在这里,你会乖乖去换衣服。

艾　玛　他不在。

埃　拉　你为什么就不能乖乖合作呢?

艾　玛　因为那会要了人命。结局就是个死。

埃　拉　哦,天啊——

艾　玛　我没说错。就是致命的。

埃　拉　你年纪不大,不能那样说话。你还没什么这方面的
　　　　经验。

艾　玛　我被这匹马一直拖着,在泥里打滚。

埃　拉　这是你自己的错。我告诉过你不要去马厩那边。

艾　玛　突然间,一切都变了。我不再是原来的我。我只是一
　　　　块绑在一只大动物身上的肉。被拉着、拖着。

埃　拉　也许你现在就能明白这么做的危险了。

艾　玛　我已经计划好了整个旅行。我本打算去墨西哥的下加
　　　　利福尼亚的。

埃　拉　去墨西哥? 骑着马去?

艾　玛　我打算在渔船上工作。深海捕鱼。帮助商人拖运巨大
　　　　的剑鱼和梭鱼。我要沿着海岸打工,在所有的小镇停
　　　　留,讲西班牙语。我本打算学习成为一名机械师,研
　　　　究那些出了故障的四轮驱动车。变速器。我本可以学

会修理所有的东西。然后我会一边学习做一个快餐厨师，一边写写小说。在厨房里。厨房小说。然后我会出版我的小说，然后消失在墨西哥腹地。就像那个家伙。

埃　拉　哪个家伙？

艾　玛　那个写《谢拉马德雷山脉的宝藏》①的人。

埃　拉　你是什么时候看的？那本书在你出生之前就有了。

艾　玛　他的笔名是他名字的缩写。他消失了。没人知道该把他的版税寄到哪里。他逃跑了。

埃　拉　醒醒吧，艾玛。你没有这样的背景来做这样的工作。那不适合你，你说的那些东西。你可以做漂亮的刺绣；为什么想成为一名机械师？

艾　玛　我喜欢汽车。我喜欢旅行。我喜欢人们无计可施的崩溃样子，而我就是唯一一个能帮助他们上路的人。就像魔术师一样。只要打开引擎盖，就能施展你的魔法。

埃　拉　你在做什么春秋大梦呢？

艾　玛　现在我可没在做梦。但当时真的好像在梦里。直到我给它套上缰绳。它飞奔起来的那一刻，我就停了下来，从梦里醒了过来，就看到自己被拖进了泥里。

_____

① 此书是德国作家 B. 特拉文（B. Traven）于1927年推出的冒险小说。书上的署名是笔名，作者的真实身份不详。

埃　拉　去换衣服吧。你真是太狼狈了。

艾　玛　别再一遍又一遍地跟我说这个，好像说出来就减轻了你自己的责任似的。

埃　拉　我难道都不能顺着你接话了？

艾　玛　不能就对了。

埃　拉　对什么对？

艾　玛　如果你能接我的话，不就意味着你能理解我了吗？（停顿。埃拉转身又打开冰箱，盯着它）你饿吗？

埃　拉　不饿。

艾　玛　那就只是习惯性的吗？

埃　拉　什么？

艾　玛　打开和关上冰箱门？你知道里面什么都没有。从来没有。（埃拉关上冰箱，转向艾玛。）

埃　拉　天啊，艾玛，我该拿你怎么办？

艾　玛　让我走吧。

埃　拉　（停顿片刻）你还太年轻了。这个世界会生吞活剥了你。（埃拉从台左下场。艾玛一直坐在桌子旁。她环顾四周，然后慢慢地站起来，走到冰箱前。她在门边停了下来，然后慢慢地打开门，往里面看。她对着冰箱说话。）

艾　玛　你好吗？里面有什么吗？我们没有破产，你知道的，所以你不用躲起来！我不知道钱去了哪里，但我们还没有破产！我们不是饥饿阶级！（律师泰勒从台前右侧走了进来，看着艾玛对着冰箱说话。他穿着一套时髦的西装，中年人，手里提着一个公文包。他就站在那里看着艾玛。艾玛仍然看着冰箱）有玉米松饼吗？喂喂！有什么可以吃的农产品吗？有芜菁甘蓝吗？有根茎类的蔬菜吗？什么都没有？没关系。你不必感到羞耻。我见过比这还糟的事情。记得有一次我不得不把午餐用韦伯面包的包装纸包好带去学校。那可是最差劲的。比没有午餐还糟糕。所以不要觉得难为情！会有人来跟你做伴的，很快！一些小鸡蛋会塞进你的两侧，一些人造黄油会塞进你的——（停顿）你没看到我的鸡，是吗？你这个混蛋！（她猛地关上冰箱门，然后转过身来。她看到泰勒定定地站在那里。他们面面相觑。泰勒微微一笑。）

泰　勒　你妈妈在家吗？

艾　玛　我不知道。

泰　勒　我看到她的车停在外面，所以我想她可能在家。

艾　玛　那不是她的车。

泰　勒　哦。我还以为是你妈妈的车。

艾　玛　那是我爸的。

泰　勒　这车她开着，不是吗？

艾　玛　是我爸买的。

泰　勒　哦。原来如此。

艾　玛　这是一辆凯撒弗雷泽。

泰　勒　哦。

艾　玛　我爸喜欢买稀奇古怪的车。他还有一个帕卡德。

泰　勒　明白了。

艾　玛　他说只有这种车是用实心钢制造的。

泰　勒　哦。

艾　玛　他把那辆车开到报废，不过这事你没法知道。

泰　勒　帕卡德?

艾　玛　不，另一个。

泰　勒　好吧。

艾　玛　你到底是谁?

泰　勒　我叫泰勒。我是你妈妈的律师。

艾　玛　我都不知道我妈妈还有个律师。

泰　勒　她有，就是我。

艾　玛　她有麻烦了，还是怎么的?

泰　勒　没有，完全没有……

艾　玛　那你在这里做什么呢?

泰　勒　我和你妈妈要谈笔生意。

艾　玛　你看起来怪怪的。

泰　勒　哦? 真的吗?

艾　玛　是的，真的。你让我很恶心。你身上有什么很奇怪的地方。滑溜溜的感觉。

泰　勒　嗯。我确实是来找你妈妈谈事情的。

艾　玛　我知道，但你现在是在跟我说话。

泰　勒　是。(停顿，尴尬地环顾四周) 有人把你家的门砸坏了吗?

艾　玛　我爸。

泰　勒　意外?

艾　玛　不，他是故意这么做的。他当时很生气。

泰　勒　晓得了。他一定脾气很坏。

艾　玛　没错。他确实是急脾气。

泰　勒　好吧。

艾　玛　你到底想要什么?

泰　勒　我告诉过你了——

艾　玛　是的，但你找我妈妈干什么?

泰　勒　我们有一些生意往来。

艾　玛　她可没有生意头脑。她做生意很差劲。

泰　勒　为什么这么说?

艾　玛　她是个傻瓜，任何鬼话都会相信。

泰　勒　在我看来，她似乎挺冷静。

艾　玛　这取决于你利用她做什么。(停顿，泰勒看着她。)

泰　勒　你不必这么损人。

艾　玛　我无所谓，损别人我也没什么损失。

泰　勒　你是她的女儿，没错吧?

艾 玛 你从事什么行业?

泰 勒 你不介意的话,我坐下来行吗?

艾 玛 我不介意。不过,我爸可能会介意。

泰 勒 他不在家吧?

艾 玛 他随时可能回来。如果他发现你在这里,他可能会很
介意的。

泰 勒 (走到桌前的椅子边)我还是等你妈回来吧。

艾 玛 他的脾气很坏。他差点杀了一个被他捉奸的人。几乎
割断了他的喉咙。

泰 勒 (坐在舞台右侧的椅子上)我想你误会了。我来是办正
经事的。

艾 玛 暴脾气。我就说,是一辈传一辈的。他爸爸和他一模
一样。还有他爸爸的爸爸。韦斯利也像极了我爸。完
全是液体炸药。

泰 勒 韦斯利?

艾 玛 我哥哥。

泰 勒 (在桌子上铺开代理合同)液体炸药?

艾 玛 是的。那东西叫什么?

泰 勒 我不知道

艾 玛 一种化学物质。和让他喝醉的东西是一样的。血液中
的东西。遗传性的。高度易燃易爆。

泰 勒 听起来很危险。

艾　玛　是的。

泰　勒　难道你不害怕生活在这样的环境中吗?

艾　玛　我才不害怕。那些血液中携带炸药的人才应该害怕。
　　　　我身体里没那玩意。

泰　勒　这样啊。

艾　玛　硝化甘油。就是这个名字。硝化甘油。

泰　勒　什么意思?

艾　玛　在血液中。硝化甘油。

泰　勒　你父亲的血液里含有硝化甘油吗?

艾　玛　是这么回事。

泰　勒　你可以帮我叫一下你妈妈吗?

艾　玛　(大喊大叫,同时直视泰勒)妈!!!

泰　勒　(停顿片刻)谢谢。

艾　玛　你找我妈妈干什么?

泰　勒　(感到恼怒)我已经告诉过你了!

艾　玛　她流血了吗?

泰　勒　什么

艾　玛　你知道的。她身上有血流出来吗? 从两腿之间流出来的?

泰　勒　如果你不介意的话,我不想再说话了。

艾　玛　好吧。没关系。我自己也不太喜欢说话。话说多了不
　　　　值钱,你觉得呢? (艾玛走到桌子前,坐在舞台左侧泰
　　　　勒对面。她盯着他。他们静静地坐了一会儿。泰勒紧

张地扭动着身子，用手指轻敲着他的手提箱。艾玛定

定地看着他。）

泰　勒　这房子很棒。

艾　玛　很棒？（停顿，仍然看着他。）

泰　勒　我指的是这个位置。这片地充满了潜力。（停顿）当

然，很遗憾农业被迫缓慢退出历史，给低成本住房建

设让位，但这只是我们时代的产物，你不觉得吗？现

在地球人越来越多了。仅此而已。简单的算数。更多

的人需要更多的住所。更多的住所需要更多的土地。

这是一个算式。我们必须以某种方式养活人。新的

人。我们很幸运，能生活在一个有房子可建也可买的

国家。在一些国家，比如印度，这根本是不可能的。人

们生活在香蕉树下。他们一边崇拜着牛，一边饿死。

（韦斯利带着一个可折叠的小栅栏从台右入场。他把它

放在舞台中央，组装成了一个小的长方形围栏。他转

身看到泰勒，然后又转向艾玛。）

韦斯利　（对艾玛）他是谁？

艾　玛　是个律师。房产专家。对印度了如指掌。（泰勒站在那

里，对韦斯利咧开嘴笑着，伸出手。韦斯利并没有和

他握手，只是看着他。）

泰　勒　我是泰勒。你一定是那个儿子。

韦斯利　是的，我是儿子。那是我。儿子。（韦斯利从台右下

场。泰勒又坐了下来。他紧张地对着艾玛微笑，艾玛
只是盯着他。）

泰　勒　这种感觉很有趣。

艾　玛　什么？

泰　勒　我觉得我身在敌营。

艾　玛　我们都是白人，不是吗？

泰　勒　自从战后，我就再也没有这种感觉了。

艾　玛　哪场战争？（泰勒只是看着她。韦斯利又带着一只活羔
羊从台右走了进来。他把羔羊放在围栏里。他看着羔
羊在栅栏里四处走动。对韦斯利）它怎么了？

韦斯利　（看着小羊）生了蛆虫。

艾　玛　你就不能把它留在外面吗？它在这里会传播细菌的。

韦斯利　（看着羊）这词，你是从妈妈那里学来的吧？

艾　玛　什么词？

韦斯利　细菌。细菌的概念。看不见的细菌神秘地飘浮在空
中。任何东西都是潜在的载体。

泰　勒　（对韦斯利）嗯，如果动物有蛆，它似乎不应该在厨房
里待在食物旁边。

韦斯利　我们没有任何食物。

泰　勒　哦。当你有食物的时候，你在厨房里做饭，不是吗？

艾　玛　这不算什么。我哥哥还在这里的地板上撒尿。

泰　勒　你总是这样对陌生人说话吗？

艾　玛　你看，那是他撒在地板上的尿。就在我的图表上，看到了吗？

韦斯利　（转向泰勒）你到底在这儿干什么？

泰　勒　我觉得我不必一直为自己辩护。我来见你妈妈。就这么回事。

韦斯利　就是你想卖掉我家的房子吗？

泰　勒　是的，我们正在协商。

艾　玛　（站起来）什么？想卖掉什么房子？这个房子？

泰　勒　（对艾玛）她没告诉过你吗？

韦斯利　她告诉我了。

艾　玛　那我们住哪儿呢！

韦斯利　（对艾玛）你反正也要离开家了。你有什么好在乎的？

艾　玛　（对场外大喊）妈！！！

泰　勒　（对韦斯利）我可没想吓她。

韦斯利　（对泰勒）你不跟我老爹谈谈吗？

泰　勒　目前还没有必要。

韦斯利　他永远不会同意卖房子的，你知道的。

泰　勒　嗯，他可能不得不同意。你母亲说，他欠了很多钱。

韦斯利　谁？他欠谁的钱？

泰　勒　欠每个人的钱。他都要把裤子典当了。就说那些汽车，它们都给抵押了。

艾　玛　他一分钱也不欠！全都付清了！

泰　勒　银行拥有那些车的产权。

艾　玛　不欠一毛钱!

韦斯利　艾玛，闭嘴! 去换衣服。

艾　玛　你闭嘴! 这家伙是个讨厌鬼，他想把我们都给卖到阴
　　　　沟里。他真是个大混蛋!

韦斯利　我知道他是个混蛋! 闭嘴吧，好吗?

艾　玛　(对泰勒)我爸爸不欠任何人的钱!

泰　勒　(对韦斯利)我真的很抱歉。我以为你妈妈告诉过
　　　　她。(埃拉从台左进场，她穿着裙子，拿着手提包，戴
　　　　着白手套。泰勒一看到她就站了起来。)

埃　拉　他们干吗在这儿大喊大叫的? 泰勒先生，没想到你早
　　　　来了半个小时。

泰　勒　是的，我知道。我看到了房子前面的车，所以我想我
　　　　可以早点登门。

埃　拉　我很高兴你这么做了。你见过每个人了吗?

泰　勒　是的，见过了。迷人的家庭。

埃　拉　(注意到小羊)那只畜生在这里干什么，韦斯利?

韦斯利　它生了蛆虫。

埃　拉　快把它牵走，别在厨房这儿。

韦斯利　这是房子里最暖和的地方。

埃　拉　把它弄出去!

艾　玛　妈，你真的要卖房子吗?

埃　拉　谁告诉她的?

泰　勒　嗯，不好意思，是我不小心说漏了。

埃　拉　艾玛，我现在不打算谈这个。换衣服去吧。

艾　玛　（冷冷地）如果你卖掉了这房子，我就再也不想见到你
　　　　了。（艾玛从台左下场。泰勒尴尬地笑着。）

泰　勒　我很抱歉。我还以为她知道呢。

埃　拉　这并不重要。不管怎么样，她都要走的。韦斯，我要和
　　　　泰勒先生出去吃个轻午餐，讨论我们的生意。希望我
　　　　回来的时候，那只羔羊已经不在我的厨房里了。

韦斯利　轻午餐?

埃　拉　泰勒先生要请我吃一顿便餐。

泰　勒　没错。

韦斯利　一顿轻午餐。（停顿。泰勒向韦斯利伸出手来。）

泰　勒　很高兴见到你。（韦斯利没有理会这个手势，只是盯着
　　　　他看。）

埃　拉　（对泰勒）他这个人就是闷闷的。跟他爸一样。

泰　勒　我明白。（对韦斯利）我想，还有硝化甘油吧?（咯咯笑。
　　　　埃拉和泰勒动身从台右离场。埃拉转向韦斯利。）

埃　拉　看着艾玛，韦斯[1]。她倒霉的大姨妈来了。你知道女孩
　　　　第一次是什么样子的。（泰勒和埃拉离开了。韦斯利在

———————————

[1]　韦斯利的昵称。

那里站了一会儿。他转过身来，看着羔羊。）

韦斯利　　（盯着羔羊）"吃美国羔羊。两千万郊狼是不会吃错的。"（他走到冰箱前，打开冰箱，盯着它）运气糟糕透了。圣诞老人还没来。（他用力关上冰箱门，转头看那只小羊。他盯着羔羊。对羔羊）你算幸运的，我没有真的挨饿。幸运的是，这是一个文明的家庭。你就庆幸吧，这里不是那种贫穷的国家，要不然瓢泼大雨从橱柜后面的墙灌进来，你会被绑在泥里的一根木头上，浑身湿透，又瘦又饿，但没人会注意到你，因为有人比你更饿。他饿了。饥饿让他拿着一把刀走到外面，割开你的喉咙，生吃了你。他的饥饿吃掉你，可你还是饥肠辘辘。想象一下那种场面，你又能怎样？（从舞台右侧外传来垃圾桶被撞倒的声音。同一个方向传来韦斯利的父亲韦斯顿的声音。）

韦斯顿的声音　　（台右场外）谁把该死的垃圾桶放在该死的门口的？（韦斯利听了一会儿，随后从台左冲下舞台。舞台右侧外传来更多东西砸碎的声音。韦斯顿含混地咒骂着，接着他从台右上场，手里提着一个装满脏衣服的行李袋和一个装满杂货的袋子。他是个大块头的中年男人，身穿一件深色大衣，看起来像是裹着它睡过的样子，头戴一顶蓝色棒球帽，下身穿宽松的裤子，脚蹬一双网球鞋。他脸上胡子拉碴，看上去有些醉了。

他向前走了几步，看到羔羊后，顿时停在那里。他足足盯着羔羊看了一分钟，然后走到桌子前，把杂货袋和脏衣袋放在上面。随后，他又走回舞台中间，看着栅栏里的羔羊。对羔羊）你到底在这里干什么？（他环顾四周，自言自语）这是屋里还是屋外？这是在屋里，对吧？这是房子里面。即使门不在了，这仍然是房子里面。（对羔羊）你说呢？（自言自语）没错。（对羔羊）如果这是里面的话，你到底在里面做什么？（他自顾自笑了起来）这并不好笑。（他走到冰箱前，打开冰箱）太绝了！**什么也没有！一点东西也没有！一无所有！没有鹅蛋！**（他对着房子大喊大叫，而不是对着什么人在喊）**又来这一套！又溜之大吉，把这个空壳子撂给那个老头了！所有保养和维修的活儿！太棒了！**（他砰的一声关上冰箱门，然后回到桌边）我甚至不知道我们为什么要在这所房子里放一个冰箱。它唯一的用处就是可以让人猛摔它的门。（他拿起那袋杂货，回到冰箱前，自言自语）整天整夜地摔门！**摔！摔啊！摔啊！**他们都巴巴地想要得到什么？一个奇迹！**人人都希望有奇迹发生？**（他打开冰箱，这时，韦斯利从台右上场，他看到韦斯顿，停了下来。韦斯顿背对着他。开始把洋蓟从袋子里拿出来，放进冰箱。）**不会再有奇迹了！今天没有奇迹！奇迹都被用完了！只有我！奴隶苦**

山姆·谢泼德剧作集

工先生，回家来补给食品柜！

韦斯利　你在喊什么？这里又没有人。（韦斯顿转身面对着韦斯利。韦斯利站着没动。）

韦斯顿　你偷偷摸摸地站在我后面干吗？知不知道我会杀了你的！

韦斯利　包里是什么东西？

韦斯顿　吃的东西！还能是什么？总得有人养活这一家子。（韦斯顿又转头面向冰箱，继续往里面放洋蓟。）

韦斯利　什么吃的？

韦斯顿　洋蓟！你觉得怎么样？

韦斯利　（往前挪了挪）洋蓟？

韦斯顿　是的。上好的沙漠洋蓟。在温泉那边半价买来的。

韦斯利　你大老远地跑过去就是去买洋蓟？

韦斯顿　当然不是！你以为我是什么？是白痴还是什么？我去那里查看我的地。

韦斯利　什么地？

韦斯顿　我在沙漠里买的地！不要说了！在你进来之前，一切都不错。我在自言自语，平安无事。（韦斯顿把袋子里的东西一股脑放进冰箱，然后砰地关上了门。他抓起包，回到桌子旁。他打开衣服袋，开始把脏衣服拿出来，一件件地堆在桌子上。韦斯利走到冰箱前，打开门，看着洋蓟。他拿出一个，仔细看，然后把它放了回去。同时和韦斯顿谈话。）

韦斯利 我还不知道你在沙漠中有一块地。

韦斯顿 没错，我有一块地。一英亩半。

韦斯利 你从来没有告诉过我。

韦斯顿 我为什么要告诉你？我告诉了你妈。

韦斯利 她从来没有告诉过我。

韦斯顿 哦，闭嘴，好吗？你让我紧张。

韦斯利 是什么样的地？

韦斯顿 不是那么理想，这是肯定的。

韦斯利 那是什么样的？

韦斯顿 反正不是我所期望的。有一个家伙上门兜售土地，我
就买了一块。

韦斯利 什么家伙？

韦斯顿 某个家伙。看起来还算体面。说得挺让人动心的。他
说这是对未来的投资。那儿将来会开发很多很棒的项
目。高尔夫球场、购物中心、银行、桑拿中心。诸如此
类的东西。所以我买了。我立马就付了钱。

韦斯利 你付了多少钱？

韦斯顿 我没有付全款。我付了首付，我可不傻。

韦斯利 多少钱？

韦斯顿 我为什么要告诉你呢？钱是我借的，所以多少钱都和
你没关系！你为什么要在乎这个？

韦斯利	但结果是个骗局，对吧?
韦斯顿	就是一坨狗屎。就是几个棍子上面绑了点绳子围起来的，什么都没有，只有被风吹得四处跑的蜥蜴。
韦斯利	什么都没有?
韦斯顿	毛也没有半根。到处都是沙漠。甚至没有办法把水运到那该死的地方。拖车也上不去。
韦斯利	他现在在哪儿?
韦斯顿	谁?
韦斯利	把地卖给你的那个人。
韦斯顿	我怎么知道呢! 你妈在哪儿?
韦斯利	(关上冰箱) 她出去了。
韦斯顿	我知道她出去了。汽车不见了。她要去哪里?
韦斯利	不知道。
韦斯顿	(把行李袋捆成一团夹在腋下) 等她回来，告诉她帮我洗衣服。告诉她不要在袜子里放漂白剂，领子不要上浆。能记得吗?
韦斯利	好的，我能记住。不要漂白剂和衣浆。
韦斯顿	没错。你记得没错。不要给忘了。(他走向台右。)
韦斯利	你去哪儿?
韦斯顿	你永远别管我要去哪里! 我能照顾好我自己。(他停下来，看了看羔羊) 羔羊怎么了?
韦斯利	长了蛆虫。

韦斯顿	可怜的小笨蛋。在上面放点蓝色的粉末，就能治好。你知道瓶子里那个蓝色的东西吗？
韦斯利	知道。
韦斯顿	在上面放一些那个。（停顿了片刻，环顾四周）你知道我甚至考虑卖掉这个地方。
韦斯利	是吗？
韦斯顿	是的。但别告诉你妈。
韦斯利	我不会说。
韦斯顿	银行那儿可能会卡住，但我会想办法卖掉它，在墨西哥买一些地。
韦斯利	为什么要去那里买？
韦斯顿	我喜欢那里。他们不讲英语。（又看向羔羊）别忘了那些蓝色的药末。一只羊我们也损失不起。今年只生了两对双胞胎，是吧？
韦斯利	三对
韦斯顿	好吧，就三对。也不是很多。（韦斯顿从台右下场。韦斯利看着羔羊。灯光变暗。）

第二场

场景：相同的布景。在黑暗中可以听到响亮的锤打声和拉锯声。灯光慢慢亮起来，照在韦斯利于舞台中心建造的一扇新

山姆·谢泼德剧作集

门上。锤子、钉子、锯和木头摊得四处都是，地板上铺了一层木屑。围栏和羔羊都不见了。炉子上正煮着一锅洋蓟。韦斯顿的脏衣服还堆在桌子上。艾玛坐在桌子左边，用油性马克笔和一大张硬纸板为她的演示制作了一套新的图表。她穿着皮裤、西部马靴和西部衬衫。灯光打到最亮。他们每个人都默默地干着手里的活计，都在聚精会神地工作。韦斯利先用卷尺量木头，然后用锯子在一把椅子上锯起来。他把锯好的木条钉在一起。过了一会儿，他们开始交谈，但仍然专注于各自的事情。

艾　玛　你觉得她和那个家伙在一起了吗？

韦斯利　谁？那个律师？我怎么知道？

艾　玛　我觉得是这么回事。她图他的钱。

韦斯利　是他想搞我们的钱。她要他的什么钱？

艾　玛　搞我们什么钱？

韦斯利　我们可能会有的钱。

艾　玛　这个地方不可能那么值钱。

韦斯利　现在是不值钱，但他们会把它分成小块，赚很多的钱。

艾　玛　她想要的可不止这些。

韦斯利　不止什么？

艾　玛　不只是钱。她要的是体面。

韦斯利　和那个家伙在一起吗？那个律师？

艾　玛　是的。她觉得他是个跳板。她不想一辈子都待在郊区。

韦斯利 这种事不是早就应该盘算好吗?

艾 玛 她没法摆脱这里。和爸在一起就没门。他不让她有自己的想法。她只能同意。

韦斯利 她不会思考。他也不会。

艾 玛 不要太刻薄了。

韦斯利 他们每天焦头烂额的,怎么会有什么其他的想法呢?他们没有时间去思考。

艾 玛 昨晚爸回来的时候,你怎么没叫我?

韦斯利 我不知道。

艾 玛 你本该告诉我的。

韦斯利 他就拿了他的脏衣服回来,然后又走了。

艾 玛 他还带来了食物。

韦斯利 洋蓟。

艾 玛 比什么都没有好。(谈话停顿,他们都在做各自的活计)他们现在可能已经去墨西哥了。

韦斯利 谁?

艾 玛 妈妈和那个律师。她依偎在他身边,咯咯地笑着,转动着收音机上的频道旋钮。他得意扬扬。给她买热狗,还跟她吹嘘他的业绩。

韦斯利 她会回来的。

艾 玛 她会告诉他我们的一切,爸是多么疯,一直想杀了她。她很开心能上路逃走。一路上,许多陌生的地方一闪而过。他们穿过边境,参加壁球游戏赌博。他们去往下加利福尼亚,在那里的海滩游泳。他们晚上会生营火烤鱼。第二天早上,他们又出发了。但他们在快到一个叫洛斯塞里托斯的小镇时抛锚了。他们不得不徒步走五英里到城里去。他们来到一个破烂的小加油站,那里只有一个油泵和一只三条腿的狗。全镇只有一个机械师,那就是我。但他们没认出我。他们问我能否修好他们的 carro①——我只讲西班牙语。我已经不懂英语了。但我理解他们的意思,他们坐上我改装的四轮驱动国际车上路,找到他们抛锚的车。我跳出来,看了看引擎盖里面。我看到只是配电器里的旋转臂坏了,但我告诉他们需要装一个全新的发动机、一个新的线圈、一套接触点和一组插头,还需要对化油器做一下微调。需要一晚上来处理,我要收他们劳务费。所以我在车库里给他准备了一张小床,等他们睡着后,我取出整个引擎,再放入一个改装的大众车汽缸。第二天早上,我向他们收取双倍的费用,看着他们上路,然后卖掉他们的发动机赚点小钱。

韦斯利　如果你没什么事儿,你可以去看下洋蓟吗?

艾　玛　我正在做事。

---

① 西班牙语,意为"汽车"。

韦斯利　什么？

艾　玛　我正在修改图表。某人把它们全尿湿了。

韦斯利　你花时间在这些东西上做什么？你应该做一些更重要的事情。

艾　玛　比如查看一下洋蓟？

韦斯利　是啊！

艾　玛　你去看一下洋蓟。我很忙。

韦斯利　你正来着大姨妈。

艾　玛　别往私事上扯。这可不厚道。你应该多用用脑子。

韦斯利　就往里面添点水，好吗？不要烧煳了。（艾玛扔下她的油性马克笔，走到一锅洋蓟前。她往锅里看了看，然后回到椅子上，继续做她的图表）怎么样，还好吧？

艾　玛　完美。就像锅里煮着的是天上的佳肴。你到底在做什么？

韦斯利　做一扇新门。它看起来还会像什么？

艾　玛　我觉得像一堆锯断的木头。

韦斯利　至少它有实际用途。

艾　玛　没有前门我们也可以凑合过。还有，它还可能让潜在买家跑掉。让这个地方看起来像一个鸡舍。（想起了她的鸡）哦，我的鸡！我真想杀了妈。

韦斯利　你还不明白这里发生了什么，对吧？

艾　玛　发生了什么？

韦斯利	这个房子。你以为会是某位美国先生或太太买下这个地方，但其实不是。是泰勒。
艾　玛	他是个律师。
韦斯利	为房产公司工作的律师。搞土地开发的那种。
艾　玛	那又怎样？
韦斯利	所以这不仅仅意味着丧失一所房子。这意味着丧失一个国家。
艾　玛	你把它说得就像一次入侵。
韦斯利	就是。这是僵尸入侵。泰勒是僵尸头目。他是召唤其他僵尸的先遣队。这意味着有更多的僵尸正在赶来的路上。他们很快就会破门而入。
艾　玛	就等你把门安上。
韦斯利	他们将是冲进果园的推土机，是穿墙而入的巨型钢球，是撸起袖子、夹着设计图的工头。横跨数英亩土地的钢梁将被铺设。还有水泥桩。预制墙。那些隐形的僵尸所拥有的僵尸建筑。僵尸之城！就在这里！就在我们现在住的地方。僵尸的国度！
艾　玛	我们可以占领它。爸有枪。
韦斯利	那是一把日本枪。
艾　玛	好使。我有一次看到他用那把枪射死了一只孔雀。
韦斯利	孔雀？
艾　玛	把它轰成了碎片。它坐在悬铃木上，整夜整夜地尖叫。

韦斯利 可能是交配季节。

艾　玛 （在长时间的停顿后）他们不会不回来了吧?

韦斯利 谁?

艾　玛 爸妈。

韦斯利 你的意思是永远?

艾　玛 是的。也许他们再也不会回来了，整个地方就都归我们了。我们可以在这个地方做很多事情。

韦斯利 我不会永远待在这里。

艾　玛 你要去哪儿?

韦斯利 我不知道，也许阿拉斯加。

艾　玛 阿拉斯加?

韦斯利 是啊，有何不可?

艾　玛 阿拉斯加有什么?

韦斯利 边境。

艾　玛 我以为他们关闭了边境。

韦斯利 边境还在那儿。

艾　玛 你疯了吗? 那里天寒地冻，到处都是强奸犯。

韦斯利 它充满了各种可能性。还未开发的处女地。

艾　玛 谁想发现一堆冰呢?（韦斯顿突然从舞台右侧跌跌撞撞地走上来。他比上次醉得更厉害了。艾玛站在桌子旁，不知道该留下来还是离开。韦斯顿看着她。）

韦斯顿 （对艾玛）放松点。放心吧! 只有你老爹。坐下! 不要站在桌子边上。这儿又不是舞厅。（艾玛坐下来。韦斯利笨拙地站在一边。韦斯顿看着地板上的木头。对韦斯利）这到底是怎么回事？你是要在这里建一个谷仓，还是怎么的？

韦斯利 是在做一扇新门。

韦斯顿 啥！怎么像虫子在嗓子眼后面说话一样！用你的牙齿说话！说英语！

韦斯利 我在说话。

韦斯顿 好吧。现在我问问你，这到底是怎么回事？这是什么？

韦斯利 这是一扇新的门。

韦斯顿 什么是新的门？那扇旧门怎么了？

韦斯利 它已经没了。（韦斯顿转过身来，微微摇晃着，向舞台右侧看去。）

韦斯顿 哦。（他又回到韦斯利身边）它去了哪儿？

韦斯利 你把它弄坏了。

韦斯顿 哦。（他看着桌子）我的衣服都洗好了吗？

艾　玛 她还没有回来。

韦斯顿 谁没回来？

艾　玛 妈。

韦斯顿 她还没回来吗？一晚上都过去了。不是过了一整夜了吗？

艾　玛 是。

韦斯顿　　太阳不是在这个悲惨的星球升起又落下了吗?

艾　玛　　是。

韦斯顿　　(转向韦斯利)那她去哪儿了? 家里的小妇人。

韦斯利　　不知道。

韦斯顿　　少给我扯! 别来这一套! 扯什么"我不知道"的鬼话。

　　　　　(他凑向韦斯利。韦斯利迅速后退。韦斯顿停下来,站

　　　　　在那里,在原地摇晃。)

韦斯利　　我真的不知道。

韦斯顿　　不要老是维护她! 不要打掩护! 明白了! 别价! 她用

　　　　　不着!

韦斯利　　我不知道她去了哪里。

艾　玛　　她和一个律师一起走了。(韦斯顿慢慢地转向艾玛。)

韦斯顿　　什么?

艾　玛　　律师。

韦斯顿　　律——师是什么意思? 一个律师? 一个法律界人士?

　　　　　(突然大喊大叫)**你说的律师到底是什么?**

艾　玛　　一个叫泰勒的。一个律师。(韦斯顿醉醺醺地盯着她,

　　　　　试图理解她的话。长时间的停顿。然后他转向韦

　　　　　斯利。)

韦斯顿　　(对韦斯利)你知道什么泰勒吗?

韦斯利　　我还以为她现在应该回来了。她说她要出去吃顿商务

　　　　　午餐。

韦斯顿	你知道!
艾 玛	也许他们出了意外。
韦斯顿	（对艾玛）坐着我的车! 我的凯撒弗雷泽! 我要拧断他的脖子!
韦斯利	也许他们确实出了意外。我去给医院打电话。
韦斯顿	**不要打电话给任何人!**（压低声音）不要打电话给任何人。（停顿）那辆车是一辆老爷车。挺值钱的。
艾 玛	（停顿了许久）你想坐下来吗，爸?
韦斯顿	我能站得住。这里是什么味道? 这可怕的气味是什么!
韦斯利	洋蓟。
韦斯利	它们闻起来是这样的吗?
韦斯利	它们煮沸了。
韦斯顿	别让它们再煮沸下去! 它们可能会溢出来。（韦斯利走向炉子，把火关掉）你在这儿拴着的那只该死的羊去哪儿了? 这就是你要做的东西吗? 一个羊圈?
韦斯利	一扇门。是这房子的房门。
韦斯顿	（踉踉跄跄）我要坐下来。（他跌跌撞撞地走向桌子，坐在舞台右侧那端。艾玛站在那里。对艾玛）坐下! 坐下来! 关掉煮洋蓟的火!
韦斯利	我关了。
韦斯顿	（把衣服推到一边）她什么都没做。这堆衣服和我拿回来的时候一模一样。没有洗! 脏兮兮的一堆。还是那

个样。

艾　玛　我会洗的。

韦斯顿　不，你不能洗！你让她去做！这是她的工作！她到底在这里干什么？你知道吗？她整天都做什么？一个女人在家里都做什么？

艾　玛　我不知道

韦斯顿　你应该在学校上学。

艾　玛　我做也没关系。我并不介意。

韦斯顿　**你不要洗！**（长时间的沉默）你觉得这个地方怎么样？

艾　玛　这房子？

韦斯顿　整个地方。整个荒唐的地方！果园！空气！夜空！

艾　玛　这地儿挺好的。

韦斯顿　（对韦斯利）你觉得怎么样？

韦斯利　我不会卖掉它的。

韦斯顿　你不会卖掉它的。你卖不了！这不是你的！

韦斯利　我同意，但如果是我，我不会卖掉。

韦斯顿　为什么？它有什么好？它好在哪里？

韦斯利　它就在这儿。这是我们在的地方。如果卖了，我们也就不在了。

韦斯顿　非常合理的推理。绝对合理。（转向艾玛）你哥哥从来不擅长用脑，是吧？你可是个聪明人，是个优等生，没说错吧？

艾 玛 是。

韦斯顿 一个优等生，却每天在这个垃圾场里腐烂。你就一直这么下去，对自己没什么打算?

艾 玛 我不知道。

韦斯顿 你不知道。你最好快点想点办法出来，因为我找到了一个买家。(沉默) 我找到了一个买家，付现金。一手交钱一手交货! (他用手拍着桌子。长时间的沉默，艾玛站起来，从台左下场) 她到底怎么了?

韦斯利 我不知道，她月经初潮了。

韦斯顿 她什么? 她还小呢。她这个年纪不应该来月经的。太早熟了。

韦斯利 她就是来了。

韦斯顿 我不在的时候，你们都干吗? 坐在一起谈论月经吗? 你不应该知道你妹妹什么时候来月经! 这是女人之间的机密。"机密"的意思是她们之间保守的秘密。

韦斯利 我知道"机密"是什么意思。

韦斯顿 不错，知道就好。

韦斯利 你为什么不睡觉去，让我做完这扇门?

韦斯顿 有什么意义吗? 我告诉过你我在卖房子。为什么还要建一扇新的门呢? 没有必要花这个钱。

韦斯利 我还住在这里。在我离开之前，我还要一直住在这儿。

韦斯顿 非常勇敢。非常勇敢的愿景。事实上，我很羡慕。

韦斯利　真的吗?

韦斯顿　肯定的! 当然! 除了愿景, 还有什么可羡慕的呢? 你看看我的! 看看我的愿景。你并不羡慕它, 对吧?

韦斯利　不。

韦斯顿　那是因为它浸透了毒。被污染了。你知道那是毒药, 对吧? 你一眼就看出来了?

韦斯利　是。

韦斯顿　是的, 你知道。我可以看出来你是知道的。我的毒药吓到你了。

韦斯利　不会吓到我。

韦斯顿　没有?

韦斯利　没有。

韦斯顿　不错, 你长大了。我像你这么大的时候就没能看出来我老爸的毒药。直到好些年之后才晓得。那你知道我是怎么发觉的吗?

韦斯利　怎么发觉的?

韦斯顿　是因为我看到自己也感染了他的毒。就这么发觉的。我看见我自己走到哪里都携带着他的毒药。他的毒流淌在我身体里。你认为这公平吗?

韦斯利　我不知道。

韦斯顿　那你是什么意思? 你以为是我想要那样吗?

韦斯利　不是。

　　　　　　　　　　　　山姆·谢泼德剧作集

韦斯顿　所以这很不公平，对吧？

韦斯利　那也是没办法的事。

韦斯顿　我并不想要，却被感染了。

韦斯利　到底是什么？

韦斯顿　你什么意思？到底是什么？你可以自己睁开眼瞧瞧！

韦斯利　我知道它就在那儿，但我不知道它是什么。

韦斯顿　你会想明白的。

韦斯利　怎样想明白？

韦斯顿　你怎么毒郊狼？

韦斯利　马钱子碱

韦斯顿　怎样下毒！不是用什么来毒！

韦斯利　把它放在一只死羔羊的肚子里。

韦斯顿　对啊。现在你明白了吗？

韦斯利　（停顿）没有。

韦斯顿　你真迟钝！蠢透了。（停顿）是这样，我看着我的老爸走来走去。我看着他在各个房间进进出出。我看着他开拖拉机，看着他观看棒球赛，看着他变得孤僻。离开了我妈。离开我的兄弟们。看着他靠边站。除了我，没有人看见他。他和生活整个隔绝了。他生活在人群里，却孤绝一人。没人看得出来。（长时间停顿。）

韦斯利　你想要一个洋蓟吗？

韦斯顿　不要。

韦斯利	买家是谁？
韦斯顿	某个家伙。城里"不在场证明俱乐部"的老板。他说会给我现金。
韦斯利	多少钱？
韦斯顿	足够去墨西哥了。在那边，他们碰不了我。
韦斯利	谁？
韦斯顿	这些都不关你的事！为什么我在家的时候，你总是惹我发火？这到底是怎么回事？
韦斯利	我们俩看不对眼。
韦斯顿	真聪明！非常善于观察！你是有什么毛病吗？你在这房子里干什么？
韦斯利	我是你的后代。
韦斯顿	天啊，真够把一个健全的人逼疯的！你就像个间谍，到处探头探脑。你为什么一直在监视我？（韦斯顿看着他。他们互相盯着对方看了一会儿）你想看我就看个够。你什么也看不出来。
韦斯利	妈也想卖掉这个地方。（韦斯顿狠狠地盯着他）就是那个律师。他在帮她代理。（韦斯顿站了起来，差点摔倒。）
韦斯顿	**我要杀了她！我要杀了他们两个！我的枪在哪儿？我这儿有一把枪！一把缴获的枪！**
韦斯利	放松。别那么激动。
韦斯顿	不，你才放松呢！这整件事已经太离谱了！就像住在

毒蛇窝里！一帮间谍！暗戳戳地搞见不得人的阴谋！我可是养家糊口的人！我是那个把食物带回家的一家之主！**这是我的房子！我买的这所房子！要卖房子也是我来卖！我要拿走所有的钱，因为那是欠我的钱！你们都欠我的！你们每一个人！她不能把我的房子偷走！这是我的！**（他摔到桌子上，又瘫倒在那儿。他挣扎着不让自己倒在地上。韦斯利走近他）**退后！我不会死的，别过来！**（他努力靠在桌子上爬起来，把脏衣服和艾玛的图表打翻在地）我不需要一张床。我不需要你给我任何东西！我就待在这里。**谁都别来动我！看谁敢**！我就待在这儿。（他终于爬上了桌子，平躺在上面。慢慢地失去知觉。韦斯利在一个安全的距离外看着他。）

韦斯利　（还站在那里看着韦斯顿）艾玛！（没人答应）哦，该死。别冲着我发火，老爸。（他小心翼翼地向韦斯顿走去。韦斯顿突然醒过来。还躺在桌子上。）

韦斯顿　**不要走太近！**（韦斯利跳了回来。）

韦斯利　难道你不想躺在床上吗？

韦斯顿　我就在这里。全身麻木。什么也感觉不到。麻木的感觉真好。

韦斯利　你看，我们没必要卖房子。我们可以把这个地方修整好。

韦斯顿　现在已经太晚了。我欠外面的钱。

韦斯利　我可以找一份工作。

韦斯顿　你是得找份工作。

韦斯利　我会找到的。我们可以靠自己经营这个地方。

韦斯顿　别傻了。这儿没有足够的树，养活不了自己。

韦斯利　我们可以加入那个加州鳄梨协会。这样我们就可以维持生活了。

韦斯顿　离开这里吧！离开我！

韦斯利　没有你的签名，泰勒卖不掉这个房子。

韦斯顿　我要杀了他！逼急眼了，我和他鱼死网破。我要去撞他。我要开我的帕卡德撞向他。他长什么样？（韦斯利没有回答）**他长长什么样？**

韦斯利　很普通。像个骗子。

韦斯顿　（仍躺在桌子上）我会找到他的。然后我就会去找那个骗我买沙漠地的恶棍。我会去追杀他们所有人。每一个。还有你妈。我会找到她，然后在他们的床上开枪射杀他们。在他们酒店的床上。我要让他们的脑浆溅射到震颤的床上。我会把他拖进酒店大堂，割开他的喉咙。我参加过战争。我知道怎么杀人。我上过战场。我知道该怎么办。以前做过。没有什么大不了的。你只需要做个心理调适就行。你说服自己，杀个人也没关系。就这样。这很容易。你只是把他们宰了。小事一桩。

韦斯利　你不必杀了他。他做的事都是违法的。

韦斯顿　他和我老婆一起私奔! 这是非法的!

韦斯利　她会回来的。

韦斯顿　他不知道自己在做什么。他以为我和他一样。唯唯诺诺。哭哭啼啼。鬼鬼祟祟。他可不晓得我的血液里有什么。他还没有意识到爆炸性。我们不属于同一个阶级。他没意识到，没想到这一点。他指望我能运用我的理性。一起协商。谈谈话。出去吃点商务午餐，谈点事情。他没料到我会杀人。他的脑袋里可想不出杀人的事儿。

韦斯利　放松，爸。试着睡一会儿。

韦斯顿　我在睡觉! 我就在这里睡觉。我飘远了。你知道我是飞行员。

韦斯利　我知道。

韦斯顿　我在空中驾驶着巨大的飞行器。大家伙! 轰炸机。多么壮观的景象。飞过意大利上空。飞过太平洋。海岛。巨大的机体。大海。蓝色大海。(慢慢地，韦斯顿又失去了意识。韦斯利看着他躺在桌子上，稍稍朝他走去。)

韦斯利　爸? (他向前挪了挪) 你睡着了吗? (他走向台前，看着木头和工具。随后他看向冰箱。灯光变暗。)

第一幕结束

第二幕

·

第一场

埃拉拿着一袋杂货从台前右侧走了进来。她一看到韦斯利就停了下来。韦斯利转向她。埃拉看着躺在桌子上的韦斯顿。

埃　拉　他在这里待了多久？

韦斯利　刚回来。你去哪儿了？

埃　拉　（走向冰箱）外面。

韦斯利　你的男朋友呢？

埃　拉　（打开冰箱）不要侮辱别人。是谁把这些洋蓟放在这里的？怎么回事？

韦斯利　是爸。他从沙漠里带回来的。

埃　拉　什么沙漠？

韦斯利　温泉。

埃　拉　哦。我想他是去看他那块可怜的地产了。（埃拉把杂货放在炉子上，然后开始把冰箱里的洋蓟扔到地板上。）

韦斯利　你在做什么？

埃　拉　把这些扔掉。我们什么吃的都没有，这时候买洋蓟回来就是个笑话。

韦斯利　这是食物。

埃　拉　你管这叫食物？这是外来物种。洋蓟产自哪里？不是美国，这是肯定的。

韦斯利　但我们正在挨饿。

埃　拉　哦，闭嘴吧。这太荒谬了。

韦斯利　你是怎么知道这块沙漠地产的？

埃　拉　我就是知道，如此而已。

韦斯利　他告诉你了？他从没告诉过我。

埃　拉　我只是碰巧知道他被骗了五百美元。算了吧，不去计较了。又一笔"精明"的交易。

韦斯利　泰勒。

埃　拉　（转向韦斯利）什么？

韦斯利　是泰勒卖给他的，对吧？

埃　拉　别说傻话。（转头看向冰箱）要称呼泰勒先生。请保持尊重。

韦斯利　否则你怎么会知道呢？

埃　拉　要知道，泰勒先生并不是世界上唯一一个做房地产这一行的人。

韦斯利　他在这里偷偷摸摸地踩点了好几个月。

埃　拉　偷偷摸摸？他可不偷偷摸摸。他每次都会直接走到前门来。他是个绅士。

韦斯利　他是一条蛇。

埃　拉　你只是嫉妒他，仅此而已。

韦斯利　别骗我了！就是他，不是吗？我记得我见过他拿着公文包，在房子周围转悠。

埃　拉　他是一个投机商。这是他的工作。投机者都这样。他们会在未来进行交易。在当今这个时代，一个能够准确评估土地价值的人是非常重要的。一个能看出土地潜在价值的人。

韦斯利　这儿没有什么未来。

埃　拉　哦，别说疯话。你让我想起了你爸。（她开始把包里的所有杂货都放进冰箱。）

韦斯利　他到底是什么人？你告诉过我他是个律师。现在又说他是一个投机者。

埃　拉　我可不关心他的私事。

韦斯利　你不关心？真的吗？

埃　拉　你为什么突然这么尖刻？

韦斯利　也并不突然。

埃　拉　我以为你会很乐意离开这个鬼地方。去旅行。去看看世界上的其他地方。

韦斯利　我不会离开的！

埃　拉　哦，会的。我们都要和它拜拜了。交易已经谈妥了。只需要我最后一个小小的签名，然后就大功告成了。一件也不留。烂的汽车、生锈的拖拉机、发霉的牛油果、疯马、蠢羊，还有鸡。全套装备，打包出售，一件不留。

韦斯利　然后你就自由了吧？我猜。

艾　玛　没错。

韦斯利　你要和他一起走吗？

埃　拉　我希望你不要有这些乱七八糟的想法。我是自己做主的。

韦斯利　你从哪里买到这些杂货的？

埃　拉　我顺路买的。

韦斯利　（停顿）你知道吗？你已经太晚了。你所有的如意算盘都落了空，被别人拔了头筹。

埃　拉　（关上冰箱，转向韦斯利）你这是什么意思？

韦斯利　爸已经把房子卖掉了。

埃　拉　你一定是疯了！他根本卖不出去！你看看他！看他躺在那里的样子！他看起来像一个能卖出像房地产这种值钱东西的人吗？他看上去有这个能力吗？你看看他！一个可怜虫！埋在一堆脏衣服里。

韦斯利　如果我是你，我就不会叫醒他。

埃　拉　他现在再也不能伤害我了！我有人保护！如果他动我一个手指头，我可以让他碎尸万段！他死定了！

韦斯利　他先发制人，打败了你，不过他都不知道。

埃　拉　不要说傻话！把这堆垃圾从这里拿走！每次回家都能

看到那扇破门，烦死了。

韦斯利　那是一扇新门。

埃　拉　把它从这里拿走吧!

韦斯利　(安静地)我告诉过你，你最好不要叫醒他。

埃　拉　我不会在家里缩头缩脑了。我受够了在自己家里感觉像个外国人。我不会再害怕他了。

韦斯利　你最好当心。他会杀了泰勒的，你知道。

埃　拉　他总要杀人! 他每天都要杀人!

韦斯利　这次他是认真的。他已经山穷水尽了。

埃　拉　这是肯定的。

韦斯利　他也会杀了你的。(埃拉沉默了一会儿。他们互相盯着对方看。)

埃　拉　你知道这话是什么吗? 是一个诅咒。我能感觉到。看不见，但它就在那里。它一直都在那里。像夜晚一样降临，将我们笼罩。每天我都能感觉到它。每天我都能看见它到来。而它总是会来。循环往复。即使你使尽全力阻止它来，它还是会来。即使你试图改变它，它也总是兜个圈子回来。深入身体。它会不断地回到微小细胞和基因里。深入原子。不靠我们的意志，自主深入四处漂游的小东西。在子宫里潜伏。甚至在那之前。在空气中。我们周围充满了它。它甚至比政府还要大。它还不断前行。我们传播它。我们把它传递

　　　　　　　　　　　　　　山姆·谢泼德剧作集

下去。我们继承它，然后传下去，继续传。没有我们，它也会这样持续下去。（埃利斯是"不在场证明俱乐部"的老板，他从台右上场，朝他们微笑。他穿着一件闪闪发光的黄色衬衫，领子敞开，脖子上挂着链子，链子上有一个金十字架。他很魁梧，胳膊上到处都有文身，下身穿一条紧身裤，脚上是亮闪闪的鞋子，手上戴了好几枚戒指。他环顾四周，看到韦斯顿躺在桌子上。）

埃利斯 "蒸汽机工人"威士忌喝太多了，对吧？我一直告诉他少喝点，但我这话就像放屁。（被自己的笑话逗笑了）你们一定是他的妻子和孩子。我叫埃利斯，在城里经营"不在场证明俱乐部"。你一定听说过它，是吧？（埃拉和韦斯利没有任何反应）你家老头子知道，这是肯定的。几乎每天晚上都去。常客了。我总是好奇他睡哪里。这里是什么味道？

韦斯利 洋蓟。

埃利斯 洋蓟，真的？闻起来像不新鲜的尿。（哈哈大笑；其他人没有反应）我自己从来都不喜欢吃蔬菜。我喜欢牛排。"肉与血"，这是我的座右铭。可以让你的骨头像象牙一样坚硬。

埃　拉 我知道，没有门，敲门的要求有点高，但你总不能像这样大摇大摆地进到别人的房子里闲逛，不拿自己当外人？

埃利斯 我确实不是外人，实际上，我是这房子的主人。（停顿）没错。签了字，盖了章，已交付。现金就在这里。（他从腰带上拿出两大包钞票，在空中挥舞着）一千五百美元实打实的钞票。

韦斯利 一千五百美元！（看看埃拉。）

埃利斯 这就是他欠我的钱。这是我们商定的价格。听着，伙计，我甚至都不用拿着钱过来。我在酒吧连一分钱都没付，你家老头子把整个房地产都过户给我了。我满可以更轻易地宰他一把。只是碰巧我还是个有信誉的人。

埃　拉 （对韦斯利）把他弄走！

埃利斯 （冷淡地告诉韦斯利）试都别试，伙计。（埃利斯和韦斯利直视对方。埃利斯微笑着说）我年轻的时候可是打过无数架的人，伙计。我不是一个暴徒，但我像牛一样强壮，我自己都没有意识到自己的力量。但是我一旦发威，那就太可怕了。你知道吗？你可能还没反应过来，就有人受伤了。就会有人趴那儿了。

埃　拉 这就是个笑话！你不能从一个醉鬼那里买房地产。他不能为自己的行为负责！

埃利斯 这房子是他的，不是吗？

埃　拉 这房子是我的！

埃利斯　他告诉我的可不是这样。

埃　拉　我拥有它，而且它已经被卖掉了，所以快滚出去吧！

埃利斯　我这儿有文件。（他拿出了契约）就在这儿。签了字，盖了章，已交付。你该怎么解释呢？

埃　拉　这不合法！

韦斯利　他欠谁的钱？

埃利斯　哦，那个，我可不是东打听西打听的人。我只是碰巧知道他欠一些不好惹的主儿的钱。

韦斯利　欠了一千五百美元？

埃利斯　大概就是这么多。

埃　拉　叫醒他！我们要弄个水落石出。

韦斯利　（对埃拉）你是疯了吗？如果他在这里看到你，他会发飙的。

埃　拉　（走到韦斯顿身边，开始摇晃他）那我来把他叫醒！

韦斯利　哦，天啊！（韦斯顿仍然无意识。埃拉不停使劲摇着他。）

埃　拉　韦斯顿！韦斯顿，起来！韦斯顿！

埃利斯　我年轻时见过一些铁杆子，但他一直没变。这是肯定的。喝起酒来像加拿大佬。喝得又多又快。

韦斯利　你说那些家伙很强硬吗？他为什么会欠他们钱？

埃利斯　你知道，伙计，他一直在借钱。他是个到处借贷的二货。汽车款。小马驹。沙漠中的土地。他总是有一些愚蠢的投资。到如今是越陷越深，就这么回事。

韦斯利 他们会怎么对付他？

埃利斯 现在没事了。我救了他的命。你们应该感谢我才是。

埃　拉 **韦斯顿！站起来！**（她摇晃他摇得自己都累了。韦斯顿仍然没有意识。）

韦斯利 他们会因为一千五百美元就杀了他吗？

埃利斯 谁说要杀人了？我说过什么关于杀人的事吗？

韦斯利 没有。

埃利斯 那就不要轻率地下论断。你会惹上麻烦的。

韦斯利 也许你应该把钱交给他们。

埃利斯 听着，我已经替他扛到这里了，下面看他的了。我不是他的私人保镖。

韦斯利 如果他拿钱跑路了呢？

埃利斯 他们会找到他的。那些家伙是不会让你溜之大吉的。

韦斯利 把它给我。

埃利斯 什么？

韦斯利 钱。我去送。

埃　拉 （离开韦斯顿）韦斯利，你别去碰那些钱！它不干净！别碰它！（埃利斯和韦斯利互相看着。）

韦斯利 你有合同吧。我是他的大儿子。

埃　拉 你是他的独生子！

韦斯利 把钱给我。我会处理的。

埃利斯　（把钱交给韦斯利）好吧，伙计。只是不要草率行事。这对一个年轻人来说是很大一笔钱。（韦斯利接过钱。）

埃　拉　韦斯利，这是非法的！你会成为共犯！

韦斯利　（对埃利斯）我在哪里可以找到他们？

埃利斯　那是你的事，伙计。我只是买家。（埃利斯开始四处转悠，察看这个地方。埃拉走到韦斯利身边，韦斯利在数钱。）

埃　拉　韦斯利，你把钱给我！它不属于你！给我！

韦斯利　（冷冷地看着她）这钱不够去欧洲的，妈。

埃利斯　我在想把这个地方变成一间牛排馆。你们觉得怎么样？建一个不错的小牛排屋，你们觉得怎么样？

韦斯利　（还在数钱）当然可以。

埃利斯　人们下高速公路，吃一块牛排，喝一杯马提尼——午后鸡尾酒，俯瞰山谷。安静惬意。甚至可以在前面建一个日式花园。放几条金鱼在里面游泳。也许还可以建一个八洞的推杆高尔夫球场。这个地方充满了可能性。

埃　拉　韦斯利！（泰勒手提文件箱出现在舞台右侧。埃拉转身看见了他。韦斯利一直在数钱。）

泰　勒　哦，抱歉，我没想到你有客人。（对埃拉）我已经起草了终稿。（泰勒走向桌子，看到韦斯顿躺在桌子上，停

（了下来，找了个地方放下他的文件箱。）

埃　拉　（对泰勒先生）现在已经太晚了。

泰　勒　什么？什么太晚了？

埃　拉　整件事。韦斯顿已经卖掉了这个地方。

泰　勒　这太愚蠢了。我准备好了最终版的合同。只需要你的
　　　　签名就行了。

埃利斯　这又是什么角色？

埃　拉　（对泰勒）韦斯顿以一千五百美元的价格卖了。

泰　勒　（笑）那不可能。

埃　拉　钱就在那儿！韦斯利已经拿到了！韦斯利把钱收起
　　　　来了！

泰　勒　他卖不了这处房地产。他没资格。我们已经讨论
　　　　过了。

埃利斯　（走到泰勒身边）嘿，听着，朋友。我不知道你什么来
　　　　历，但我建议你滚开，因为这是我的交易。明白吗？这
　　　　是我的买卖。

泰　勒　（对埃拉）这是谁？

埃　拉　他就是买家。

韦斯利　（对泰勒）你动作太慢了，泰勒。他从你眼皮底下抢走
　　　　了生意，不是吗？

泰　勒　既然这么说，那只有上法庭了。他半点理都占不上。
　　　　在法律上，他在本州是被监管人。他不能卖地。

埃利斯　（手里挥着契约）听着，我在市政厅核实了这笔交易，一切都透明公开。

泰　勒　这和交易本身无关。我说的是心理责任。此人是酗酒症患者。

韦斯利　你说的什么心理责任，不仅适用于卖，也适用于买吗？

泰　勒　（对埃拉）他在说什么？

埃　拉　没什么。韦斯利，你把钱还给他！

韦斯利　当他购买距离最近的加油站也要一百英里的一块沙漠旱地的时候，心理责任也适用吗？

泰　勒　（对韦斯利）我觉得你是在转移重点。关键是，你父亲在心理和情感上不能为自己的行为负责，因此，他进行的任何法律谈判都没有法律效应。这一点很容易在法庭上得到证实。我们有第一手的证据表明他有暴力倾向。他的驾驶执照被吊销，但他仍然继续开车。他已经不能参保了。他不能胜任任何一份稳定的工作。他百分之九十的时间都不在家。他有入狱记录。这是一个显而易见的胜诉官司。

埃利斯　（对泰勒）你到底是什么人？律师还是什么？你怎么在我家信口开河！

埃　拉　这不是你的房子！他说的就是这个！你听不懂吗？你没有脑子吗？

埃利斯　听着，女士，我是卖酒的。你明白我的意思吗？在我的酒吧里发生了很多奇怪的事情，但我从来没见过像这个主儿这样奇怪的人。我从没遇到过任何我搞不定的事情。

韦斯利　泰勒，你最好滚蛋，在你遭报应之前。

泰　勒　我可不想再被人恐吓了！为了这个项目，我可是冒了一把险，而你们却处处不情愿。

埃　拉　我可没有不情愿。

泰　勒　（对韦斯利）你可能不知道，我身后有一些大公司的支持！行政管理部门！银行。有权有势的人。能认识到投资未来的重要性的野心家。那些想建设这个国家，而不是摧毁它的人。你们这些人活得好像整个世界都围绕着你们鸡毛蒜皮的生活转一样。好像一切都屏住呼吸，等待着你们的下一步行动。哦，不，不是那样的！没有人在等！一切都在滚滚向前！没有你们，一切都还在继续！轮子还在不停运转。你没办法把它转回去。你唯一能做的事就是合作。做出妥协。成为我们的一分子。投资这片伟大土地的未来。因为如果你不这样做，你们都会被抛在时代后面。你们每个人都是。不这样就会落入末路穷途。没有什么能救得了你们的。什么也不能，也没有人能。（一名警察出现在舞台右侧，一身高速公路巡警的行头。）

马尔科姆　唔——不好意思，请问泰特夫人在吗？

埃　拉　在。

马尔科姆　你是泰特夫人？

埃　拉　是的，我是。

马尔科姆　抱歉，我本想敲门的，但没看到门。

埃　拉　没关系。（泰勒开始紧张地挪向舞台左侧。韦斯利看
　　　　着他。）

马尔科姆　我是马尔科姆中士，高速公路巡警。

埃　拉　啊，怎么了？

马尔科姆　你有个女儿，叫艾玛·泰特是吗？

埃　拉　是，怎么了？

马尔科姆　她已经被拘捕了。

埃　拉　为什么？

马尔科姆　她似乎骑着马闯入市中心的一家酒吧射击，步枪打
　　　　得到处是枪眼。

埃　拉　什么？

埃利斯　什么酒吧？

马尔科姆　一个叫"不在场证明俱乐部"的地方。我当时不在
　　　　那里，他们把她抓起来的。

埃利斯　那是我的俱乐部！

马尔科姆　（对埃利斯）你是那里的老板？

埃利斯　那是我的俱乐部！

马尔科姆　你是埃利斯先生吗？

埃利斯　损失有多大?

马尔科姆　还有待估计,但损失惨重。她把整个地方都掀翻了。幸运的是,当时里面没有人。

埃利斯　(对韦斯利)把钱还给我吧!(埃利斯从韦斯利手中夺过了钱。泰勒偷偷从舞台左侧溜走了。)

韦斯利　(对警察)嘿!他逃跑了!那家伙是个骗子!

马尔科姆　什么家伙?

韦斯利　(走向舞台左侧)那个家伙!那个刚跑出去的家伙!他是个贪污犯!一个诈骗犯!随便什么罪名都好。他卖给我老爸一块破地!

马尔科姆　那不在我的管辖范围。

埃利斯　(对埃拉)我知道是他派她去我那儿捣乱的。我可不是傻子!如果他认为这样就能唬住我,他简直疯了!他以为自己是什么人?我要起诉他!我这是要替他解忧!我是想帮他一个忙!我在给他撑腰!他醒了之后,你就告诉他,他可是捅了大娄子!他还没瞧见我的手段呢!你告诉他。(开始离开)请记住,我拥有这个地方。这是我的!所以不要再玩什么花样了。我在高层也有朋友。我和他们能直接说上话。是吧,警官?

马尔科姆　我不知道。我来这儿是为了别的事儿。

埃利斯　(对埃拉)那你告诉他吧!再惹我,让他等着瞧!(埃利斯退出。)

埃　拉　（对警察）他带走了我们的钱!

马尔科姆　听着,女士,你女儿在监狱里。我可不知道任何其他的事情。我在说你女儿的事。（韦斯利从台右跑了出去。埃拉在他身后喊着。）

埃　拉　韦斯利! 你要去哪里?

韦斯利的声音　（场外）我要把那些钱拿回来!

埃　拉　那不是你的钱! 回来! 韦斯利!（她停下来,看了看马尔科姆）人人都要跑。连泰勒先生也离开了。你听到他跟我说话的样子了吗? 他和我说话的方式前后完全不一样。他终究也不是什么好货色。

马尔科姆　泰特夫人,我们要怎么处置你的女儿?

埃　拉　我不知道,我们该怎么办?

马尔科姆　她必须在拘留所过夜,如果你不想让她回家,她可能会被少年法庭传讯。

埃　拉　不过我们都要离开这儿了。我们要去欧洲。她不能回家。这里不再有人。

马尔科姆　那你得签署一份声明。

埃　拉　什么声明?

马尔科姆　允许对她进行传讯。

埃　拉　好吧。

马尔科姆　你得跟我一起走一趟,除非你自己开车。

埃　拉　我有车。（停顿）每个人都跑掉了。

马尔科姆　你一个人可以吗？

埃　拉　剩下我自己，一个人。

马尔科姆　是的，我知道。你开车没事吧？还是想和我一起坐
　　　　　巡逻车？

埃　拉　我不会有事的。

马尔科姆　那我就在警察局等你吧。（马尔科姆退下。埃拉还站
　　　　　在那里。）

埃　拉　（自言自语）所有人都跑了。（韦斯顿一下子坐了起
　　　　　来，桌子也随之震动了一下。埃拉跳了起来。他们互
　　　　　相看了一会儿，然后，埃拉跑下了舞台。韦斯顿一直
　　　　　坐在桌子上。他环视着舞台。接着他站了起来，试图
　　　　　站稳。他走向冰箱，把脚下的洋蓟踢开。他打开冰箱，
　　　　　往里面看。灯光渐暗，韦斯顿站在那里看着冰箱。）

第二场

　　场景：相同的布景。舞台上的木材、工具和洋蓟已经被清
理走。关着小羊的围栏回到舞台中央。一壶新鲜的咖啡正在炉
子上加热。所有的衣服都洗过了，韦斯顿站在舞台左侧的桌子
旁，把衣服折叠起来，整齐地堆成一摞。他脱去了大衣、棒球帽
和网球鞋，换上了清新干净的衬衫、新裤子、闪亮的鞋子，还刮
了胡子。与之前相比，他现在似乎很清醒，而且精神状态高昂。

当桌子上的灯光慢慢照到韦斯顿身上时，可以听到羔羊在黑暗中咩咩叫。

韦斯顿 （对着羔羊说话，手里还在叠衣服）还有比长了蛆虫更糟糕的事情，你知道。糟多了。如果处理得当，蛆虫就会消失。如果你身边有人可以花点时间。能识别出这些迹象。把你从寒冷潮湿的牧场带进来，带到这样舒适的地方。没有一只羔羊有过比这更好的待遇了。这里很暖和。没有风，新门也安好了。没有害虫。没有郊狼。没有鹰。没有——（看看羔羊）我可以告诉你一些关于鹰的事情吗？是一个真实的故事。句句为真。有一次，我在田野里给家畜去势，这是一件必须做的事情。这不是我最喜欢的工作，但是我必须做的事情。我在棚子旁边准备停当。在一个小铁皮屋旁边，准备好我最好的卡巴刀、一些开水和一块用来消毒的热铁。这是个该死的血腥活儿。嗯，我手头大概有二十多只春公羊要做绝育。我把它们都从母羊身边轰走，集合起来，关进羊圈，和你现在这个差不多。差不多相同的围栏样式。那是一个清爽、明亮的早晨。空气真的很透明，你可以看到牧场的尽头。霜还是潮湿的，落在草叶的茎上，就贴着地面。也许有几只乌鸦，还有几只母羊依旧在照顾它们的小羊，没有其他声音。嗯，我正在外面忙活，突然感到一块阴影落在我身上。甚至在看到它在地面上成形之前，我就能感觉到它了。感觉就像云遮住太阳一样。巨大、黑暗、寒冷。我抬起头来，心里半期待着能看到一只秃鹰或者一只红尾鵟，但映入我眼帘的是一只巨鹰。我当过飞行员，熟悉航空学那一套，但这个家伙做了一些彻头彻尾的自杀式绝技。它飞得很低，就像要着陆还是什么的。它刚一收起翅膀，随即又改变主意，直接飞升起来，飞离我而去。我看着它越飞越远，过了一会儿，我又干起了活儿。我可能又割了几只羊，同样的事情又出现了。而这次，它飞得更低了。好像我几乎能感觉到它的羽毛触摸我的脊背。我能清楚听到它的声音。一只巨大的鸟。它的翅膀发出了一种开裂的声音。然后它又攀升上去。这次，我看了它更久的时间，试图弄清楚它的意图。然后我就想清楚了。它是冲着那些羊睾丸来的。那些新鲜的雄性气概的残余肢体。所以，我决定这次满足它，朝屋顶上扔了一些。然后我又回去干活儿了，假装自己全神贯注。其实，我是在等它再次飞来。我努力倾听它的声音，知道它会从我后面飞过来。我在地面上寻找任何黑色的阴影。又割了三只羊，还没动静。然后，突然，它又出现了。就像一声雷鸣。呼啦！他立在铁皮棚屋顶上，爪子钩起了一半的沥青纸，翅膀拍打着空气，像一匹成年母马一样尖叫着。这让我雀跃，像要飞起来一样，我开始大声嘶吼。我不知道自己怎么会冒出这种声音，但我站在那里，感到脊背冰凉，一个劲儿大声呼喊着。为那只鹰欢呼。自从我第一次驾驶 B-49飞机以来，我就再也没有那种感觉了。过了一会儿，我又坐下来，继续工作。每阉割一只羊，我就把羊蛋扔到屋顶上。而它都像炮弹发射机一样冲下来。每一次，我都激动不已。（韦斯利出现在舞台右侧，脸和手上都是血。）

韦斯利　然后呢？

韦斯顿　你在听我说话吗？

韦斯利　我在这儿，不是吗？

韦斯顿　我不知道，你在吗？

韦斯利　我在。

韦斯顿　那又怎样？

韦斯利　接下来发生了什么？

韦斯顿　我在讲给羊听！

韦斯利　那也告诉我吧。

韦斯顿　你已经听过了。你的脸到底怎么了？

韦斯利　撞到了一堵砖墙上。

韦斯顿　你为什么不去拾掇一下自己呢？

韦斯利　接下来发生了什么？

韦斯顿　我不想再说了！你疯了吗？

韦斯利　那我就不拾掇自己了！

韦斯顿　你到底怎么了？你是喝醉了还是别的什么？

韦斯利　我本想拿回你的钱。

韦斯顿　什么钱？

韦斯利　埃利斯拿来的。

韦斯顿　那个垃圾。不要浪费你的时间。他就是个傻瓜混蛋骗子。

韦斯利　他拿着你的钱跑了。他还霸占了房子。

韦斯顿　房子他拿不走！我决定留下来。

韦斯利　什么？

韦斯顿　我不走了。我做完了新门。你没注意到吗？

韦斯利　还没。

韦斯顿　嗯，你应该注意到的。你直接从门里走进来的。你到底怎么了？我正在修缮整个地方。我已经决定了。

韦斯利　你在修它吗？

韦斯顿　是的。我不是说了嘛。这有什么值得奇怪的呢？如果有人对它精心维护，这可能真是个好地方。你为什么不煮点咖啡，然后去洗一下？你看起来就像走了四十英里崎岖的路。去吧。煮一壶热咖啡。（韦斯利慢慢地走到炉子前，看着咖啡）我早上起来，在这个房子周围散了散步。明亮的清早。我记得已经好几年没这样

　　　　　　　　　　　　　　　山姆·谢泼德剧作集

漫步了。我四处转着，一件有趣的事情开始发生在我身上。

韦斯利　（冲着咖啡）什么事情？

韦斯顿　我开始想早上六点半在果园里散步的那个人是谁。感觉不像是我。而是一个穿着深色大衣、脚踏网球鞋、戴着棒球帽的家伙，脸上的胶布都洗干净了。他感觉不像拥有这么好的房地产的人。然后我开始琢磨这个主人是谁。我的意思是，如果我感觉不像主人，那么谁才是主人呢？我开始想真正的主人会不会从不知哪儿冒出来，把我当成非法闯入者，开枪爆我头。我开始感觉我应该跑或躲起来什么的。好像我不应该出现在这样一个社区。这里并不是时髦的地方，但很平静。这里真的很安静。尤其是在清早的那个时刻。然后我突然想到，我真的是这儿的主人。不知怎么的，这主人是我，我是在自己的土地上散步的人。这给了我一种很棒的感觉。

韦斯利　（凝视着咖啡）真的吗？

韦斯顿　真的。所以我回到这里，我做的第一件事就是脱下所有的旧衣服，光着身体到处走走。就像出生时那样赤条条，在整所房子里走几个来回。试着让自己感觉到是在自己的家里。就像在脱胎换骨。成为一个陌生人。然后我径直走进屋子里，洗了个热水澡。水温热到几乎忍受不了。我沉入水中，让它沁入我的皮肤。让水雾爬上所有的窗户和镜柜的玻璃。然后我把浴缸里的水都排干，然后再次把它灌满，但这次用的是冰水。我就坐在那里，让它漫过我的身体，没过我的脖子。洗完澡，我刮了刮胡子，找了一些干净的衣服。然后我来到厨房，给自己做了一顿火腿加鸡蛋的老式早餐。

韦斯利　火腿加鸡蛋?

韦斯顿　是的。有人在冰箱里留下了一堆乱七八糟的吃的东西。吓我一大跳。像过圣诞节一样。就像有人知道我今天早上将要重生一样。真不敢相信自己的眼睛。(韦斯利走到冰箱前，向里面看)然后我开始煮咖啡，发现自己在做以前做过的一切。就像我在离开了很长一段时间后又回归了我的生活一样。

韦斯利　(盯着冰箱)那是妈带回来的东西。

韦斯顿　然后我开始洗衣服。所有的脏衣服。我在房子里走了一圈，找到了所有我能找到的一堆堆脏衣服。艾玛的、埃拉的，甚至还有你的。你的几只袜子。我找到了每个人的衣服。每次我弯下腰去拿某个人的衣服，我都能感觉到那个人就在房间里。好像这些衣服还附在它们所属的人身上。我觉得我认识你们每一个人。每一个。就像我通过血缘认识你们一样。好像我们的身体是绑定的一样，永远无法逃脱。但我并不想逃跑。我觉得这是件好事。血脉相连真是好事。家庭不仅仅是社会产物，也是动物性的。我们住在同一个屋檐下是自然的选择。不是说我们必须生活在一起，而是我们本来就该生活在一起。我开始为此感到高兴。我开始感到充满了希望。

韦斯利　（盯着冰箱）我都饿坏了。

韦斯顿　（走到韦斯利身边）听着，去洗个澡，把脸上的脏东西洗掉，我给你做些火腿和鸡蛋。你脸上是什么？

韦斯利　血。

韦斯顿　他揍了你几下，对吧？去把它洗干净，然后回到这儿来。去吧！

韦斯利　（转头对着韦斯顿）你知道，他是不会给我钱的。

韦斯顿　那又怎样。那家伙是个笨蛋。连蠢鸡都不如。好了，在我揍你之前，进去洗干净。（韦斯利从台左下场。韦斯顿开始从冰箱里拿出火腿和鸡蛋，在炉子上做早餐。他一边做饭，一边朝台下的韦斯利喊着）我一直在想你之前说过的鳄梨生意！你知道，加入"种植业主协会"或其他什么的！我还在想，这也许不是那么糟糕的买卖！我的意思是我们不用雇墨西哥人！我们可以自己采摘，直接卖给那些公司！这主意怎么样！减少开销！那台拖拉机还能用，不是吗？我的意思是，发动机没有报废什么的，我们的灌溉机的压力也很好！我今天早上查看了一下！水从那些管道里喷射而出！不需要花多长时间就能让整个农场的活计再次全速运转起来！我要把那块沙漠里的地转卖出去！这样我们就有启动经费了！总会有某个地方的某个人"想要一块上好的"沙漠地！即使还没有开发，它也是黄金位置！离棕榈泉只有三个小时的车程。你知道那儿是什么样的！你知道那些经常去那个地方的人都是什么主儿！有钱的主儿！其中肯定有人会有一些闲置的现金！（埃拉从台右上场。她看起来憔悴而疲惫。她站在那里看着韦斯顿，他一直在煎鸡蛋。然后她看向小羊。韦斯顿知道她在那里，但他并没有看她。）

埃　拉　（停顿）这只羊怎么又回来了？

韦斯顿　我让他重新站了起来。这个病很难缠。没想到它能挺过来。蛆虫都进入了小肠。

埃　拉　（走到桌子旁）我不想听这些细节。（她脱下白手套，精疲力尽地坐在舞台右侧的椅子上。她看着那一堆堆干净的衣服。）

韦斯顿　（仍在烹饪）你到底到哪儿去了？

埃　拉　监狱。

韦斯顿　哦，他们终于抓住了你，对吧？（发出低低的笑声）法网恢恢。

埃　拉　　很幽默。

韦斯顿　　你想要吃点早餐吗？我正在为韦斯利做点吃的。

埃　拉　　你在做饭吗？

韦斯顿　　是的。我看起来像在干什么？

埃　拉　　我不晓得你还会给鸡蛋翻面。这些衣服都是谁洗的？

韦斯顿　　正是在下。

埃　拉　　你是精神崩溃了，还是怎么的？

韦斯顿　　一个男人就不能自己洗衣服吗？

埃　拉　　据我所知，能洗。

韦斯顿　　我甚至还洗了你的。

埃　拉　　天啊，谢谢啊。

韦斯顿　　嗯，我本可以不洗。我找了自己的一堆衣服，所以我
　　　　　想不妨把其他人的也都扔进滚筒。

埃　拉　　你真了不起。

韦斯顿　　那你又是去哪儿了呢？和那个时髦的律师一起吗？

埃　拉　　我说了，我去了监狱。

韦斯顿　　少来了。什么，去观光不成？他们把你扔进醉酒禁闭
　　　　　室里，然后又把你赶出来了？

埃　拉　　我去看你的女儿。

韦斯顿　　哦，是吗？他们为什么要抓她？

埃　拉　　持有枪支。恶意破坏。闯入民宅。人身攻击。违反骑马
　　　　　规定。能犯的法都犯了。

韦斯顿　她一直都是个暴脾气。

埃　拉　这是家族遗传的一部分，对吧？

韦斯顿　没错，直系后代。苏格兰-爱尔兰野蛮人。

埃　拉　好吧，我很高兴你找到了一种把羞耻变成骄傲的方法。

韦斯顿　有什么可耻的？需要有胆量才能去做那么多违法的事
　　　　儿。并不是每个和她同龄的人都能得到这样的待遇。

埃　拉　这是肯定的。

韦斯顿　你能吗？

埃　拉　别瞎扯了！我可不是自毁型的。我的家族里可能有这
　　　　个基因。

韦斯顿　没错。我从来没有这么想过。你是家里唯一一个没有
　　　　这种倾向的。只有我们有。

埃　拉　哦，所以现在我是外人了。

韦斯顿　这倒是真的。你来自不同的阶层。文质彬彬。他们都
　　　　是艺术家，不是吗？

埃　拉　我的祖父是一名药剂师。

韦斯顿　那么就是科学家。有职业的人。专业人士。说话都柔
　　　　声细气的。

埃　拉　这很糟糕吗？

韦斯顿　不，只是不同。仅仅是不同而已。

埃　拉　我们现在是对着早餐鸡蛋进行哲学讨论吗？你是这个
　　　　意思吗？我们一夜之间清醒了，是吗？迎来一个全新

的早晨？这是什么废话！我在那里待了一整晚，想把艾玛弄回来，然后我回到了化身博士①身边，一个正人君子！一个知错就改的浪子！呵呵，你可以少来这些不着边的话，因为我不买账！

韦斯顿　你要喝点咖啡吗？

埃　拉　**不，我可不想喝什么咖啡！把那只该死的羊从我的厨房里弄出去！！！**

韦斯顿　（保持冷静）你的脏话用词没错，但你的音调不对头。

埃　拉　我的音调没有任何问题！

韦斯顿　好像有什么听起来不真实。声音最细微的地方。最核心的地方。

埃　拉　哇，你真了不起。居然指责起我骂人没你骂得正宗！你真是个彻底的人渣！

韦斯顿　这与标准无关。更像是命。

埃　拉　哦，算了吧，好吗？我已经精疲力尽。

韦斯顿　躺在桌子上试试。又好又硬。它会给你带来奇迹。

埃　拉　（突然声音变软）桌子？

韦斯顿　是的。在上面躺下，伸展四肢。你会大吃一惊。比任何床都好。（埃拉看了桌子一秒钟，然后开始把所有干净

---

① 十九世纪英国作家罗伯特·路易斯·史蒂文森同名长篇小说的主人公，指代双重人格。

衣服都推到地板上。她爬到桌子上，然后伸展着身体。韦斯顿继续背对着她做饭。她躺在那里，眼睛看着韦斯顿）等你醒来，一顿丰盛的火腿加鸡蛋早餐就准备就绪了，等着你用餐。你会感觉超级棒。一旦你试过了那张桌子，你就会想为什么这么多年你一直都躺在床上。那张桌子会给你一个新生。（韦斯利从舞台左侧走进来，他一丝不挂，头发湿漉漉的。看起来晕头转向的。韦斯顿没有注意他，继续一边说话一边准备着早餐，韦斯利在舞台上转悠着，盯着埃拉。她看着他，但没有做出任何反应。他转过身来，看着韦斯顿。接着，他的目光看向小羊，穿过舞台走到它跟前。他弯下腰把小羊拎起来，然后把它从舞台右侧抱下去。韦斯顿继续做饭和说话。埃拉一直躺在桌子上）人太舒服了也成问题，知道吗？它会让你忘记你是打哪里来的。让你退化。你认为你在进步，但你其实在落后。你越来越落后了。你正在进入一种你永远也不会从中醒来的恍惚状态。你被催眠了。你的身体被麻醉。你陷入了昏迷。这就是为什么你偶尔需要一张硬桌子来让你恢复原样。一张好的桌子能让你复活。

埃　拉　（仍然睡眼蒙眬地躺在桌上）你本应该当个传教士的。

韦斯顿　你是这么想的吗？

埃　拉　你的声音很好听。深沉。铿锵。

　　　　　　　　　　　　　　山姆·谢泼德剧作集

韦斯顿 （把鸡蛋放在盘子里）我可不愿意抛头露面。

埃　拉 我累坏了。

韦斯顿 你就睡吧。

埃　拉 你应该去看看那座监狱，韦斯顿。

韦斯顿 我见过。

埃　拉 对，你是进去过。在那种地方，你怎么能睡着觉呢？

韦斯顿 如果你已经足够麻木，你就什么也感觉不到。（他冲着台下的韦斯利大喊）韦斯！你的早餐好了！

埃　拉 他刚出去了。

韦斯顿 什么？

埃　拉 他就那么赤身裸体地走了出去，腋下还夹着那只羊。（韦斯顿看着围栏，看到小羊不在那儿了。他还端着盘子。）

韦斯顿 他去哪儿了？

埃　拉 外面。

韦斯顿 （端着盘子走到舞台右侧）韦斯！该死的！你的早餐已经好了！（韦斯顿拿着盘子从舞台右侧退场。埃拉睁着眼睛，仍然躺在桌子上。）

埃　拉 （自言自语）没有什么能让我吃惊了。（她在桌子上慢慢地睡着了。有一段时间，什么也没发生。然后韦斯顿回来了，从舞台右侧上场，手里还拿着那个盘子。埃拉一直在桌子上睡觉。）

韦斯顿　（走向炉子）他不在外面。你不知道？早餐好了，他却出去了。（转向埃拉）他为什么要把羊弄走？那只羊需要保暖。（看到埃拉睡得很熟）太棒了。（转过身，把盘子放在炉子上；看着食物）还是我自己吃吧。双份早餐。有何不可？（他端着盘子吃起来，一边自言自语）如果保暖做不好，就不要指望它会好起来。（他走到舞台后面，看到埃拉还在熟睡，又回到盘子跟前）跟自己说话最好了。没有什么比自言自语更好了。至少感觉有人和你说话。（韦斯利换上了韦斯顿的装扮——棒球帽、大衣和网球鞋，从台右上场。他站在那里。韦斯顿看着他。埃拉在睡觉）你到底是怎么了？我刚才去喊你了。你没听见吗？

韦斯利　（盯着韦斯顿）没有。

韦斯顿　你的早餐早准备好了。现在都冷了。我已经吃了一半了。几乎一半都下去了。

韦斯利　（呆呆地）你可以全吃了它。

韦斯顿　你穿着我那些衣服，到底在干什么？

韦斯利　我找到了这些衣服。

韦斯顿　我把它们扔掉了！你是中了哪门子邪？去洗个澡回来，穿上老要饭都不要了的衣服，里面有尿，天知道里面还有什么。

韦斯利　我穿着挺合适。

韦斯顿　真不晓得你是怎么了。你把那只羊怎么样了？

韦斯利　杀了。

韦斯顿　（厌恶地远离他）我向上帝发誓。（停顿了一会儿，然后转向韦斯利）**你把那只蠢羊杀了干什么！**

韦斯利　我们需要食物。

韦斯顿　**冰箱里塞满了"食物"！**（韦斯利迅速走到冰箱前，打开它，开始拿出各种各样的食物，贪婪地吃着。韦斯顿看着他，有点害怕韦斯利的状态）**你去杀了它干什么呢？它在好转！**（看着韦斯利贪婪地吃东西）**你怎么了儿子？我给你做了一顿丰盛的早餐。你为什么不吃呢？你到底怎么了？**（韦斯顿小心翼翼地离开韦斯利，走向舞台右侧。韦斯利一直在吃东西，把吃了一半的食物扔到一边，然后再去吃其他的。他一边吃，一边微微地呻吟着。对韦斯利）**听着，我知道我忽略了家里的一些活儿，让你扛了起来。但我给你带回了一些洋蓟，不是吗？我买的，对吗？其实我没必要这么做。我特意绕路去买的。我看到了高速公路上的标志，开出去两英里，只是想给你们带一些洋蓟。**（他看着韦斯利，停顿了一会儿）**你不可能真的那么饿！我们家还没那么穷，该死的！我年轻的时候见过那些饿鬼，我们还没那么糟糕！**（停顿，韦斯利没有反应，他继续贪婪地吃东西）**你只是被宠坏了，仅此而已！这里是年**

轻人的天堂！有些你这个年龄的孩子会不惜一切代价在这样的环境里长大！你什么都有！机会正迎面而来！（转向埃拉）埃拉！埃拉，醒醒吧！（埃拉没有反应；回到韦斯利身边，他还在吃东西）如果你觉得这能让我感到内疚，那你就错了！它不起作用，因为我现在不用为我的过去买单了！你知道我的意思吗？这一切都结束了，因为我已经重生了！我是一个全新的人！我已经脱胎换骨。（韦斯利突然停止了吃东西，然后转向韦斯顿。）

韦斯利	（冷冷地）他们会杀了你的。
韦斯顿	（停顿）谁会杀了我！你在说什么！没人会杀了我的！
韦斯利	我没要回来钱。
韦斯顿	什么钱？
韦斯利	埃利斯拿走的钱。
韦斯顿	那又怎样？
韦斯利	你欠他们的。
韦斯顿	欠谁？我什么都不记得了。但是，现在这一切都结束了。
韦斯利	不，没有。它还在那里。也许，你已经变了，但你仍然欠他们的钱。
韦斯顿	我不记得了。我一定借了钱来买车。不记得了。
韦斯利	他们还记得。
韦斯顿	那我会还给他们。不至于那么严重。

韦斯利　怎样还？埃利斯现在拥有这个房子和所有的东西。

韦斯顿　他怎么会得到这个房子？这是我的房子！

韦斯利　你在合同上签名了。

韦斯顿　我从来没有签过任何东西！

韦斯利　你喝醉了。

韦斯顿　闭嘴！

韦斯利　你打算怎么还钱呢？

韦斯顿　（停顿）我可以卖掉那块地。

韦斯利　那是骗人的地产。那家伙跑到墨西哥去了。

韦斯顿　什么家伙？

韦斯利　泰勒。律师。妈妈的律师朋友。

韦斯顿　（停下来看着睡熟的埃拉，然后转头看韦斯利）是同一个人吗？

韦斯利　是同一个人。把我们打劫得精光。

韦斯顿　都乱套了。我走上了一条全新的轨道。我正占据上风。

韦斯利　他们已经搞定了一切，你无能为力。

韦斯顿　我已经准备好迎接一场新的战斗了。这不公平！

韦斯利　他们像蔓延的疾病，侵入了我们。我们甚至没有注意到。

韦斯顿　我刚建了一扇全新的门。我把所有的衣服都洗干净了。我清洗了所有的洋蓟。我要重新做人。

韦斯利　你最好跑吧。

韦斯顿　跑？你是什么意思，跑？我才不跑呢！

韦斯利　开着你的帕卡德，离开这里。

韦斯顿　我不能一遇到什么事情就逃跑。

韦斯利　为什么不能？

韦斯顿　因为这就是我安顿的地方！这就是一切结束的地方！就在这里！我把家搬到了这里！我无处可去！就是这儿！背靠着该死的太平洋！

韦斯利　把帕卡德开走吧。（韦斯顿在那里站了一会儿。他环顾四周，想找到一条出路。停顿一会儿。）

韦斯顿　我现在记起来了。我赊了很多债。债都没过了脖子。你看，我一直未雨绸缪。把宝压在未来的向好之上，我指望情况会好起来。我想未来还能比现在糟糕吗？我想肯定是越来越好。我觉得这就是每个人都要卖给你东西的原因。让你买冰箱。卖给你汽车、房子、土地，让你投资。如果他们认为你还不上贷款，他们也就不会那么慷慨了。我觉得车到山前必有路，钱肯定会有的。所以我就买了。如果你知道你将来会有钱，为什么不借呢？为什么不到处碰一下运气呢？他们都想让你借钱。银行、汽车卖场、投资商。一切操作都是为了得到无形的钱。你再也听不到零钱叮当作响了。都是塑料信用卡刷来刷去。数字都在人的脑袋里。所以我想，如果是这样的话，为什么不加以利用呢？如果只是数字，为什么不借个千把块钱？如果一切都是虚拟的概念，没有真金白银，为什么不好好捞它一把呢？所以我借了钱，仅此而已。我只是参与了这个游戏。

韦斯利　你最好跑路。（停下来，韦斯顿看着睡觉的埃拉。）

韦斯顿　同一个人，对吧？她也一定知道这件事。她一定以为我离开了，不回来了。（韦斯顿转身看着韦斯利。沉默。）

韦斯利　你离开了。

韦斯顿　我只是走开了一会儿。时不时地。真受不了这里。没法忍受一切都保持不变。每天早上睁开眼睛看到的都一样。我一直想去某个地方寻找某个东西。我一直想理出头绪。那些拐点和变化。我一直搞不清怎么突然就改变了。从出生，到长大，到扔炸弹，到生孩子，到泡酒吧，再到现在。不知怎么的，这一切都跟我对着干。一切矛头都指向了我。我还一直去外面寻找。可原来答案一直就在这所房子里。

韦斯利　他们会来找你的。他们知道你现在住在哪里了。

韦斯顿　我应该去哪里？

韦斯利　墨西哥怎么样？

韦斯顿　墨西哥？是的。避难圣地，对吧？那里到处都是逃脱大师。我可以去那里隐姓埋名。我可以消失。我可以在那里开始一种全新的生活。

韦斯利 也许吧。

韦斯顿 我可以找到那个人，把我的钱拿回来。那个房地产家伙。他叫什么名字？

韦斯利 泰勒。

韦斯顿 是的，泰勒。他也在那边，对吧？我能找到他。

韦斯利 也许吧。

韦斯顿 （又看了看埃拉）我真不敢相信她知道了实情，还要和他一起走。她肯定以为我已经死了，还是出了什么意外。她肯定以为我再也不回来了。（韦斯顿向埃拉走去，然后停下来。他看着韦斯利，又转身从舞台右侧离场。韦斯利还站在那里。韦斯利弯下腰，从地板上捡起一些食物残渣，慢慢地吃掉。他看着空荡的羊圈。艾玛从台右上场，和第一幕第二场一样的打扮。她走到舞台中间，看向韦斯顿离开的方向。韦斯利慢慢咀嚼着食物，似乎很茫然。埃拉一直躺在桌子上睡觉。艾玛拿着短马鞭。用它轻拍着自己的腿，一边向右面望去。）

艾 玛 墨西哥，是吗？他在那儿挺不过一天。他们一下就能找到他。去墨西哥，多傻啊。这是他们首先会想到的地方（对韦斯利）你在吃什么？

韦斯利　食物。

艾　玛　在地板上？你会落得像他一样的结果。你会生病的！

韦斯利　（依然茫然）我饿了。

艾　玛　你病了！你穿上他的衣服干什么？你觉得自己现在是一家之主了？是大人物了？硬汉大爹？

韦斯利　我试过他给出的救赎方案，没有什么用。

艾　玛　他还有救赎方案？

韦斯利　（半是自言自语）我试着洗了个热水澡。水热到几乎受不了。然后换成冰水。再裸体走来走去。但没有任何作用。什么也没发生。我在等着什么事情发生。我走了出去。外面非常冷，我想找点东西来穿。我开始在垃圾里翻找，结果找到了他的衣服。

艾　玛　在垃圾里翻找？

韦斯利　羊血从我的胳膊上滴了下来。我还以为是我自己的血呢。我还以为是我在流血呢。

艾　玛　你真恶心。你甚至比他更恶心。恶心透了。（看见埃拉，她还在睡觉）她在做什么？

韦斯利　我开始穿上他那身行头。他的棒球帽、网球鞋、大衣。每次我把一件东西穿在身上，他的一部分似乎就长在了我身上。我能感觉到他上了我的身。

艾　玛　（走到桌子旁，用小马鞭轻拍着她的腿）她怎么了？睡着了，还是怎么的？（她用鞭子打埃拉的屁股）醒醒！

（埃拉依然在睡觉。）

韦斯利 我能感觉到自己在退缩。我能感觉到他进来了，而我却出去了。就像警卫换岗一样。

艾 玛 好吧，不要再纠结了。你已经尽力了。

韦斯利 我什么也没做。

艾 玛 这就是我的意思。

韦斯利 我只是在这里长大。

艾 玛 （走向韦斯利）你有钱吗？（韦斯利开始翻找大衣口袋）你在那儿找什么？那是他的外套。

韦斯利 你不是应该在监狱里吗？

艾 玛 （走回桌子旁）我进去过了。

韦斯利 发生了什么事？

艾 玛 （拿起埃拉的手提包，翻了一遍）我发挥了我的聪明才智。我利用了我天生的犯罪智商。（艾玛在埃拉的钱包里搜寻，把里面的东西扔到了地上。）

韦斯利 你怎么做到的？

艾 玛 我出来了。

韦斯利 我知道，但是怎么做呢？

艾 玛 我和那个警官调情。就是这样。很简单。（她从钱包里拿出一卷钱和一串汽车钥匙，然后把包扔掉。她手里拿着钱）我步入了犯罪界。这是现在唯一能赚钱的领域。

韦斯利 （看着艾玛手里的一卷钞票）她从哪里搞到的?

艾　玛 你认为会是在哪里?

韦斯利 你要开走她的车?

艾　玛 这是一种完美的创业方式。犯罪。无须资历。不用文凭。没有开销。不用维护。只有净利润。直截了当。

韦斯利 我为什么重蹈覆辙?

艾　玛 （向韦斯利走去）因为你不向前看。这就是为什么。你看不到墙上的那些字。你得学会怎么读这些东西，韦斯。否则后果是致命的。当人们看着你的眼睛说话，你不能相信他们。你看不到他们身后有些什么。看不到他们代表的是什么。看不到他们都在隐藏些什么。每个人都藏着掖着，韦斯。每个人。没有人和他们表面上是一样的。

韦斯利 你是怎样的?

艾　玛 （从韦斯利身边走开）我走了。我走了! 永远不要回来。（埃拉突然在桌子上醒来。她坐了起来。）

埃　拉 （仿佛从噩梦中醒来）艾玛!!!

艾　玛 再见!（艾玛看着她，然后从舞台右侧跑下场。埃拉坐在桌子上，惊恐地盯着韦斯利。她已经认不出他来了）

埃　拉 （对韦斯利）韦斯顿，那是艾玛吗!

韦斯利 是我，妈。

埃　拉 （朝台下大喊大叫，但人仍在桌上）艾玛!!!（她从桌

子上跳下来，去找一件外套）我们得抓住她！她不能
就那样跑了！那匹马会杀了她的！我的外套在哪儿？
（对韦斯利）**我的外套在哪儿？**

韦斯利　你没穿外套。

埃　拉　（对韦斯利）去抓住她，韦斯顿！她是你的女儿！她要
逃跑！

韦斯利　让她走吧。

埃　拉　我不能让她就这么走了！我有责任管好她！（舞台外发
出巨大的爆炸声。巨大的亮光，然后是沉默。韦斯利
和埃拉站在那里瞪大了眼睛。艾默生从台右上场，咯
咯地笑着。他是个穿西装的小个子男人。）

艾默生　天啊！你听过这样的事吗？太棒了！上帝啊！（咯咯地
笑。韦斯利和埃拉看着他）老斯莱特一定把车装满了
炸药。我干这行这么多年，从来没听过这么大的爆
炸声。（他的搭档斯莱特从台右走了进来，拿着剥了皮
的羔羊尸体。他比艾默生高，也穿着西装。他们都咯
咯地笑着，好像刚完成了万圣节的恶作剧。）

斯莱特　艾默生，瞧瞧这个！（傻笑）你看到这个东西了吗？
（对韦斯利）这是什么？一只剥了皮的山羊？

韦斯利　（木然地）羔羊。

斯莱特　哦，这是一只小羊！（他们笑着）我还以为是一个婴
儿！（他们歇斯底里地笑。）

韦斯利　那是什么爆炸声?（他们不再笑了，只是看着韦斯利。他们又笑了起来，然后停下来。）

艾默生　轰的一声? 什么声音?

韦斯利　爆炸。

艾默生　哦，那个! 这是一个小小的提醒。一种把人叫醒的提示。（他们大笑。）

埃　拉　韦斯顿，这些人是谁?

艾默生　（对韦斯利）韦斯顿? 你是韦斯顿?

韦斯利　那是我父亲。

艾默生　看起来是有点年轻，你不觉得吗?

斯莱特　（将羊的尸体扔进围栏）如果她说他是韦斯顿，那他一定是韦斯顿。

埃　拉　这些人在这里做什么?（她从他们身边走开。）

艾默生　（对韦斯利）那么，你就是韦斯顿? 我们预想的韦斯顿不是这样的。完全不同。

韦斯利　是什么东西爆炸了?

艾默生　一些没有给钱的东西。一些到期的东西。

斯莱特　早就过期了。

韦斯利　汽车。你们把车炸毁了。

艾默生　猜对了!（他们又笑了起来。韦斯利走到舞台后部，他张望着，好像在向外面看。）

埃　拉　把这些人弄出去，韦斯顿! 他们在我的厨房里。

斯莱特　搞了一些乱子，天啊。如果你付钱，我就不会这么做了。

艾默生　这就是不付账单的结果。你赖掉一笔账；你要知道，你赖了一笔账。你就走在危险的下坡路上，直到最后你掉进这个马蜂窝里。

韦斯利　（向舞台后部望去）外面着火了。

斯莱特　会熄灭的。只是一种硝化甘油混合炸药。不会燃烧太久。可能会在草坪上留下一些坑，但不会有永久的损害。

韦斯利　（毫无感情，仍然向外看着）汽车都烧没了。

斯莱特　没错。非常彻底。爱尔兰人改进了这种炸药。带劲的玩意儿。你永远不知道会被什么意外的东西暴击。

艾默生　（对韦斯利）我们得走了，韦斯顿。但你可以大致领会我们的意思了。（他们准备离开；艾默生停下脚步）哦，如果你见到你家老头子，可要替我们带个信。我们讨厌翻来覆去地说同样的话。第一次很棒，但在那之后就变得很无聊了。

斯莱特　（对韦斯利）别忘了给那个羔羊喝点牛奶。它看起来状况很糟。（他们又大声笑起来，然后离开了。埃拉现在面对观众，盯着围栏里的羔羊尸体。韦斯利在舞台后部站着，背对着她。他在向外看。停顿。）

埃　拉　（盯着死羔羊）我一定睡了一整天。我睡了多久了？（他们仍然保持在原来位置上，彼此距离很远。）

韦斯利　没有那么久。

埃　拉　艾玛离开了。她真的骑着那匹马走了。我没想到她会
　　　　这么做。我梦见她要离开了。梦到这儿，我就醒了。

韦斯利　她之前就在厨房里。

埃　拉　我一定是在睡觉，错过了她。（停下来，盯着羔羊的尸
　　　　体）哦! 你知道吗，韦斯?

韦斯利　什么?

埃　拉　看着这只羔羊，我突然想起了什么。

韦斯利　什么?

埃　拉　你父亲以前讲过的关于鹰的故事。你还记得吗?

韦斯利　记得。

埃　拉　我不全记得。我记得一部分。但我就是突然想到了这
　　　　个故事。

韦斯利　哦。

埃　拉　（停顿了一会儿）我记得它总是不断飞回来，俯冲到棚
　　　　子顶上，然后再飞走。

韦斯利　是的。

埃　拉　还有什么?

韦斯利　我不知道。

埃　拉　你记得的。接下来发生了什么?

韦斯利　来了一只猫。

埃　拉　没错。来了一只大山猫。就在田野里。它跳到屋顶上，

嗅了嗅那些内脏，或是其他什么的。

韦斯利 （仍然背对着她。）那只鹰飞下来，用爪子抓起猫，带它飞向天空，猫大声尖叫。

埃 拉 （盯着羊）对。它们厮打起来。它们在天空中疯狂地战斗。猫撕裂了它的胸膛，鹰想把它扔下去，但猫不肯放手，因为它知道自己如果掉下去就会摔死。

韦斯利 而鹰则在半空中被撕裂了。它试图从猫身上挣脱出来，而猫却不肯放手。

埃 拉 然后它们一起坠落到地上。它们俩都掉了下来。合二为一。（他们两个一直保持着原来的姿势，韦斯利看着舞台后部，背对着埃拉，埃拉面向观众，看着羔羊。灯光慢慢变黑。幕布落下。）

全剧终

被埋葬的孩子

Buried Child

1978

人　物

道　奇　　　　七十多岁

哈　莉　　　　道奇的妻子；六十多岁

蒂尔登　　　　道奇和哈莉的长子

布拉德利　　　次子，因腿部截肢而残疾

文　斯　　　　蒂尔登的儿子

雪　莉　　　　文斯的女朋友

杜伊斯牧师　　新教牧师

第一幕

场景：白天。舞台左前方是老旧的木楼梯，阶梯上的地毯因磨损而颜色暗淡。楼梯向上深入左侧幕后。中间没有梯台。舞台右后方是一张深绿色的旧沙发，沙发有几处破损，填充物从洞里钻了出来。沙发右边的舞台上立着一盏落地灯，罩着褪色的黄色灯罩，灯下有一张小桌子，上面摆着几个药瓶。在沙发的右前方，是一个挺大的老式棕色电视，屏幕正对着沙发。舞台上闪烁的蓝光正是来自屏幕，但没有图像和声音。在黑暗中，落地灯和电视的蓝光慢慢照亮舞台。沙发后面的空间、舞台后方是一个镶着纱窗的巨大门廊，地上铺着木制地板。沙发右侧有一个厚实的内门，那是门廊通向室外的门。从这里看出去，隐约可以看见深色榆树的轮廓。

渐渐地，道奇的身形显现出来。他坐在沙发上，面对着电视，蓝光映在他的脸上，闪烁不定。他穿着一件破旧的T恤、卡其色吊带工装裤，脚下趿拉着一双棕色拖鞋，身上裹着一条破旧的棕色毯子。他年近八十，身体瘦削，一副病恹恹的样子。他一直盯着电视看。灯光的面积逐渐扩大，柔和地照在舞台上。可以听见外面渐渐沥沥的雨声。道奇一边慢慢将头向后仰，盯着天花板，一边听着雨声。一会儿，他低下头，眼睛重新

　　　　　　　　　　　　山姆·谢泼德剧作集

回到电视上面。接着，他开始慢慢地轻咳，咳嗽逐渐加重。他一只手捂着嘴，试图憋回去，可咳嗽声越来越响，当他听到楼上妻子的声音时，咳嗽声戛然而止。

哈莉的声音　道奇？（道奇依旧盯着电视。长时间的停顿。他忍住了两次短促的咳嗽）道奇！要不要来片药，道奇？（他没应声。从沙发垫下掏出一个酒瓶，喝了一大口。然后把瓶子放回原处。继续盯着电视屏幕，把身下的毯子拉上来裹在脖子上）你知道是怎么回事，是吧？是雨！该死的天气。特准。每次咳嗽都是因为下雨。一下雨你就开始咳。（停顿）道奇？（他没有回答。从毛衣里掏出一包烟，点上一支。盯着电视。停顿）你应该上楼来看雨，瓢泼大雨，密实得像一块蓝布。桥都快被淹了。从下面看是什么样？道奇？（道奇把头转过左肩向门廊外看了一眼，又转回头去看电视。）

道　　奇　（自言自语）简直可怕。

哈莉的声音　什么？你说什么，道奇？

道　　奇　（提高声音）我看就是雨！普通的雨，没什么稀奇！

哈莉的声音　雨？当然是下雨了！你又犯病了吗？道奇？（停顿）如果你不回答我，五分钟后我就下去！

道　　奇　别下来。

哈莉的声音　什么!

道　　奇　（大声地）别下来!（又是一顿剧咳。咳嗽停止。）

哈莉的声音　你应该吃点药! 我不明白你为什么不吃药。早吃
　　　　　早好。快速止住咳嗽!（他又把瓶子掏出来。喝了
　　　　　一大口。然后把瓶子放回原处）基督徒都不大吃
　　　　　药，但是药的确管用。不一定什么事都要按基督
　　　　　教的老规矩，就一片药丸而已。这种事，我们弄
　　　　　不懂，也没资格去回答。就是牧师也不是什么都
　　　　　能回答。我自己倒是看不出吃药有什么不好。不
　　　　　就是一片药? 痛了就吃。就那么简单。苦难则是
　　　　　另一码事。完全不同。药片可以解决病痛的问
　　　　　题，药到病除。道奇?（停顿）道奇，你在看棒
　　　　　球吗?

道　　奇　没。

哈莉的声音　什么?

道　　奇　（大声地）没有! 我没在看棒球。

哈莉的声音　那你在看什么? 你不应该看那些让你兴奋的
　　　　　东西!

道　　奇　没什么能让我兴奋。

哈莉的声音　别看赛马!

道　　奇　星期天没有赛马。

哈莉的声音　什么?

道　　奇　（大声地）他们星期天不比赛！

哈莉的声音　就不应该在星期天比赛。今天是安息日。

道　　奇　没比赛！反正这儿没有。这兔子不拉屎的地方。

哈莉的声音　那就好。我很惊讶他们还保持这个规矩，还能装
　　　　　　得像有点道德的样子。已经很了不起了。

道　　奇　是啊，太棒了。

哈莉的声音　什么？

道　　奇　（大声地）太神奇了！

哈莉的声音　对吧，真的是呢！我还以为现在连圣诞节当天也
　　　　　　会有比赛。在赛马跑道的终点线上竖一棵亮闪闪
　　　　　　的圣诞树。

道　　奇　（摇头）不。还没有。

哈莉的声音　他们过去常在新年比赛！我记得。

道　　奇　他们从不在新年比赛！

哈莉的声音　有时候是的。

道　　奇　从来没有！

哈莉的声音　在我们结婚之前有过！

道　　奇　"在我们结婚之前"。（道奇厌恶地朝楼梯挥了挥
　　　　　　手。身体向后靠在沙发上。眼睛依旧盯着电视。）

哈莉的声音　我去过一次。跟一个男人一起。在新年。

道　　奇　（模仿哈莉的声音）哦，跟一个"男人"。

哈莉的声音　什么？

道　　奇　没什么!

哈莉的声音　一个挺棒的小伙子。养马的。

道　　奇　一个干什么的?

哈莉的声音　养马的!马的饲养员!养的都是纯种马。

道　　奇　哦,纯种马。好极了,说得没错。一个养马的。

哈莉的声音　没错。养马的事,他没有不懂的。

道　　奇　我敢打赌他还教过你一两手?还让你在老马厩里
　　　　　好好逛了一下!

哈莉的声音　他晓得所有养马之道。那天我们赢了一大笔钱。

道　　奇　好多什么?

哈莉的声音　钱!我记得我们赢了每一场比赛。

道　　奇　赢了老多银子?

哈莉的声音　每一场。

道　　奇　下注了?

哈莉的声音　那些日子可真疯。

道　　奇　新年!

哈莉的声音　是的!也许是佛罗里达。或者加州!反正是其中
　　　　　一个。

道　　奇　我来猜一猜?

哈莉的声音　是佛罗里达!

道　　奇　啊哈!

哈莉的声音　太美好了!绝对是美好的记忆。阳光明媚。到处

是火烈鸟、叶子花和棕榈树。

道　　奇　　（自言自语，模仿哈莉的声音）到处是火烈鸟和叶
　　　　　　子花。

哈莉的声音　一切都生机勃勃！五颜六色，眼花缭乱。各种各
　　　　　　样的人来自四面八方。每个人都身着盛装。不像
　　　　　　今天。不像他们今天穿的那样。那时候的人还是
　　　　　　有品位的。

道　　奇　　你说的是什么时候？

哈莉的声音　在我认识你之前，很久之前的事儿了。

道　　奇　　肯定是。

哈莉的声音　很久以前。全程有人陪同。

道　　奇　　去佛罗里达？

哈莉的声音　是的。或者也可能是加州。我也说不准。

道　　奇　　他全程陪同你？

哈莉的声音　是啊。

道　　奇　　我猜他从没对你动手动脚？这位饲养员君子。（长
　　　　　　时间沉默）哈莉？你还喘气吗？（没有回答。长时
　　　　　　间停顿。）

哈莉的声音　你今天要出去吗？

道　　奇　　（指向雨）下这么大雨还出去？

哈莉的声音　我只是问问。

道　　奇　　大太阳天我都很少出去，下雨天我干吗要出去？

哈莉的声音	我说了我只是问问，我今天不去买东西。你如果
	需要什么，去找蒂尔登要。
道　　奇	蒂尔登不在这儿！
哈莉的声音	他在厨房。（道奇看向舞台左侧，然后又转向
	电视。）
道　　奇	好吧。
哈莉的声音	你说什么？
道　　奇	（大声地）好吧！我会问蒂尔登要的！
哈莉的声音	别尖叫。一叫你又该咳嗽了。
道　　奇	尖叫？男人才不尖叫。
哈莉的声音	告诉蒂尔登你想要什么，他会帮你买的。（停顿）
	布拉德利晚点会过来。
道　　奇	布拉德利？
哈莉的声音	是的，来给你剪头发。
道　　奇	我的头发？我不需要剪头发！我就没什么头发！
哈莉的声音	不会伤着你的！
道　　奇	我不需要理发！
哈莉的声音	你已经两个多星期没理发了，道奇。
道　　奇	我不需要！任何时候都不需要！
哈莉的声音	我得去跟杜伊斯牧师吃午饭。
道　　奇	你告诉布拉德利，如果他今天带着剪刀上这儿
	来，我就阉了他！

哈莉的声音	我回来不会太迟的。最迟不超过四点。
道　　奇	你告诉他！上次他把我剃秃了，差一点！还是在我睡着的时候！
哈莉的声音	那可不怪我！
道　　奇	是你让他给我剃头的！
哈莉的声音	我可没有！
道　　奇	就是你！你想出来那些花里胡哨的白痴家庭社交活动！该给那个死老头打扮打扮接客了！把耳朵放低一点！摆摆阔气！你怎么没给我嘴里塞个烟斗！看上去更体面！啊？一个烟斗？也许还要戴顶礼帽！或许在我腿上随手放上一份《华尔街日报》才像样！还有一只胖拉布拉多在我脚下。
哈莉的声音	你总是往最坏的地方想别人！
道　　奇	这已经是最好的了，还有更坏的！
哈莉的声音	我不想听！一整天我都听你唠叨抱怨，我可不想再听了。
道　　奇	你最好告诉他！
哈莉的声音	你自己去告诉他！他是你的儿子。你应该自己和你儿子谈谈。
道　　奇	绝不能在我睡觉的时候理发！上次，他在我睡觉的时候把我的头剃了！
哈莉的声音	他不会再那样了。

道　　奇	谁能保证？他是条蛇，一条蛇。
哈莉的声音	我保证他不会在不经你同意的情况下这么做。
道　　奇	（停顿）他根本没有必要过来。
哈莉的声音	他觉得有义务来。
道　　奇	对我的头发尽义务？
哈莉的声音	为你的外表。
道　　奇	我的外表不关他的事！我自己都管不了！事实上，我没有外表了！我是一个隐形人！
哈莉的声音	别胡扯了。
道　　奇	他最好别想上手。我可把话放这儿了。
哈莉的声音	蒂尔登会照顾你的。
道　　奇	蒂尔登保护不了我，他搞不过布拉德利！
哈莉的声音	蒂尔登是老大。他会保护你的。
道　　奇	蒂尔登连他自己都保护不了！
哈莉的声音	别这么大声！他会听见的。他就在厨房里。
道　　奇	（朝舞台左侧吼着）蒂尔登！
哈莉的声音	道奇，你想干什么？
道　　奇	（朝舞台左侧吼着）蒂尔登，快进来！
哈莉的声音	你为什么这么喜欢搅事？
道　　奇	我什么都不喜欢！
哈莉的声音	这话说得多难听哟。
道　　奇	蒂尔登！

哈莉的声音　这么说话要折人寿的。

道　　　奇　蒂尔登!

哈莉的声音　难怪人们背弃了耶稣!

道　　　奇　**蒂尔登!!**

哈莉的声音　难怪牧师现在比以往任何时候都需要声嘶力竭。大声呼号!

道　　　奇　**蒂尔登!!!!**（蒂尔登从台左入场，道奇开始剧烈地、痉挛性地咳嗽。蒂尔登抱了满怀新鲜的玉米棒。蒂尔登是道奇的大儿子，四十多岁，穿着一双建筑工人穿的结实的工地靴，上面沾满了泥巴。深绿色的工装裤、格子衬衫和褪色的棕色风衣。他剪了个平头，头发被雨打湿了。他看上去精疲力竭，仿佛过着流离失所的生活。他抱着玉米棒，站在舞台中央，盯着道奇，直到他的咳嗽慢慢平息。道奇缓缓抬头看着他。道奇盯着玉米。他们互相注视着对方，长时间的停顿。）

哈莉的声音　道奇，要是你不想吃药，没人会强迫你的。反正我决不会。自毁可没什么好骄傲的。毫无荣誉可言。（两个男人都不理睬哈莉的声音。）

道　　　奇　（对蒂尔登）你从哪儿弄的?

蒂　尔　登　我摘的。

道　　　奇　这些都是你摘下来的?（蒂尔登点头）你要请客?

蒂　尔　登　没有。

道　　　奇　你从哪里摘的？

蒂　尔　登　就在后面。

道　　　奇　哪个后面？

蒂　尔　登　就在后面！

道　　　奇　那儿什么都没有——后院那边。

蒂　尔　登　有玉米。

道　　　奇　自打1935年起，就没种过玉米了！那是我最后一年在那儿种玉米！

蒂　尔　登　现在又有了。

道　　　奇　（朝楼梯上吼）哈莉！

哈莉的声音　怎么了，亲爱的！你现在头脑清醒了？

道　　　奇　蒂尔登带回来一堆甜玉米！我们没在后面种玉米吧？

蒂　尔　登　（自言自语）真的很多很多玉米。

哈莉的声音　据我所知，没有啊！

道　　　奇　我也是这么想的。

哈莉的声音　1935年之后就没种了！

道　　　奇　（对蒂尔登）没错。1935年。那是最后一次。

蒂　尔　登　现在外面又有了。

道　　　奇　这些玉米，你哪儿弄来的就送哪儿去！

蒂　尔　登　（停顿了一会儿，盯着道奇）都已经摘下来了。我冒雨摘的。摘下来，就按不上去了。

道　　奇　我和这里的邻居已经有五十七年没闹过别扭了。我都不知道邻居是谁！我也不想知道！快把玉米放回去！（蒂尔登盯着道奇，然后慢慢地走到他身边，把所有的玉米都倒在道奇的腿上，然后后退几步。道奇盯着玉米，然后又看看蒂尔登。长时间的停顿）你是不是又闯祸了，蒂尔登？你闯了什么祸？

蒂　尔　登　我没有。

道　　奇　你要是闯祸了一定要告诉我。毕竟我是你父亲。

蒂　尔　登　我知道。

道　　奇　我知道你在新墨西哥州惹过点儿麻烦。所以你才回来的，不是吗？

蒂　尔　登　我从没惹过什么麻烦。

道　　奇　蒂尔登，你妈都告诉我了。

蒂　尔　登　她都跟你说什么了？（蒂尔登从夹克里拿出一些嚼烟，咬下来一截在嘴里嚼着。）

道　　奇　没必要把她说的重复一遍，反正她都告诉我了！

蒂　尔　登　我能把椅子从厨房拿进来吗？

道　　奇　什么？

蒂　尔　登　我能从厨房把椅子拿进来吗？

道　　奇　那不是椅子，是凳子。挤奶的凳子。

蒂尔登　我能把它拿进来吗?

道　　奇　当然能,你拿进来吧。但那是凳子,不要叫它椅子。(蒂尔登从台左下场。道奇把腿上的玉米棒都推到地上。他愤怒地把毯子从身上扯下来,扔到沙发一头,拿出瓶子,又喝了一大口。蒂尔登又从台左提着挤奶的凳子和一只桶走了进来。趁蒂尔登没看到,道奇迅速把酒瓶藏到垫子下面。蒂尔登把凳子放在沙发旁边,坐在上面,把桶放在自己面前。蒂尔登把地上的玉米依次捡起来,然后剥去玉米皮。每剥完一只,他就把玉米扔到桶里。他一边不断重复这个动作,一边和道奇说话。停顿了一会儿)这些玉米长得还真不错。

蒂尔登　最好的品种。

道　　奇　杂交的?

蒂尔登　什么?

道　　奇　某个高级的杂交品种?

蒂尔登　你种的,我怎么知道。(停顿。)

道　　奇　我可从没种过这玩意。(停顿)听着,蒂尔登,你不能永远待在这儿。这点你知道的吧?(蒂尔登朝痰盂里吐了口嚼烟。)

蒂尔登　不会永远。

道　　奇　我知道你不会。这点没什么好担心的。这不是我提这件事的原因。

蒂 尔 登　　那原因是什么?

道 奇　　原因是我想知道你接下来对自己有什么想法。

蒂 尔 登　　你不是在为我担心吧?

道 奇　　我也不是担心你。我只是在琢磨。

蒂 尔 登　　我不在的时候,你从不挂念我。当我在新墨西哥
　　　　　　的时候。

道 奇　　说得也是,我不挂念你。

蒂 尔 登　　你那时应该多挂念我。

道 奇　　为什么? 你在那边不是没干什么事吗? 我是说没
　　　　　　什么要紧的。

蒂 尔 登　　我什么也没做。确实。

道 奇　　那我为什么要担心你呢?

蒂 尔 登　　因为我一个人。孤零零的

道 奇　　你孤零零的?

蒂 尔 登　　是的。在那之前,我从来没有这么孤独过。

道 奇　　为什么?(停顿。)

蒂 尔 登　　能给我喝一口你的威士忌吗?

道 奇　　什么威士忌? 我这儿没有威士忌。

蒂 尔 登　　你有,在沙发底下。

道 奇　　沙发底下什么都没有! 还是管好你自己的事吧!
　　　　　　他妈的,你不知道从什么地方冒出来的,二十多

年都没音信，突然回来就开始对什么都评头论
足的。

蒂　尔　登　我不是在指责你。

道　　奇　你指责我在沙发下面私藏威士忌!

蒂　尔　登　我不是在指责你。

道　　奇　你刚刚就说我沙发底下有威士忌!

哈莉的声音　道奇?

道　　奇　（对蒂尔登）现在她知道了!

蒂　尔　登　她不知道。

道　　奇　她知道!

哈莉的声音　道奇，你在下面自言自语吗?

道　　奇　我在和蒂尔登说话!

哈莉的声音　蒂尔登在下面?

道　　奇　他就在这儿!

哈莉的声音　什么?

道　　奇　（大声地）他就在这儿!

哈莉的声音　他在干什么?

道　　奇　（对蒂尔登）别回答。

蒂　尔　登　（对道奇）我又没干什么坏事。

道　　奇　（对蒂尔登）我知道你没有。

哈莉的声音　他在下面干什么!

道　　奇　（对蒂尔登）别搭腔。不管你在做什么，都不要

回答。

蒂 尔 登　好吧。

哈莉的声音　道奇!（两个男人都静静地坐着。道奇点了根烟。蒂尔登一直不停地剥玉米，不时朝痰盂里吐烟草）道奇! 蒂尔登没喝酒吧? 你得管管，什么酒也别让他碰! 你得注意看着他。这是我们的责任。他照顾不好自己，所以我们必须照顾他。我们不管，谁来管呢? 我们不能就这样把他打发走。如果我们钱多，当然可以把他送走。但我们没钱。我们永远不会有钱。这就是为什么我们必须保重身体。你和我。没人会照顾我们。靠布拉德利肯定不行。布拉德利连自己也照顾不了。我本来希望蒂尔登长大后会照顾布拉德利。布拉德利没了一条腿。蒂尔登是老大。我一直以为他会负起这个责任。我没料到蒂尔登是这么个麻烦。做梦都没想到。蒂尔登可是全明星选手，别忘了。记得吧? 后卫还是四分卫，我忘了。

蒂 尔 登　（自言自语）中卫。

道　　奇　别吱声。就让她叨叨。（蒂尔登继续剥着玉米棒。）

哈莉的声音　后来，蒂尔登搞出各种麻烦，我就把所有的希望都寄托在安塞尔身上。当然，安塞尔没有蒂尔登那么帅，但他聪明。可能是最聪明的。我是这么想的。比布拉德利聪明，这是肯定的。至少没用链锯把自己的腿锯掉。还没蠢到那个地步。我觉得他也比蒂尔登聪明。尤其是在蒂尔登闯了那么多祸之后。有脑子的人也不会去坐牢。是人都知道这一点。所以安塞尔死了之后，我们基本上就无依无靠了。基本上孤苦无依。和他们都死了没什么两样。安塞尔是最聪明的。他本可以赚好多钱，好多好多钱。

道　奇　好多好多钱。（哈莉一边说着，一边从楼梯上面慢慢地走了下来。观众先是只看到她的脚一步一步地走下楼梯。当她现出全身，观众才看到她一身黑色，仿佛在服丧。拿着黑色手提包，戴着带面纱的帽子，正在戴一副拉到肘部的黑色手套。她大约六十五岁，头发全白了。她缓步走下楼梯，心思还沉浸在自己的话当中，根本没注意到楼下这两个男人，他们继续坐在那里，就像之前一样，抽烟和剥玉米棒子。）

哈　莉　他本来会照顾我们的，会保证我们得到好报。他就是那种人。他是个英雄。别忘了。一个真正的英雄。勇敢、强壮，而且非常聪明。

蒂 尔 登　安塞尔是个英雄？

哈　莉　还有可能成为一个伟人。最伟大的人之一。我只遗憾他没能死在战场上。像他这样的人，不该死在汽车旅馆。安塞尔是一名战士。他本来可以赢得功勋。他本来可以被授予英勇勋章。我已经和杜伊斯牧师谈过要为安塞尔挂一块纪念匾。他也觉得这是个好主意。完全同意。安塞尔以前打篮球时，牧师就认识他。安塞尔的每一场比赛他都去。安塞尔是他最喜欢的球员。他甚至向市议会建议为安塞尔建一座雕像。高大的雕像，一只手抱着篮球，另一只手握着步枪。这说明他多么看重安塞尔。

蒂 尔 登　安塞尔是个英雄?（道奇用脚踢他。哈莉走到舞台上，开始四处踱步，仍然全神贯注拉着她的手套，刷掉她的衣服上的线头和绒毛，仍然旁若无人地自言自语。两个男人依然坐在那里，不置一词。）

哈　　莉　当然，如果他没有娶天主教徒，也许他今天还活着。这帮人渣。我真不明白他怎么会不长眼睛。这一点我真不懂。他周围的人都看得出是怎么回事。连蒂尔登都懂。蒂尔登再三地劝他，天主教女人是魔鬼的化身。他就是不听。

蒂 尔 登　我不记得了。我当时肯定不在家里。

哈　　莉　他就一头扎到爱情里。什么也看不见。我知道。

众人皆知。婚礼办得像葬礼。你记得吗？那些意大利人。满头油腻的黑色头发。身上那股廉价古龙水味儿。我当时以为连神父都配了枪。当安塞尔给她戴上戒指时，我就知道他已经死了。我就知道。就在那一瞬间，他给她戴上戒指，他就完了。后来蜜月害死了他。蜜月。我就知道他无法熬过那个蜜月。（她突然停下来，盯着玉米皮。她环顾四周，如梦方醒。她猛然转过身来，狠狠地看着蒂尔登和道奇，他们继续平静地坐着。她又看向玉米皮。指着那些玉米皮）你们往家里弄了些什么！（用脚踢着玉米皮）怎么这么乱？（蒂尔登停下手，盯着她看。哈莉对道奇）你还纵容他！（道奇再一次扯过毯子盖在身上。）

道　奇　你这是要冒雨去参加什么聚会？

哈　莉　现在不下了，不是吗？（蒂尔登又开始剥玉米。）

道　奇　佛罗里达不下雨。

哈　莉　我们不在佛罗里达！

道　奇　赛马跑道上没下雨。

哈　莉　你一直在吃那种药吧？那些药总是让你说疯话。蒂尔登，他一直在吃那种药吗？那些小小的蓝色药丸。

蒂　尔　登　他什么都没吃。

哈　　莉　（对道奇）你最近吃了什么药?

道　　奇　加州、佛罗里达或赛马场都没有下雨。只有伊利
　　　　　诺伊州下雨。这是唯一下雨的地方。世界上其他
　　　　　所有地方都阳光灿烂。（哈莉走到沙发旁边的小茶
　　　　　几旁，检查药瓶。）

哈　　莉　你吃了哪些药? 蒂尔登，你一定看到他吃了什么药。

蒂　尔　登　他什么都没吃。

哈　　莉　那他为什么说疯话?

道　　奇　太疯狂了。疯狂，疯狂，疯狂。

蒂　尔　登　我一直都在这儿。

哈　　莉　那就是说，你们两个都吃药了!

蒂　尔　登　我在剥玉米。

哈　　莉　你打哪儿弄来的玉米? 为什么房子里突然装满了
　　　　　玉米?

道　　奇　大丰收! 无法解释。

哈　　莉　（向舞台中央走去）我们已经有三十多年没有种玉
　　　　　米了。

蒂　尔　登　整个后院都是玉米。一望无际，就像大海。

道　　奇　（对哈莉）你在楼上的时候，事情接连不断地发
　　　　　生。地球不会因为你待在楼上就不转了。玉米一
　　　　　刻不停地长。雨也一直不停地下。

哈　　莉　外面的事儿我不是不知道! 非常感谢你的提醒。

我从楼上往下看，一切尽收眼底。全景。从我的后窗可以看到整个后院。那儿就没什么玉米。完全没有！

道　　奇　蒂尔登不会撒谎的。如果他说有玉米，那就有玉米。

哈　　莉　蒂尔登，这玉米到底是什么意思！

蒂　尔　登　可以说就是一个谜。我刚才在后面。雨下得很大。我不想进屋。我也没感觉到有多么冷。也不在乎身上淋湿了。我就走啊走啊。脚上都是泥，不过我没觉得有什么大不了。我抬头看了看。就看到了这一片玉米。事实上，我就站在玉米地里。四面都是。比我头顶还高。

哈　　莉　蒂尔登，外面没有玉米！没有玉米！这不是玉米的季节。那么，你一定是偷的或者买的。

道　　奇　他身上没钱。全靠我们养活。

哈　　莉　（对蒂尔登）那就是你偷的！

蒂　尔　登　我没偷。我可不想被赶出伊利诺伊州。我从新墨西哥州被赶出来，可不想再从伊利诺伊州被赶出去。

哈　　莉　蒂尔登，如果你不告诉我这些玉米打哪里来的，我就把你赶出这个房子！（蒂尔登轻轻地哭了起来，但依然剥着玉米。停顿。）

道　　奇　（对哈莉）你为什么要那么跟他说话？他从哪里拾
　　　　　到玉米，谁在乎这个？你为什么要拿驱逐他这件
　　　　　事来威胁？

哈　　莉　（对道奇）你知道这都是你的错！都是你在暗中捣
　　　　　鬼！你以为很好玩吧！开的什么玩笑？用玉米皮
　　　　　把房子塞满。你最好趁布拉德利看到之前把这些
　　　　　东西清理干净。

道　　奇　布拉德利不会从前门进来！

哈　　莉　（用脚踢着玉米皮，大步走来走去）布拉德利看到
　　　　　一定会不高兴的。他不喜欢看到房子里乱七八糟
　　　　　的。任何东西放得不是地方，他都受不了。一点
　　　　　都不行。你知道他的脾气！

道　　奇　布拉德利都不住在这里！

哈　　莉　这是我们的家，也是他的家。布拉德利出生在这
　　　　　个房子里！

道　　奇　他出生在猪窝里。

哈　　莉　不许你这么说！永远不许你这么说！

道　　奇　他出生在该死的猪窝里！那儿才是他出生的地
　　　　　方，他就属于那里！他不该待在这个房子里！（哈
　　　　　莉停住。）

哈　　莉　我不明白你怎么了，道奇。我不知道你到底中了
　　　　　什么邪，变成了一个邪恶、刻薄、复仇心强的人。

你以前可是个好人。

道　　奇　我还是我，和从前一样。

哈　　莉　你白天晚上都坐在这儿，慢慢地发烂！发臭！腐烂的身体让房子都臭烘烘的！整个早晨，绞尽脑汁，去想那些卑鄙、邪恶、愚蠢的话来挖苦你自己的亲骨肉！

道　　奇　他不是我的亲骨肉！我的亲骨肉已经埋在后院了！（台上的人都僵住了。长时间的停顿。男人们都盯着哈莉。）

哈　　莉　（平静地）够了，道奇。够了。你是真糊涂了。现在我要出去了。我要和杜伊斯牧师一起吃午饭。我要跟他谈纪念碑的事情。或者做个雕像。至少是一块牌匾。

道　　奇　那应该包治百病。一尊雕像。（她走到舞台右后侧的门边，停了下来。）

哈　　莉　如果你需要什么，问蒂尔登要。他是老大。我留了钱在厨房的桌子上。

道　　奇　我什么都不需要。

哈　　莉　我想也是。（她打开门，透过门廊向外望去）还在下雨。我喜欢雨后的味道。大地散发的味道。就像大地在呼吸。我不会太晚回来的。（她走出门，把门关上。她穿过舞台向左侧的纱门走去时，观众依然能看到她。她停在门廊中央，和道奇说话，但并没有转身朝向他）道奇，告诉蒂尔登不要再去后院了。我不想让他冒雨到那儿去。那儿没他的事儿。

道　　奇　你自己告诉他。他就坐在这儿。

哈　　莉　他从不听我的，道奇。他以前就从来没听过我的话。

道　　奇　我会告诉他的。

哈　　莉　我们得像以前一样看着他。就像以前一样。他还是个孩子。

道　　奇　我会看着他的。

哈　　莉　好吧。我们不能失去他。我无法承受再次失去一个儿子。不能老了还要承受这样的打击。（她穿过门廊走到左侧的纱门前，把雨伞从挂钩上拿下来，然后出门。门在她身后砰的一声关上了。长时间的停顿。蒂尔登还在剥玉米，眼睛一直盯着桶。道奇点了根烟，盯着电视。）

蒂　尔　登　你不该那么说她的。

道　　奇　（盯着电视）什么？

蒂　尔　登　你说的话。你知道的。

道　　奇　你知道些什么？

蒂　尔　登　我知道。我什么都知道。我们都心知肚明。

道　　奇　所以说了又有什么关系？每个人都知道，每个人都忘了。

蒂　尔　登　她没有忘记。

道　　　奇　她应该忘了。

蒂　尔　登　对她来说是不一样的。她忘不了。她怎么能忘记那样的事?

道　　　奇　我不想谈这个!

蒂　尔　登　你为什么跟她说那是你的血肉?

道　　　奇　我不想谈这个。

蒂　尔　登　你想谈什么?

道　　　奇　我什么都不想谈!我不想谈论那些糟心事,五十年前或三十年前发生的事,赛马场或佛罗里达,也不想说我最后一次种玉米的事儿!我就是不想说话,就这样。说话只会掏空我。

蒂　尔　登　你也不想死,是吧?

道　　　奇　对,我不是特别想死。

蒂　尔　登　那就对了,你得多说说话,否则你真的会死。

道　　　奇　是谁告诉你这些乱七八糟的东西的?

蒂　尔　登　我就是知道。我在新墨西哥州的时候发现的。我以为我要死了,但我只是嗓子哑了。

道　　　奇　那时候有人和你在一起吗?一个女人?女人会让你觉得你快死了,就像中枪一样。

蒂　尔　登　我独自一人。我以为我死了。

道	奇	也许当时还不如死了。你回到这儿来干什么？
蒂 尔 登		我不知道还能去哪里。
道	奇	你已经长大了。在你这个年纪，你不应该还指望你的父母。这不自然，也不正常。反正我们现在也不能帮你什么忙。你就不能在那边谋个生计？什么法子也想不到？你就不能养活自己？你回来干什么？你希望永远啃我们？
蒂 尔 登		我不知道还能去哪里。
道	奇	我可再也没有回到我父母身边。从来没有。从来没有这样的念头。我都是自己靠自己。一直都自食其力，总能找到办法。自给自足。
蒂 尔 登		我不知道该怎么办。我什么都想不出来。
道	奇	没什么好想的。你只要勇往直前。有什么要想的？（蒂尔登站了起来。）
蒂 尔 登		我站在那里。那是个晚上。空气中充满了新墨西哥州的味道。它和伊利诺伊州不同。完全不同。几乎是陌生的。我的肺部充满了这种味道。像松烟和牧豆的味道。就这样。完全陌生。所以我离开了那里，回到了这里。（他准备离开。）
道	奇	你要去哪里？
蒂 尔 登		到后面去。
道	奇	你不应该去那儿。你听到她说的话了。别跟我装

聋作哑!

蒂　尔　登　我喜欢那儿。

道　　　奇　在雨中?

蒂　尔　登　尤其是在雨中。我喜欢这种感觉。仿佛一直在
　　　　　　下雨。

道　　　奇　你应该照看我。我需要什么东西,你要给我拿。

蒂　尔　登　你需要什么?

道　　　奇　我现在什么都不需要!但我可能会需要。不时需
　　　　　　要点什么。随时可能。我一分钟也离不得人!(道
　　　　　　奇开始咳嗽。)

蒂　尔　登　我就在屋外。你只要大叫一声。

道　　　奇　(边咳边说)不!太远了!你不能出去!太远了!
　　　　　　你很可能听不到我的声音!我死了你可能都听
　　　　　　不见!

蒂　尔　登　(走到小药瓶那儿)你干吗不吃点药?你想吃药
　　　　　　吗?(道奇咳嗽得更厉害了,身体猛地倒在沙发
　　　　　　上,用手抓着他的喉咙。蒂尔登无助地站在
　　　　　　一旁。)

道　　　奇　水!给我点水!(蒂尔登从舞台左侧冲出,道奇伸
　　　　　　手去拿药片,碰掉了几瓶药,药瓶掉落在地上。
　　　　　　他一阵阵剧烈地咳嗽。他抓起一个小瓶子,倒出
　　　　　　几片药,吞下。蒂尔登手拿一杯水跑回来。道奇

拿过来喝了一口，他的咳嗽减轻了一些。）

蒂 尔 登　现在好些了吗?（道奇点点头。又喝了些水。蒂尔登走近他。道奇把杯子放在小茶几上。他的咳嗽基本止住了）要不你躺一会儿? 休息一下。（蒂尔登扶着道奇躺在沙发上。给他盖上毯子。）

道　　奇　你不会出去了吧?

蒂 尔 登　不出去了。

道　　奇　我不想醒来后发现你不在这里。

蒂 尔 登　我会在这儿。（蒂尔登为道奇披好毯子。）

道　　奇　你就待在这儿?

蒂 尔 登　我会待在椅子上。

道　　奇　那不是椅子。那是我以前挤奶的凳子。

蒂 尔 登　我知道。

道　　奇　别再叫它椅子。

蒂 尔 登　好的。（蒂尔登试图把道奇的棒球帽摘下来。）

道　　奇　你在干什么! 别碰我! 别摘我的帽子! 这是我的帽子!（蒂尔登罢手。）

蒂 尔 登　我知道。

道　　奇　如果我不戴着它，布拉德利就会来给我剃头。这是我的帽子。

蒂 尔 登　我知道。

道　　奇　别摘下我的帽子。

蒂 尔 登　我不会的。

道　　奇　你现在就待在这里。

蒂 尔 登　（坐在凳子上）我会的。

道　　奇　别出去。外面什么都没有。从来没有。那是一片
　　　　　空地。

蒂 尔 登　我不会的。

道　　奇　都在这里。你需要的一切。钱在桌子上。还有电
　　　　　视。电视开着吗?

蒂 尔 登　是的。

道　　奇　关掉它! 把那该死的玩意关掉! 开着干什么?

蒂 尔 登　（关掉电视，屏幕上的光消失了）是你让它开着的。

道　　奇　把它关掉。

蒂 尔 登　（又坐在凳子上）关了。

道　　奇　就关着吧。

蒂 尔 登　我会的。

道　　奇　等我睡着之后，你可以打开。

蒂 尔 登　好吧。

道　　奇　你可以看球赛。白袜队。你喜欢白袜队，没错吧?

蒂 尔 登　是的。

道　　奇　你可以看白袜队。皮威里斯①，皮威里斯，你还记

————————————

① 美国著名职业棒球运动员，1940年至1958年效力于布鲁克林道奇队。

得皮威里斯吗?

蒂　尔　登　不记得。

道　　　奇　他是白袜队的吧?

蒂　尔　登　我不知道。

道　　　奇　皮威里斯。(渐渐入睡)满垒。第六局开始。满垒。
第一垒、第三垒准备跑。来个带劲儿的指节变化
球。飘球。大得像只飞船。好球! 球像火箭一样飞
出去了,像一阵烟。我瞄准它。用我的眼睛盯着。
就在大钟和缅甸剃刀广告牌之间。我是第一个跑
到那里的孩子,第一个! 我拼了命追那个球。我
死也不松手。他们差点把我的耳朵撕下来。但我
决不撒手。(道奇陷入沉睡。蒂尔登坐在那里盯着
他看了一会儿。他慢慢地把身体探向沙发,看道
奇是否睡着。然后他慢慢把手伸到垫子下,掏
出了那瓶酒。道奇睡得很香。蒂尔登默默地站
着,盯着道奇,他打开瓶子深深地喝了一口。然
后,他盖上瓶盖,把它插在臀部的口袋里。他环
顾了一下地板上的玉米皮,然后回头看看道奇。
他走到舞台中央,双手捧起一堆玉米皮,回到沙
发旁边。他捧着玉米皮站在那里,低头看着道
奇,轻轻地把玉米皮铺满道奇全身。随即退后几
步打量着道奇。拔出酒瓶,又喝了一大口,然后

把瓶子重新放回他臀部的口袋里。他又抱来更多玉米皮，重复之前的动作，直到地板上的玉米皮都不见了，而道奇除了头，全身都被玉米皮盖满了。蒂尔登又喝了一大口，凝视着熟睡的道奇，然后静静地从舞台左侧退下。长时间的停顿，外面雨声依旧。道奇还在熟睡。布拉德利的身影出现在舞台左侧门廊的纱门外面。他头上顶着一张湿报纸。他似乎在用力推门，然后滑了一下，险些跌倒在地上。道奇继续睡着，没有被吵醒。)

布拉德利　狗娘养的！他妈的狗娘养的！总有东西绊手绊脚。(布拉德利站稳，恢复了平衡，终于穿过纱门走进门廊。他扔掉报纸，甩落头发上的水，抹去肩膀上的雨。他是个大块头男人，穿着灰色运动衫、黑色背心、宽松的深蓝色裤子，还有黑色清洁工鞋。他的左腿是木头的，膝盖以下被截肢了。他夸张地，几乎是机械地跛行。假腿上的皮套具和金属铰链随着他的移动发出刺耳的嘎吱声。由于一直靠上肢代替下肢的运动，他的手臂和肩膀肌肉极其发达。他比蒂尔登小五岁。他费力地走向舞台右边，从那里进门，然后关上他身后的门。他一开始没有注意到道奇。他径直朝楼梯走去。向楼上喊着) 妈！(他停下来听着。转身看到道奇在睡觉，注意到道奇身上的玉米皮。他慢慢走向沙发。在提桶旁边停下，朝里面看去，看到玉米皮。道奇一直在睡觉。布拉德利自言自语）玉米。（停顿）收获时节早就结束了，老爹。（他看着道奇熟睡的脸，厌恶地摇摇头。他从口袋里抽出一把黑色的电动剪刀。解开盘绕的线，走到台灯前。他戳了一下膝盖后面的木腿，使关节弯曲下来，接着笨拙地跪下来，把插头塞进地板上的插口。然后靠着沙发支撑着站起来。他挪到道奇头部的位置，又戳了一下他的假腿，让自己单膝跪下。他猛地拨开道奇身上的玉米皮，一把摘下道奇的棒球帽，把它扔到舞台中央。道奇还在熟睡中。布拉德利打开电动剪刀。灯光开始变暗。布拉德利给睡着的道奇剪头发。随着剪刀声和雨声，灯光慢慢地越来越暗，直到完全变黑。）

第二幕

　　场景：与第一幕相同。晚上。雨声。道奇还睡在沙发上。他的头发剪得很短，一些地方头皮被割破，出血了。他的帽子还在舞台中央。所有的玉米棒和玉米皮、提桶和挤奶凳已经被清理干净。随着左侧幕后传来一个年轻女孩的笑声，灯光亮起。道奇一直在睡觉。雪莉和文斯出现在台左后部门廊的纱门边上，两个人一起披着文斯的大衣挡雨。雪莉大约十九岁，黑发，非常漂亮。她穿着紧身牛仔裤、高跟鞋、紫色T恤和一件短兔毛外套。她的妆容艳丽夸张，头发烫成卷发。文斯是蒂尔登的儿子，大约二十二岁，穿着格子衬衫、牛仔裤、牛仔靴，戴墨镜，手里提着黑色萨克斯管盒。他们通过纱门进入门廊，一边抖着身上的雨水。

雪　　莉　　（一边笑着，一边指着房子）就这儿？我真不敢相信这就是你的家！

文　　斯　　这就是我家。

雪　　莉　　就是这个房子？

文　　斯　　就是这个房子。

雪　　莉　　我不信！

文　　斯　　为什么？本来就是一栋房子。

雪	莉	看上去像诺曼·罗克韦尔①的封面，或者什么类似的东西。
文	斯	那又怎么了？典型的美国风格。
雪	莉	美国风格？那送牛奶的人和小狗在哪里？小狗叫什么名字来着？斑点。斑点和简。迪克、简和斑点。看，斑点在跑呢。
文	斯	得了，别说了。这可是我的家族遗产。（她笑得更歇斯底里，失控了）放尊重点吧！
雪	莉	（试图控制自己）我很抱歉。
文	斯	你这么傻乎乎地笑，我可不想这样进去。
雪	莉	是的，先生！
文	斯	我说真的。我已经好几年没和他们联系了，我只是不想让他们认为我突然凭空冒出来，还神经兮兮的。
雪	莉	你想让他们怎么认为？（停顿。）
文	斯	算了。我们进去吧。（他穿过门廊朝舞台右侧的内门走去。雪莉跟着他。他慢慢打开内门，把头探进去，没有注意到道奇在睡觉。于是向楼梯喊去）奶奶！（雪莉躲在文斯身后，观众看不见她，

---

① 二十世纪美国最著名的插画家之一，其作品以描绘美国家庭和社区传统、温馨的生活而闻名。

但能听见她又爆发出一阵狂笑。文斯把头缩回
去，把门关上。我们再次听到他们的声音，但看
不到人。）

雪　　莉　　（停止大笑）抱歉。对不起，文斯。真对不起。真
的很抱歉。我再不会这样了。我老是忍不住。

文　　斯　　一点也不好笑好吧。

雪　　莉　　我知道。我很抱歉。

文　　斯　　你知道，这样的场面让我紧张！我已经六年没见
他们了。我真不知道见面了会怎么样。

雪　　莉　　我知道。我不会再这样了。以童子军的荣誉发
誓。但是，别说"奶奶"，好吗？（她咯咯地笑，
然后尽量止住）我的意思是，你一说"奶奶"，我
不知道我是否能控制住自己。

文　　斯　　努力克制！

雪　　莉　　好吧。不好意思。（他又打开门。文斯把头伸进
去，然后进入门内。雪莉跟在他身后。文斯穿过
楼梯，放下萨克斯管盒与大衣，仰望着楼梯。雪
莉注意到道奇的棒球帽。走过去把它捡起来戴在
自己头上。文斯上了楼梯，消失在楼梯顶端。雪
莉看着他，然后转过身，看到躺在沙发上的道
奇。她摘下棒球帽。）

文　　斯　　（在楼上喊着）奶奶！奶奶！（雪莉慢慢地挪到道

奇身边，站在他头部的位置，慢慢地伸出手，去触摸他头上的一个伤口。她刚一碰到他的头，道奇就猛地从沙发上坐起来，睁开了眼睛。雪莉倒抽了一口气。道奇看着她，看到他的帽子在她手里，迅速把手放在他裸露的头上。他瞥了雪莉一眼，然后突然一把把帽子从她手里抢过来，戴上。雪莉退后几步。道奇盯着她。）

雪　　莉　我是——和文斯一起来的。（道奇继续瞪着她）他在楼上。（道奇看了看楼梯，然后又回头看雪莉。朝楼上喊）文斯！

文　　斯　等等！

雪　　莉　你最好下来！

文　　斯　等等！我在看照片。（道奇还盯着她。）

雪　　莉　（对道奇）我们刚到这儿。我们从纽约一路开过来的。高速公路上下大雨，所以我们想正好过来看看。我是说文斯本来就打算回来一趟。他很想见你们。说很久没见到你们了。想来看看你们。（停顿。道奇一直盯着她）我们计划开车去新墨西哥州，去看他的父亲。我猜他父亲住在那里。住在拖车里，还是什么地方。（提高了声音）我们想在途中顺便来看你们。一举两得，是吧？（她笑了，道奇盯着她看，她不笑了）我的意思是文斯很怀念他的家。我觉得对他来说这是件新鲜事。我觉得很难理解。但他觉得这很重要。你知道的。我是说他想重新认识你们。隔了这么多年。重新团聚。我自己对这件事也将信将疑。团聚。（停顿。道奇只是盯着她。她紧张地走到楼梯口，向文斯吼着）文斯你能下来吗？求你了！（文斯从楼梯上下来，走到一半的位置。）

文　　斯　我想他们这会儿出去了。（雪莉指着沙发和道奇。文斯转身看到道奇。他走下楼梯，径直走到道奇旁边。雪莉站在他身后，靠近楼梯，保持着距离）爷爷？（道奇抬头看着他，没有认出他来。）

道　　奇　你带威士忌了吗？（文斯回头看了雪莉一眼，又转过头看着道奇。）

文　　斯　爷爷，是我。文斯。我是文斯。蒂尔登的儿子。你记得吗？（道奇盯着他。）

道　　奇　你说话不算数，没有留下来陪我。

文　　斯　爷爷，我刚刚才到。我刚到这儿。

道　　奇　你出去了。丢下我一个人。你不听我们的话，到外面去了。冒着雨到后院去了。（文斯回头看着雪莉。她慢慢地走向沙发。）

雪　　莉　他没事吧？

文　　斯　我不知道。（摘掉墨镜）听着，爷爷，你不记得我了吗？文斯。你的孙子。我知道我们上一次见面已经很久了。我的头发可能长长了。（道奇盯着他，摘下棒球帽。）

道　　奇　（指着他的头）你看，你丢下我的时候发生了什么？看到了吧？这儿。（文斯看着道奇的头，然后伸手去摸。道奇用帽子拍了一下文斯的手，又把它戴回头上。）

文　　斯　家里发生了什么事儿，爷爷？哈莉在哪儿？

道　　奇　别担心她。她好几天都不会回来了。她跑路了。她说她会回来的，但是她不会。（他开始大笑）那个老姑娘还风流着呢！（停止大笑。）

文　　斯　你怎么把脑袋搞成那样？

道　　奇　才不是我呢！别傻了！你以为我是什么？畜生？

文　　斯　那是谁干的？（停顿。道奇盯着文斯。）

道　　奇　你觉得是谁干的？你觉得是谁？（雪莉走向文斯。）

雪　　莉　文斯，也许我们该走了。我可不喜欢这样。我的意思是，这和我原来想的家庭团聚可不是一回事。

文　　斯　（对雪莉）再等一会儿。（对道奇）爷爷，听着，我刚到这儿。刚回来。我离开这里已经六年了。我不知道都发生了什么。（停顿，道奇盯着他看。）

道	奇	你什么都不知道?
文	斯	是的。
道	奇	很好。那很好。最好什么都不知道。那是最好了……
文	斯	没有人陪你吗?(道奇慢慢地转过身来,望向舞台左侧。)
道	奇	蒂尔登在这里。
文	斯	不,爷爷,蒂尔登在新墨西哥。我就是要去那儿。我要去那里看他。我们在这里停车是因为顺路。(道奇慢慢地转身对着文斯。)
道	奇	你会失望的。(文斯后退,和雪莉站在一起。道奇盯着他们。)
雪	莉	文斯,我们要不去汽车旅馆过夜,早上再过来吧? 我们可以先吃个早餐,洗个澡。也许一切都会不一样的。
文	斯	别害怕。没有什么好害怕的。他只是老了。
雪	莉	我不是害怕!
道	奇	你们两个不是我心目中完美的一对儿!
雪	莉	(停顿)是吗? 为什么?
文	斯	嘘! 别激怒他。
道	奇	你们两个之间有点不对劲儿。一些不相容的东西。就像粉笔和奶酪。
文	斯	爷爷,哈莉去哪儿了? 或许我们该给她打电话。

		我不明白你为什么自己待在家里。没有人照顾你吗?
道	奇	你在说什么? 你知道你在说什么吗? 你只是在为了说话而说话? 为了润滑牙龈?
文	斯	我只是想——
道	奇	哈莉和她男朋友出去了。杜伊斯牧师。他不是饲养员,而是上帝的仆人。比饲养员差一点点,我想。
文	斯	我想弄清楚这是怎么回事!
道	奇	祝你好运。
文	斯	这和我期望的完全不同。我的意思是我以为家里还是老样子,和以前一样。
道	奇	你期望? 你以为你是谁?
文	斯	我是文斯! 你的孙子! 你一定记得我。
道	奇	文斯。我有孙子。我那么富有!
文	斯	蒂尔登的儿子。
道	奇	蒂尔登的儿子文斯。他有**两个**儿子,我猜。
文	斯	两个? 不不,你很久没见我了。
道	奇	上一次是什么时候?
文	斯	我记不大清了。我们吃了一顿丰盛的晚餐。算是一次家庭聚会。还吃了火鸡。你还评论了爸爸的快球。我当时还是个孩子。那是很久以前的

事了。

道　　奇　你也不记得了。

文　　斯　不。并不是。我是说——我们都坐在桌边。我们所
　　　　　有人——你和布拉德利在取笑爸爸的快球。
　　　　　而且——

道　　奇　你不记得了。你都不记得，我怎么能记得？

文　　斯　我记得我们都在那儿。我只是不记得细节。

雪　　莉　文斯，算了吧。我看一点用也没有。我有种强烈
　　　　　的预感。

文　　斯　（对雪莉）别担心，放松点。

雪　　莉　我怎么放松！他甚至不知道你是谁！

文　　斯　（越过雪莉朝道奇走去）他当然知道我是谁。他也
　　　　　许只是累了。爷爷，听着，我不知道这里发生了
　　　　　什么，可是——

道　　奇　待在原地别动！保持距离！（文斯停下来。回头看
　　　　　看雪莉，然后看向道奇。）

雪　　莉　文斯，这真的让我心神不宁。我是说他甚至不欢
　　　　　迎我们在这里。他甚至都不喜欢我们。

道　　奇　她是个漂亮妞。

文　　斯　谢谢。

道　　奇　就像他们常说的，非常"迷人"。

雪　　莉　天啊！

道　　奇　（对雪莉）你叫什么名字来着，性感小妞?

雪　　莉　雪莉。

道　　奇　谢利。这不是一个男人的名字?

雪　　莉　我用的是女名。

道　　奇　（对文斯）她也是个自以为脑子灵光的娘们。

雪　　莉　文斯! 我们能走了吗?

文　　斯　爷爷看这里——好好瞧瞧我。试着回忆一下我的脸。

道　　奇　她想走。她刚到这里就想走。急三火四的。

文　　斯　这里对她来说有点怪怪的。我是说，这对我来说
　　　　　也够怪的了——

道　　奇　她会习惯的。（对雪莉）你最初是从哪个地方来的，
　　　　　姑娘?

雪　　莉　最初?

道　　奇　没错。最初，从一开始。

雪　　莉　洛杉矶。

道　　奇　洛杉矶。愚蠢的地方。

雪　　莉　我真受不了，文斯! 这真让人难以置信!

道　　奇　太蠢了! 洛杉矶真蠢! 佛罗里达也是。所有的阳
　　　　　光州。它们都很蠢! 你知道他们为什么都很
　　　　　蠢吗?

雪　　莉　说说看。

文　　斯　雪莉，别这样!

道	奇	我告诉你原因。因为那里满是聪明人！这就是原因。（雪莉把身子背向道奇，走到楼梯边，坐在底部台阶上。道奇对文斯）现在她觉得自己被侮辱了。
雪	莉	文斯？
道	奇	她觉得自己被羞辱了！你看她！在我家，她被羞辱了！自个儿在那边生闷气，因为她觉得我羞辱了她！
文	斯	爷爷——
雪	莉	（对文斯）真棒啊！太棒了。你还担心我第一次见面不能给人留下好印象！
道	奇	（对文斯）她吃了枪药，不是吗？十足的暴脾气。我年轻的时候也是这样。脾气上来就那么一阵子。从来没有超过一周。
文	斯	爷爷——听着——
道	奇	别叫我爷爷！太恶心了。"爷爷"。我可不是谁的爷爷！更不是你的爷爷。
文	斯	我不敢相信你居然认不出我。我就是不敢相信，也不是太久以前。（道奇开始伸出手到垫子下面摸索，想摸到那瓶威士忌。雪莉在楼梯上站起来）
雪	莉	（对文斯）也许你找错房子了。你想过吗？也许地址错了！

文	斯	地址没错! 我认得这个院子。门廊。榆树。房子。我记得我那时就站在房子的这个位置。就在这儿。
雪	莉	好吧, 但你认得这里的人吗? 他说他不是你爷爷。
文	斯	他是我爷爷! 我知道他是我爷爷没错! 他一直是我爷爷。他永远是我的爷爷!
道	奇	(还在摸索酒瓶子) 那个瓶子去哪儿了!
文	斯	他只是生病了。我也不知道他怎么了。疯疯癫癫的。
道	奇	该死的瓶子呢! (道奇从沙发上站起来, 一把把垫子从沙发上扯下来, 扔到舞台前部, 继续寻找威士忌) 他们偷了我的瓶子!
雪	莉	我们能直接开去新墨西哥吗? 这儿太可怕了, 文斯! 我不想待在这里, 待在这个房子里。我还以为会有火鸡晚餐和苹果派之类的。
文	斯	我真不愿让你失望!
雪	莉	我没有失望! 我他妈的就是吓坏了! 我想离开这儿! (道奇朝舞台左侧吼叫。)
道	奇	蒂尔登! 蒂尔登! 他们偷了我的瓶子! (道奇不停地撕扯着沙发找他的瓶子, 他碰倒了小桌子, 上面的药瓶也掉到地上。道奇从沙发里把沙发填料撕扯出来, 文斯和雪莉在一旁看着。)

文		斯	（对雪莉）他疯了。我得帮帮他。
雪		莉	你去帮他吧！我要走了！（雪莉准备离开。文斯一把抓住她。他们拉扯着，道奇一边撕扯着沙发，一边大喊大叫。）
道		奇	蒂尔登！蒂尔登你给我快点滚过来！蒂尔登！
雪		莉	放开我！
文		斯	你哪儿也不能去！我要你待在这里！
雪		莉	放开我，你这个狗娘养的！我可不归你所有！（这时，蒂尔登像之前一样从台左上场。这一次，他环抱着一大堆胡萝卜。看到蒂尔登出现，道奇、文斯和雪莉都突然停止正在进行的动作。他们目不转睛地看着他手捧胡萝卜，慢慢走到台中央。道奇坐在沙发上，精疲力尽。）
道		奇	（喘着气，对蒂尔登）你到底去哪儿了？
蒂	尔	登	屋后。
道		奇	我的瓶子在哪儿？
蒂	尔	登	不见了。（蒂尔登和文斯对视着，雪莉退后几步。）
道		奇	（对蒂尔登）你偷了我的瓶子！
文		斯	（对蒂尔登）爸爸？你在这里干什么？
雪		莉	哦，老天啊。（蒂尔登定睛看着文斯。）
道		奇	你无权偷我的瓶子！绝对没有！你以为你是谁？
文		斯	（对蒂尔登）我是文斯。我是文斯啊。（蒂尔登盯

着文斯，然后看看道奇，最后目光转向雪莉。）

蒂　尔　登　（停顿了一会儿）我摘了些胡萝卜。有人要胡萝卜吗？我摘了不少。

雪　　　莉　（对文斯）等等，等一下。这是你父亲？我们要去看望的那个？

文　　　斯　（对蒂尔登）爸爸，你在这里干什么？怎么回事？（蒂尔登还是盯着文斯，手中抱着胡萝卜，道奇把毯子拉过来给自己盖上。）

雪　　　莉　这真是你父亲？住在新墨西哥州的那个？

道　　　奇　（对蒂尔登）你得再给我拿一瓶！你得在哈莉回来之前再给我搞一瓶来！桌子上有钱。（指向舞台左侧的厨房。）

蒂　尔　登　（摇头）我不出去。不去城里。我在城里混得不好。（雪莉走近蒂尔登。蒂尔登盯着她。）

雪　　　莉　（对蒂尔登）你是文斯的父亲吗？

蒂　尔　登　（对雪莉）文斯？

雪　　　莉　（指着文斯）他可是你儿子！他是你儿子吗？你认得他吗？我和他一起开车来的。我以为大家都相互认识！（蒂尔登盯着文斯。道奇把自己裹在毯子里，坐在沙发上盯着地板。）

蒂　尔　登　我有过一个儿子，但我们把他埋了。（道奇迅速地看了一眼蒂尔登。雪莉看向文斯。）

道 奇	你闭嘴！你什么都不知道！
文 斯	爸爸，我以为你在伯纳利欧县。我们打算开车去那里看你。
蒂 尔 登	那要开很远的路程。简直太远了。
文 斯	怎么了，爸爸？出什么事了吗？我以为一切都好好的。哈莉怎么了？你在这儿干什么？
蒂 尔 登	她出去了。教堂里的事情还是别的什么。教堂总是这事那事的。上帝或耶稣。或者两者兼而有之。
雪 莉	（对蒂尔登）你要我帮你拿胡萝卜吗？
文 斯	雪莉——（蒂尔登盯着她看。她走到他的身旁，伸出手臂。蒂尔登盯着她的手臂，慢慢地把胡萝卜倒进她的怀里。雪莉就站在那里，手捧着胡萝卜。）
蒂 尔 登	（对雪莉）你喜欢胡萝卜吗？
雪 莉	当然。我喜欢各种各样的蔬菜。我是素食主义者。
道 奇	（对蒂尔登）希特勒还是个素食主义者呢。你得在哈莉回来之前给我弄瓶酒！（道奇用拳头捶打着沙发。文斯走过去，来到道奇身边试图安慰他。雪莉和蒂尔登面对面站着。）
蒂 尔 登	（对雪莉）后院里满是胡萝卜、玉米、土豆。

雪		莉	你是文斯的父亲，对吧？他的亲生父亲？我只是问问。
蒂	尔	登	各种蔬菜。你喜欢蔬菜吗？
雪		莉	（笑）是的。我喜欢蔬菜。
蒂	尔	登	我们可以用这些胡萝卜来烧菜。你知道吗？你来削，我们来一起做。你和我。
雪		莉	没问题。当然。怎么都行。
文		斯	雪莉，你在干什么？
蒂	尔	登	我给你拿一只提桶和一把刀。
雪		莉	好啊。
文		斯	雪莉！
蒂	尔	登	我马上就回来，别走。
文		斯	爸爸，等一下。（蒂尔登从台左下场）这到底是怎么回事？你们都怎么了？（雪莉站在舞台中央，满怀胡萝卜。文斯站在道奇旁边。雪莉看看文斯，然后低头看着胡萝卜。）
道		奇	（对文斯）你可以给我买瓶酒来。（指向左侧）桌子上有钱。
文		斯	爷爷，你为什么不躺一会儿？
道		奇	我不想躺一会儿！每次我躺下都有事发生！（摘下帽子，指着他的头）你看看发生了什么！这就是躺下会发生的事！（把帽子戴上）你躺下试试，看

看你会发生什么！也尝尝这个滋味！他们会偷你的酒瓶！他们会剪你的头发！他们会杀了你的孩子！这就是会发生的事。他们会生吃了你。

文　斯　别激动，放松一点儿。也许这些东西会回来的。（停顿。）

道　奇　你可以给我买一瓶，你知道的。没人拦着你给我买瓶酒吧。

雪　莉　你为什么不去给他买一瓶，文斯？也许这会帮助每个人认出对方。

道　奇　（指着雪莉）对了，看到了吗？她觉得你应该给我买瓶酒。她是个聪明的姑娘。也许，她突然开窍了。（文斯走向雪莉。）

文　斯　雪莉，你拿着胡萝卜干什么？

雪　莉　我在等你父亲。

道　奇　她觉得你应该给我买瓶酒！

文　斯　雪莉，快把胡萝卜放下，好吗！我们得处理这里的情况！我需要你的帮助。我不知道这里发生了什么，但我需要一些帮助来应对这个局面。

雪　莉　我在帮忙。

文　斯　你只是在帮倒忙！你让事情变得更糟了！快把胡萝卜放下！（文斯试图把胡萝卜从她怀里打落。她躲开他，保护着胡萝卜。）

雪　　莉　离我远点！住手！（文斯退后了几步。她转过身来对着他，手里还捧着胡萝卜。）

文　　斯　（对雪莉）你为什么这么做？你在逗我玩吗？这是我的家人，你要知道！

雪　　莉　你骗了我！我自己是不会来这儿的。我恨不得远远地离开这儿。除了这儿，我哪儿都愿意去。是你想留下来。所以我才会留下来。我会留下的，我还要削胡萝卜。我还要烧胡萝卜。为了活下来，我什么都能做。只要熬过眼下这一关。

文　　斯　把胡萝卜放下，雪莉。胡萝卜可帮不上忙。这儿的事跟胡萝卜一点关系也没有。（蒂尔登拿着桶、挤奶凳和一把刀从台左上场。他把凳子和桶放到舞台中央，给雪莉准备好。雪莉看了看文斯，接着坐在了凳子上，然后把胡萝卜放在地板上，从蒂尔登那儿拿过刀。她又看了看文斯，随后拿起一根胡萝卜，先削去它的根和尖部，削皮之后把它扔进桶里。她重复着同样的动作，文斯瞪着她。她笑了起来。）

道　　奇　她也可以去给我买瓶酒。这事儿她能干。对她来说小菜一碟。她就进城去，溜到卖酒的柜台那儿。付一瓶酒的钱，他们也许会给她两瓶酒呢。她能干出这种事儿，她就是那块料。（雪莉笑了。

继续削着胡萝卜。文斯走到道奇身边，看着他。蒂尔登看着雪莉的手。长时间的停顿。）

文　　斯　（对道奇）我没变那么多。我是说外表。看上去和以前差不多。同样的身高，同样的重量。什么都没变。（文斯和道奇说话时，道奇一直盯着雪莉。）

道　　奇　她是个漂亮妞。特别出众。（文斯走到道奇面前，挡住他看向雪莉的视线。文斯对着道奇表演他小时候常玩的小把戏。道奇为了看见雪莉，不得不伸长脖子，让视线绕过文斯。）

文　　斯　瞧。你瞧这个。你还记得吗？我以前把拇指弯在指关节后面。你记得吗？我以前在餐桌上做过。很久以前。你告诉我，总有一天它会卡住的，那样我永远不能再扔棒球了。（文斯把一只手的大拇指扳到其他四只手指的指关节后面，把手伸到道奇眼前。道奇看了一眼，然后又接着注视雪莉。文斯换了个位置，开始表演另一个小绝招）这个呢？有印象吗？（文斯把嘴唇噘起来，开始用指甲敲他的牙齿，发出轻轻的嗒嗒声。道奇看了一会儿。听到声音的蒂尔登将头转向文斯。文斯看到蒂尔登关注的神情，于是走上前，继续在他的牙齿上敲鼓。道奇打开电视看了起来）你还记得这个吗，爸爸？踢踢踏踏？那些蓝调爵士——《圣詹姆斯医院》《当圣徒进军》？（文斯继续给蒂尔登表演牙齿打鼓。蒂尔登着迷地看了一会儿，然后回到雪莉身边。文斯一边在牙齿上不停地敲着鼓，一边走回道奇身边。雪莉一直在削胡萝卜，一边和蒂尔登聊天。）

雪　　莉　（对蒂尔登）有时他那样做真要把我逼疯。

文　　斯　（对道奇）我知道了！这个你一定记得。你以前就为这个把我赶出了家门。（文斯从腰带里拿出衬衫，把它塞在下巴下面，露出肚子。他抓起肚脐两侧的肉，不停拉扯，肚脐眼看起来像一张嘴巴在说话。他看着肚脐，配合着肚脐的动作，模仿着卡通片里低沉的嗓音，给道奇表演了一会儿。然后又走到蒂尔登那儿，给他表演。道奇和蒂尔登都不屑地瞥了他几眼就不理睬他了。文斯模仿着卡通片里低沉的嗓音）"您好！您好吗？我很好，谢谢。在这么晴朗的星期天早晨，见到您气色很好，我很高兴。"我还是老样子。还是那个靠谱的家伙，从没改变。一星半点也没有。（文斯停下来。把他的衬衫塞回去。）

雪　　莉　文斯，别出丑了，好吗！他们不会跟你玩的。你看不出来吗？（雪莉不停地削胡萝卜。文斯慢慢向蒂尔登走去。蒂尔登一直盯着雪莉。)

文　斯　(对雪莉)我不明白。我真的不明白。也许是我的问题。也许是我忘了什么。

道　奇　(从沙发上朝这边喊)你忘了给我拿瓶酒!你就是忘了这个。家里的任何人都可以给我拿瓶酒。任何人!但没人愿意帮我一把。没有人理解这种紧迫性!削胡萝卜更重要!在牙齿上弹琴更重要!我希望你们老了以后还记得这些。当你们感到自己行动不方便,不得不依靠别人的兴致过活的时候,还能记得这些。(文斯走向道奇。看到文斯在看自己,道奇停止讲话。雪莉继续削胡萝卜。暂停。文斯四处走动,一边摸着他的头发,一边盯着道奇和蒂尔登。文斯和雪莉交换眼神。道奇在看电视。)

文　斯　天啊!太离谱了。简直太离谱了。(不停走动)到底是怎么回事?我在这里受罚还是什么?不就是吗?某种流放?某种邪恶、扭曲的放逐?直接说吧。我受得住。直接冲我来吧。我做了什么?很久之前,我触犯了某个神秘而古老的家族禁忌?我不小心越界了?到底怎么回事?

雪　莉　文斯,你做这个干吗?他们才不在乎这些。他们就是认不出你来,仅此而已。他们脑子里根本没一点印象。

文　斯　他们怎么会认不出我！他们怎么会认不出我！我是他们的儿子！我是他们的血肉。任何人都能看出我们是血亲。

道　奇　（在看电视）你不是我的儿子。我有儿子——很多儿子，但你不是。我熟悉他们的气味。（长时间停顿。文斯盯着道奇）

文　斯　好吧。好吧，听着——我给你去弄瓶酒。我给你弄一瓶该死的酒。

道　奇　你会吗？

文　斯　当然，完全可以。如果那样可以唤起一切，我这就去给你买一瓶。也许那样你就能告诉我这里到底发生了什么。

雪　莉　你不是要把我一个人留在这里吧？

文　斯　（转向她）是你要我去的！你说："为什么不去给他弄瓶酒？"那我就去给他拿一瓶酒！我这就去做这事儿。也许它能撬开这个谜团。

雪　莉　但我不能一个人待在这里。

道　奇　别听她的！她对你没什么好影响。她一进来我就知道了。

文　斯　雪莉，我得出去一会儿。我要离开这儿，单独一个人理理思路。我去买瓶酒，然后马上回来。

雪	莉	我不知道我是否应付得来，文斯。
文	斯	你会没事的。什么都不会发生。他们不会把你怎么样的。
雪	莉	我们不能直接走吗？
文	斯	不！我要弄清楚这里发生了什么。什么地方出了错。以前不是这样的。相信我，以前完全不是这样……
雪	莉	听着，你只想到你处境糟糕，我呢？他们不仅不认识我，而且我以前从没见过他们。我不知道这些人是谁。他们对我来说就是陌生人！
文	斯	他们不是陌生人！
雪	莉	那是你自己说的。
文	斯	他们是我的家人，看在上帝的分儿上！我应该知道自己的家人都是什么样的人！让我出去透透气。不会花多长时间的。我出去一下，然后马上回来。什么都不会发生。我保证。（雪莉盯着他。停顿片刻。）
雪	莉	真难以置信。
文	斯	什么都不会发生。（他走到道奇那儿）我现在要出去一趟，爷爷，我去给你弄瓶酒，好吗？
道	奇	坚持的结果，看到了吗？这就是你要做的。坚持下去。坚持、韧性和决心。就是这三种美德。这就

是这个国家建立的基础。做到这三点，你就不会跑偏了。（指向台左）钱在桌子上。在厨房里。（文斯走向雪莉。）

文　斯　（对雪莉）你不会有事的，雪莉。我不会离开太久。

雪　莉　（还在削胡萝卜）你走了以后，削这些胡萝卜还真够我忙活一阵的了。我喜欢蔬菜。（文斯退场。蒂尔登一直盯着雪莉的手。）

文　斯　（回到舞台，对蒂尔登）你想要什么吗，爸爸？

蒂　尔　登　（抬头看着文斯）我？

文　斯　是啊，你。"爸爸"。是你。需要从商店买什么？我去给爷爷拿瓶酒。你想要我从商店里带回点什么吗？

蒂　尔　登　他不应该喝酒。哈莉不会喜欢的。她会失望的。

文　斯　可他想要喝一瓶。

蒂　尔　登　他不应该喝酒。

道　奇　（对文斯）不要和他讨价还价！是他偷了我的酒！没有我的允许，别跟他做什么交易！他会趁你不备偷东西！

文　斯　（对道奇）蒂尔登说你不应该喝酒。

道　奇　蒂尔登疯了！你看他！他神志不清！看看他的样子。迷迷糊糊的。（文斯盯着蒂尔登。蒂尔登看着雪莉的手，她不停地削胡萝卜）现在你看着我。

听着，看看我！（文斯回头看道奇）现在，你看我
们两个人，你认为谁更可信？他还是我？你能相
信一个不停带回来路不明的蔬菜的人吗？好好瞧
瞧他那个样子。（文斯又回头看了看蒂尔登。）

雪　　莉　去买酒吧。快点啊。

文　　斯　我马上就回来。（文斯走到台左下场。）

道　　奇　你要去哪里？

文　　斯　我去拿钱。

道　　奇　拿了钱之后呢？

文　　斯　去卖酒的地方。

道　　奇　不要到别的地方去啊。别自己跑什么地方喝酒去
　　　　　了。买了酒就回来。

文　　斯　好的。（从台左下场。）

道　　奇　（在文斯身后喊着）现在你可是有任务了！别从后
　　　　　门走！从这儿出去！走的时候让我看见你！别从
　　　　　后门出去！

文斯的声音　（在台左场外）我不会的！（道奇转过头看向雪莉
　　　　　和蒂尔登。）

道　　奇　不值得信任的人。如果他从后面出去，可能会被
　　　　　淹死。也许会碰巧掉进一个洞里。那我就别指望
　　　　　拿到我的酒了。

雪　　莉　我倒是不担心文斯。他能照顾好自己。

道　　奇		哦。他可以的，是吧？自力更生？（文斯手里拿着两块钱，又从台左走上来。他经过道奇走到舞台右侧。道奇对文斯）你拿到钱了吗？
文　　斯		拿到了。两块钱。
道　　奇		两块钱。两块钱也是钱。别冷嘲热讽的。
文　　斯		两块钱你想要什么酒？
道　　奇		威士忌！金星酸麦芽的。你自己看着办吧。
文　　斯		好吧。
道　　奇		不要那些中看不中喝的！（文斯走到台右的门旁边，开门。听到蒂尔登对他说话就站住了脚。）
蒂　尔　登		（对文斯）你大老远从新墨西哥州开车来的？
文　　斯		（从门廊传出声音）不，我——听着，在我离开的当儿，努力想想我是谁。一定要使劲想。发挥你的想象力。没准一下子就想起来了。砰的一下。（文斯转过身来，看着蒂尔登。他们对视了一会儿。文斯摇摇头，走出门，穿过门廊，走出纱门，下场。蒂尔登目送他离开。停顿。）
蒂　尔　登		那是一条漫长而孤独的路。我以前也开车走在那条路上，漫无尽头。你感觉你马上就要陷入无边的黑暗。
雪　　莉		你们真的认不出他，你们两个？（蒂尔登又转过身来，盯着雪莉削胡萝卜的手。）

道 奇	（在看电视）认出谁？
雪 莉	文斯。
道 奇	有什么要认出来的？（道奇点了根烟，轻轻咳嗽，盯着电视。）
雪 莉	如果你认出他来，却不告诉他，那就太残忍了。这不公平。
道 奇	残忍。
雪 莉	嗯，真的是。我是说，这不大可能吧？他真的和你们一点关系都没有？只是一个陌生人？他看起来可是十分确定。（道奇还是一边盯着电视，一边抽烟。）
蒂 尔 登	我想我认出他了。他身上有些东西我过去很熟悉。
雪 莉	是吗？
蒂 尔 登	我觉得他的脸使我想起了另一张我认识的脸。
雪 莉	很可能是你看到了他以前的样子。你六年没见过他了。
蒂 尔 登	真的吗？
雪 莉	他就是这么说的。（雪莉仍然削着胡萝卜，蒂尔登在她面前踱来踱去。）
蒂 尔 登	我上次见他是在哪里？
雪 莉	我不知道。我自己认识他也才几个月。他不是什么都告诉我。

蒂　尔　登　是吗？

雪　　莉　这种事情是不会跟我讲的。

蒂　尔　登　那他都跟你讲些什么？

雪　　莉　你的意思是，大致都讲些什么？

蒂　尔　登　是的。（蒂尔登在雪莉身后走来走去。）

雪　　莉　他告诉我各种各样的事情。

蒂　尔　登　比如？

雪　　莉　我不知道！我总不能刚来就告诉你他怎么想的。

蒂　尔　登　为什么？（蒂尔登在她周围慢慢地转了一圈。）

雪　　莉　因为这是他私下告诉我的事！

蒂　尔　登　你不能告诉我？

雪　　莉　我都不认识你！我甚至不确定他认识你。

道　　奇　蒂尔登，去厨房给我煮咖啡！让这姑娘自个儿待
　　　　　会儿。她紧张得不得了，看样子随时准备开溜。

雪　　莉　（对道奇）没事的。（蒂尔登没理会道奇，继续在
　　　　　雪莉周围走动。他盯着她的头发和外套。道奇盯
　　　　　着电视。）

蒂　尔　登　你的意思是你什么都不能告诉我？

雪　　莉　我可以告诉你一些事情。我是说我们可以聊聊。

蒂　尔　登　真的？

雪　　莉　当然。我们现在不正在聊天？

蒂　尔　登　我们在聊天？

雪	莉	是的。这就是我们正在做的。很容易。
蒂 尔 登		但有些事情你不能告诉我，对吧？
雪	莉	对。
蒂 尔 登		有些事情我也不能告诉你。
雪	莉	为什么？
蒂 尔 登		我不知道。这种事不应该让人知道。
雪	莉	你什么都可以告诉我。
蒂 尔 登		我可以吗？
雪	莉	当然。
蒂 尔 登		可能不大令人愉快。
雪	莉	没关系。我又不是没见过。
蒂 尔 登		可能是很糟糕的事。
雪	莉	嗯，那你能告诉点好事儿吗？（蒂尔登停在她面前，盯着她的外套。雪莉也看着他。长时间停顿。）
蒂 尔 登		（停顿之后）我能摸摸你的外套吗？
雪	莉	我的毛皮大衣？（她看了看外套，目光随后回到蒂尔登身上）当然。
蒂 尔 登		你不介意？
雪	莉	没事。摸吧。（雪莉伸出胳膊让蒂尔登摸。道奇一直盯着电视。蒂尔登慢慢靠近雪莉，眼睛盯着她的手臂。他慢慢地伸出手，摸着她的手臂，轻轻地摸着毛皮，然后把手撤回来。雪莉的胳膊依然

伸着）是兔子毛。

蒂　尔　登　兔子。（他又慢慢地伸出手来，再次摸了摸她手臂上的毛皮，然后又把他的手撤回来。雪莉放下手臂。）

雪　　　莉　我的胳膊累了。

蒂　尔　登　我能拿着吗?（停顿。）

雪　　　莉　大衣? 当然。好吧。（雪莉脱下外套递给蒂尔登。蒂尔登慢慢地拿过它，抚摸着毛皮，然后穿在自己身上。雪莉看着蒂尔登慢慢地抚摸着毛皮。他冲着她微笑。她继续削胡萝卜）你要是喜欢，就送给你吧。

蒂　尔　登　真的吗?

雪　　　莉　没错。我车上有件雨衣。足够了。

蒂　尔　登　你有辆车?

雪　　　莉　文斯的车。（蒂尔登还在踱来踱去，抚摸着毛皮，微笑地看着雪莉的大衣。雪莉趁他不注意时，观察着他。道奇仍然在看电视。他全身裹着毛毯，四肢展开，平躺在沙发上。）

蒂　尔　登　（他走来走去）我也有辆车! 我有辆白色的车! 我开着车到处跑，开进大山里，开在雪地上。

雪　　　莉　那一定很有趣。

蒂　尔　登　（还在走来走去，抚摸着雪莉的大衣）我有时开一整天车。穿过沙漠，开到沙漠的另一头。我路过很多城镇，什么地方都去。经过棕榈树，还有闪电。不管什么，我都开过去。我会开车穿过它，然后停下来，环顾四周，有时我会看到一些东西，一些我不该看到的东西，鹿、老鹰、猫头鹰什么的。我会直视它们，它们也看着我，从它们看我的眼神，我就知道我不应该出现在那里。于是我回到车里，继续行驶！我喜欢开车。我最爱做的事就是开车。我梦寐以求的事就是开车。开车的时候，我才感觉是个独立的人。

道　　奇　（眼睛看着电视）闭嘴，行吧！别满嘴跑火车。（蒂尔登停了下来。盯着雪莉。）

雪　　莉　你现在还经常开车吗？

蒂　尔　登　现在？现在？我现在不开车了。

雪　　莉　为什么？

蒂　尔　登　我老了。

雪　　莉　你没那么老。

蒂　尔　登　我也不是孩子了。

雪　　莉　又不是孩子才能开车。

蒂　尔　登　我那也不是在开车。

雪　　莉　那是什么？

蒂　尔　登　冒险。我到处跑。自我感觉良好。

雪　　莉　你还是可以那样的。

蒂　尔　登　现在不行。

雪　　莉　为什么不呢?

蒂　尔　登　我刚告诉过你。你什么都不懂。我就是告诉你什
　　　　　么事儿,你也听不懂。

雪　　莉　刚才告诉我什么事儿了?

蒂　尔　登　告诉你那些过去发生的真事儿。

雪　　莉　什么事儿?

蒂　尔　登　一个婴儿的事儿。一个小小的婴儿。

雪　　莉　你婴儿时期的事儿?

蒂　尔　登　如果我告诉你,你会让我把你的外套还给你。

雪　　莉　我不会的。我保证。告诉我。求你了。

蒂　尔　登　我不能。道奇不会让我说的。

雪　　莉　他听不见你说话。没事儿。他在看电视。(停顿。
　　　　　蒂尔登盯着她,然后稍微凑近几步。)

蒂　尔　登　我们有过一个孩子。一个小婴儿。一只手就能拿
　　　　　起来。轻而易举地放在另一只手上。(蒂尔登向雪
　　　　　莉挪近了一些。这似乎引起了道奇的注意)太小
　　　　　了,没人能找到他。就这么消失了。我们没有举
　　　　　行葬礼。没有赞美诗。没人来。

道　　奇　蒂尔登!

蒂　尔　登　警察到处找他。还有邻居。没人能找到他。(道奇

挣扎着从沙发上站起来）

道　　奇　　蒂尔登，你别对她讲这个！她还是个毛头丫头。

（道奇挣扎了半天，终于站稳了。）

蒂　尔　登　　最后大家都死心了。不再找了。对于他去哪儿了，每个人都说得不一样。（道奇挣扎着走向蒂尔登，一下子跌倒了。蒂尔登不理会他。）

道　　奇　　蒂尔登！你在跟她说什么？（道奇开始在地板上咳嗽。雪莉从凳子上看着他。）

蒂　尔　登　　小宝宝就这样消失了。这很容易。他太小了。几乎看不见。一只手就能拿起来。（雪莉起身想去扶道奇。蒂尔登坚决地把她推回凳子上。道奇不停咳嗽。）

道　　奇　　蒂尔登！什么都别告诉她！她是个外人！

蒂　尔　登　　只有他知道婴儿在哪里。只有他一个人。就像一个秘密宝藏。他不会告诉我们任何一个人。（道奇的咳嗽渐渐停止了。雪莉待在凳子上盯着道奇。蒂尔登慢慢把雪莉的外套脱下来还给她。长时间停顿。雪莉坐在那里，浑身颤抖着）你现在可能想拿回你的外套。如果我是你，也会拿回来。（雪莉盯着外套，但没有动手去拿。布拉德利的假肢吱吱叫的声音从左侧场外传来。舞台上的其他人仍然一动不动。布拉德利穿着黄色雨衣出现在纱

门外面。他穿过纱门，走过门廊，走进舞台右侧
内室的门。关门。脱下雨衣，抖去雨衣上的雨水。
当他看见屋里的人时，就不再抖了。蒂尔登转身
面对他。布拉德利盯着雪莉。道奇仍在地上。）

布拉德利 怎么回事？（指雪莉）那是谁？（雪莉看到他朝自
己走过来，立即站起来，倒退几步，躲开他。他在
蒂尔登身旁站住。看见蒂尔登手里的毛皮大衣，
一把夺了过去）她是谁？

蒂 尔 登 她开车去新墨西哥途经这里。她有一辆车。（布拉
德利盯着她。雪莉吓呆了。布拉德利一瘸一拐地
走过去，手里拿着她的外套。他停在雪莉面前。）

布拉德利 （停顿了一会儿，对雪莉）来度假的？（雪莉颤抖
着摇头。布拉德利用目光指蒂尔登，对雪莉）你
带他一块儿去？（雪莉再次否定。布拉德利走回蒂
尔登身旁）你应该带他去。把他留在这儿干吗？
整天无所事事，懒得连手指都不愿意抬一下。（停
顿。对蒂尔登）对吧？（对雪莉）当然，过去他曾
经是全明星选手。是四分卫还是后卫来着？

蒂 尔 登 中卫。

布拉德利 他全告诉你了吧？一顿吹牛是吧？（雪莉摇摇头表
示"不"）是的，他以前还真了不得。穿着优秀运
动员的毛衣。脖子上挂满奖章。很神气。有什么

大不了的?(他大笑起来,突然注意到道奇在地板上,他走到他身边停下来)这个也是。(对雪莉)你永远都不会想去看他一眼,对吧?又肿又胖。(雪莉再次摇头。布拉德利盯着她,又走到她身旁,紧握着拳头里的外套。他停在雪莉面前)女人就喜欢那种东西,不是吗?

雪　　莉　什么?

布拉德利　权威。有权威的男人。

雪　　莉　我不知道。

布拉德利　不,你知道,你知道的。别敷衍我。(靠近雪莉)你是蒂尔登的朋友?

雪　　莉　不。

布拉德利　(转向蒂尔登)蒂尔登!她是你朋友?(蒂尔登没有回答。盯着地板)蒂尔登!你现在是不是要开溜?像被烫伤的狗一样跑掉!(蒂尔登突然跑了起来,从舞台左后方下场,布拉德利笑了。开始和雪莉攀谈。道奇开始默默地蠕动他的嘴唇,仿佛在和地板上看不见的人说话。大笑)这家伙被吓死了!什么都害怕。连自己的影子都怕。(布拉德利不笑了。盯着雪莉)有时候就会发生那样的事。无缘无故发抖。有没有注意到?他们老是抖来抖去?(雪莉看着地板上的道奇。)

雪　　莉　我们就不能为他做点什么吗?

布拉德利　(看着道奇)我们可以一枪毙了他。(大笑)让他
　　　　　免遭这份罪。

雪　　莉　闭嘴!(布拉德利不笑了。他靠近雪莉。她又僵住
　　　　　了。布拉德利开始很慢、很刻意地说话。)

布拉德利　嘿!小姐。别那样跟我说话。别用那种语气跟我
　　　　　说话。有一段时间,每个人都用这种语气和我说
　　　　　话。(指道奇)他,就是一个!那时候他还是个健
　　　　　全的人。还自以为了不起。他,还有刚才从这儿
　　　　　跑出去的那个白痴。现在他们再也不那样对我说
　　　　　话了。现在一切都调了个儿,兜了一圈,你说逗
　　　　　不逗?

雪　　莉　我很抱歉。

布拉德利　张开你的嘴。

雪　　莉　什么?

布拉德利　(示意她张嘴)张开。(她微微张了张嘴)张大点
　　　　　儿。(她又张大了一些)就这样,别动。(她照做
　　　　　了。眼睛盯着布拉德利。他伸出空着的手,把手
　　　　　指伸到她的嘴里。她试图抽身躲开)别动!(她吓
　　　　　呆了。布拉德利把手指伸进她嘴里。盯着她。停
　　　　　顿。他把手抽出来。她闭上嘴,眼睛看着他。布拉
　　　　　德利微微笑了一下。他看了看地上的道奇,走到

他身旁。雪莉的目光紧紧跟随着他。布拉德利面对地上的道奇站着，冲着雪莉笑。他在道奇身体上方双手举起雪莉的大衣，继续冲着她笑。然后他低头看看道奇，松开双手，大衣正好落在道奇身上，罩住了他的头。布拉德利保持着双手举大衣的姿势。他的目光望向雪莉，依然冲着她笑。灯光熄灭。）

山姆·谢泼德剧作集

第三幕

场景：同前幕。晴朗的早晨。阳光明媚。雨声已经止息。屋子已经清理干净。没有胡萝卜，没有提桶，没有凳子。文斯的萨克斯管盒和大衣还在楼梯的台阶下。布拉德利身上盖着道奇的毯子在沙发上酣睡。他的头部对着舞台左侧。他的木制假腿靠在他头边的沙发上，鞋子还套在假腿上，挽具也挂在假腿上。道奇戴着棒球帽坐在地上。他背靠电视机，面朝舞台左侧。雪莉的兔毛大衣盖着他的胸部和双肩。他盯视着台左场外。他似乎更瘦弱、更混乱了。灯光随着鸟啼声渐渐亮起来，静静地洒在台上的两个人身上。布拉德利睡得很熟。道奇一动不动。雪莉面带笑容从台左上场。她慢慢地朝道奇走去，手里小心翼翼地端着一个茶碟，茶碟上放着一杯热气腾腾的肉汤。道奇直直地盯着她渐渐走近自己。

雪　　莉　（边走边说）喝了这汤，一切都会不一样的，爷爷。你不介意我叫你爷爷，是吧？我是说，我知道你不大喜欢文斯叫你爷爷，但那是因为你不记得他了。

道　　奇　我不是谁的爷爷。他拿着我的钱跑了。我要把你扣住，当作抵押。

雪	莉	他会回来的。别担心。他肯定会回来的。
道	奇	忠诚的男人。
雪	莉	不，是决绝的。（她跪在道奇旁边，把杯子和碟子放在他的膝上。）
道	奇	已经是早上了！一眨眼就天亮了？我不仅没喝上酒，还被他拿走了两块钱！我被小偷包围了。
雪	莉	尝尝这个吧，好吗？别洒了。
道	奇	这是什么？
雪	莉	牛肉汤。它会让你暖和起来的。
道	奇	牛肉汤！我不要什么该死的肉汤！把那东西拿走！
雪	莉	我刚熬的。
道	奇	我才不在乎你是不是花了整整一周来炖汤！我就是不喝！
雪	莉	好吧，那我该怎么处理这汤？我是想帮你。而且，这汤的确对你有好处。
道	奇	把它拿走！（雪莉拿着杯子和碟子站起来）什么对我有好处，什么没好处，你知道什么？（她看着道奇，然后转身离开，走向楼梯，坐在最底层的台阶上，喝起汤来。道奇盯着她）你知道什么对我有好处吗？
雪	莉	什么？
道	奇	我需要有人揉揉我的背。一点身体接触。

雪	莉	不，不行。刚才我已经接触得够多了。谢谢。（她仍然坐着继续喝牛肉汤。停顿，道奇盯视着她。）
道	奇	为什么不呢？你又没什么更好的事情可以做。那家伙不会回来的。你不是真的期待他会再次出现吧？
雪	莉	他当然会出现。他把乐管留在这里了。
道	奇	他的乐管？（笑）你是他的乐管？
雪	莉	真逗。
道	奇	他拿着我的钱跑了！就是这么回事。他不会回来了。
雪	莉	他会回来的。这里是他的家。这一点他是知道的。他确信。我也是。
道	奇	你是个有趣的姑娘，你知道吗？
雪	莉	有趣？
道	奇	充满希望、信念。信念和希望。你们这些充满希望的人都一样。如果信的不是上帝，就是一个男人。如果不是男人，就是女人。如果它不是一个女人，那么它就是政治或蜂花粉或某种美好的未来。
雪	莉	蜂花粉？
道	奇	是的，蜂花粉。（停顿。）
雪	莉	（朝门廊看）很开心雨停了。（道奇看向门廊，然

后目光回到雪莉身上。)

道　　奇　这就是我的意思。你看，你很高兴雨停了。现在你觉得一切都会好起来，就因为太阳出来了。

雪　　莉　已经变好了。昨晚我害怕得要死。

道　　奇　害怕什么？

雪　　莉　就是害怕。

道　　奇　对吧，我们都有预感灾难的本能。我们能嗅到灾难来临的气息。

雪　　莉　是你儿子，布拉德利。他吓到我了。

道　　奇　布拉德利？(看着布拉德利)他是个软柿子。尤其是现在。你要做的就是抓住他的腿，把它扔出后门。他就歇菜了。无能为力。(雪莉转过身，盯着布拉德利的木腿看，然后看向道奇。她小口喝着汤。)

雪　　莉　你会那么做？

道　　奇　我？我几乎没有力气喘气。

雪　　莉　但如果可以的话，你真的会这么做？

道　　奇　别大惊小怪的，姑娘。没有什么事是人不能做的。凡是你做梦能梦到的，都能做到。任何事。尽管这让人难以相信。

雪　　莉　我想你已经试过了。

道　　奇　不要坐在那里喝着肉汤，还一边对我说三道四！

　　　　　　　这可是我的房子!

雪　　莉　我忘了。

道　　奇　你忘了? 你以为是谁的房子?

雪　　莉　我的。(道奇只是盯着她。停顿了很久。她小口喝
　　　　　　汤)我知道这不是我的,但我有一种感觉。

道　　奇　什么感觉?

雪　　莉　我感觉好像只有我一个人住在这里。我是说大家
　　　　　　都不在。你还在这儿,但似乎你本不应该在这
　　　　　　儿。(指着布拉德利)似乎他也不该在这儿。我不
　　　　　　知道这儿是什么地方,是一所房子还是什么其他
　　　　　　的地方。我好像来过。好像这里的一切我都熟
　　　　　　悉。你有过这种感觉吗?(道奇沉默地盯着她。
　　　　　　停顿。)

道　　奇　不。不,从没有。我有时甚至会在走廊迷路。(雪
　　　　　　莉站起来,手中拿着杯子在房子里走来走去。)

雪　　莉　昨晚我在那个房间睡了。

道　　奇　什么房间?

雪　　莉　上面那个挂满了照片的房间。墙上还有很多十
　　　　　　字架。

道　　奇　哈莉的房间?

雪　　莉　好吧。你说是哈莉就是哈莉。

道　　奇　她是我妻子。

雪	莉	所以你还记得她?
道	奇	什么意思! 我当然记得她。她只离开了一天——许 是半晌的工夫。随便多久吧。
雪	莉	你还记得她当年一头鲜红的头发的模样吗? 站在 一颗苹果树前?
道	奇	你这算什么? 对我严刑逼供吗! 你是什么人? 凭 什么打听我和我妻子的私事儿!
雪	莉	你没看过上面的照片吗?
道	奇	什么照片!
雪	莉	你的一生都挂在墙上。或者说是长得像你的人。 那人长得跟你年轻的时候一样。
道	奇	那不是我! 从来不是我! 这是我。在这儿。你看到 的这个样子。我的一切,全套的、如假包换的我 都在这儿,就坐在你跟前。其他的都是假的。
雪	莉	所以你是说,过去压根就没发生过?
道	奇	过去? 上帝啊。过去的都过去了。你对过去知道 多少?
雪	莉	不多。我知道这儿有个农场。(停顿。)
道	奇	农场?
雪	莉	有一张农场的照片。一个大农场。一头公牛。小 麦。玉米。
道	奇	玉米?

雪	莉	孩子们都站在玉米地里。他们都挥舞着这些大草帽。其中之一没有帽子。
道	奇	那是谁？
雪	莉	是个婴儿，抱在一个妇人怀里。就是那个一头红发的妇人。她站着，看上去像丢了魂似的。好像她不明白自己怎么跑到那儿去了。
道	奇	她知道！我告诉过她一百次这儿不会成为城市！我可是警告了她不少次。
雪	莉	她低头看着婴儿，好像那是别人的。好像孩子根本不属于她。
道	奇	你够了！你的想法很奇怪，小姑娘。可笑得要死的想法。你以为就因为人们繁衍，所以他们必须爱自己的后代吗？你没见过母狗吃她的小狗吗？你到底从哪儿来的？
雪	莉	洛杉矶。我已经讲过了。
道	奇	没错，洛杉矶，我记得。
雪	莉	愚蠢的乡下。
道	奇	没错！怪不得。比土还蠢的土包子。（停顿。）
雪	莉	这个家到底发生了什么？
道	奇	你没有资格问！你干吗关心这个？你不会是个社工吧？
雪	莉	我是文斯的朋友。

道	奇	文斯的朋友！很有分量。分量十足。"文斯"！"文斯先生"！不如说是"小偷先生"。他的名字对我来说一毛钱也不值。激不起一丝波澜。你知道我生了多少孩子吗？更别说孙子和曾孙，还有曾曾孙了。
雪	莉	你不记得他们中的任何一个吗？
道	奇	有什么好记住的？是哈莉制作的家庭相册。你应该去找她谈谈。如果你真的对这个感兴趣，她会给你的脑袋里塞满家族历史。她一路追溯到坟墓里。
雪	莉	你什么意思？
道	奇	你觉得我是什么意思？你想追溯多远？顺藤摸瓜地去挖掘一长串尸体！在我前面就没有一个活着的。没有一个。谁在乎那些死鬼？
雪	莉	蒂尔登昨晚想告诉我什么？（道奇的话戛然而止。盯着雪莉。摇了摇头。他向舞台左边看去，语调突然变化。）
道	奇	蒂尔登？（转向雪莉，平静地说）蒂尔登在哪里？
雪	莉	他想说什么？关于一个小婴儿？（停顿。道奇转向左边。）
道	奇	蒂尔登干吗去了？为什么蒂尔登不在这里？
雪	莉	布拉德利把他赶了出去。

道　　奇	（看着熟睡的布拉德利）布拉德利？他为什么在我的沙发上？（转向雪莉）我一整晚就躺在地板上？
雪　　莉	他不肯离开。我躲在外面直到他睡着了才进来。
道　　奇	外面？蒂尔登在外面吗？他不应该待在外面的雨里。他会闯祸的。他甚至会在家旁边迷路。可是和以前大不一样。他去了西部，搞了一屁股的麻烦。差点没命的麻烦。我可不想他在这里也闯出什么祸来。
雪　　莉	他做了什么？（停顿。）
道　　奇	（静静地盯着雪莉）蒂尔登？他头脑不清楚。就是这么回事。我们不能让他一个人待着。现在不行。（台左场外传来哈莉的大笑声。雪莉端着茶托站起来，朝笑声传来的方向望去，不知道该走开还是留下。道奇用目光示意雪莉）坐下！坐下！（雪莉坐下来。哈莉的笑声又响起了。道奇拉起外套裹住自己，用沉重的耳语对雪莉说）别丢下我一个人！答应我？别走开，别留我一个人在这儿。我需要有人陪我。蒂尔登现在不在，我需要一个人。别离开我！答应我！
雪　　莉	（坐着）我不会的。（哈莉与杜伊斯牧师出现在舞台左后方门廊的纱门外。她穿着一件明黄色的连衣裙，没戴帽子，戴着白色手套，抱着满满一捧

黄玫瑰。杜伊斯牧师穿着传统的黑色西装，以及带硬白领的衬衫。他六十开外，一头银灰色的头发，看起来气宇轩昂。他们都有些醉，昏头昏脑的。当他们穿过纱门进入门廊时，道奇把兔毛大衣拉过他的头，藏了起来。雪莉又站起来了。道奇放下外套，紧张地对雪莉低语。哈莉和杜伊斯牧师都没注意到屋子里的人。）

道　奇　（紧张地对雪莉低语）你答应过的！（雪莉又坐在楼梯上了。道奇把外套拉回头顶。门廊里，哈莉和杜伊斯牧师交谈着朝台右的内门走去。）

哈　莉　哦，牧师！太可怕了！那太可怕了！你不怕被惩罚吗？（她咯咯地笑。）

杜　伊　斯　意大利人不会拿我怎么样。他们忙着互相惩罚。（他们俩都咯咯地笑了起来。）

哈　莉　那上帝呢？

杜　伊　斯　啊，说真的，上帝只会听到他想听的话。当然，这话也就跟你说说。我们打心底里知道，要说邪恶，我们一点也不逊于天主教徒。（他们又咯咯地笑了起来，一边笑一边走到了舞台右侧的门旁。）

哈　莉　牧师，我从来没听过你在礼拜日的布道中这样说话。

杜　伊　斯　好吧，我最好的笑话只讲给亲近的人听。不然就

　　　　　　　　　　山姆·谢泼德剧作集

是对牛弹琴。(他们笑着走进屋内，看见雪莉，停下了脚步。雪莉站了起来。哈莉在杜伊斯牧师后面关上了门。可以听到道奇在毛皮大衣里对雪莉说话的声音)。

道　奇　(在雪莉的毛皮大衣里对雪莉说话)坐下，坐下！别给他们吓唬住了。(雪莉又坐到了楼梯上。哈莉看着地板上的道奇，然后看着沙发上睡着的布拉德利，看到他的木腿。让杜伊斯牧师看见了这一切，她尴尬地尖叫了一声。)

哈　莉　哦，天哪！该死的，这房子里发生了什么！(她把玫瑰递给杜伊斯牧师。)抱歉，牧师。(哈莉向道奇走去，把外套从他身上拽下来，用它盖住布拉德利的木腿。布拉德利仍然在睡觉)你不能离开这房子一秒钟，你一离开，魔鬼就从前门溜进来了！

道　奇　把外套还给我！把那该死的外套还给我！我要冻死了！

哈　莉　你不会冻死的！太阳出来了，你也许没注意到！

道　奇　把外套还给我！那是给活人穿的，不是用来蒙住死木头的。(哈莉把毯子从布拉德利身上掀开，扔到道奇身上。道奇又用毯子盖住他的头。布拉德利截肢的地方放着沙发垫，所以看不出来他腿断了。他和衣而睡。当毯子被掀掉时，布拉德利猛地坐了起来。)

哈　　莉　（她一边扯着毯子一边说话）给你！用这个！反正是你的！你不能照顾好自己一次吗！

布 拉 德 利　（对哈莉大叫）把毯子给我！把毯子还给我！那是我的毯子！(哈莉回到杜伊斯牧师身边，他拿着玫瑰站在那里。布拉德利在沙发上无助地扑腾，试图去抓毯子。道奇则缩成一团，把自己裹在毯子里。雪莉从楼梯上看着这一切，手里拿着杯子和茶碟。)

哈　　莉　相信我，牧师，我邀请你来的时候，可没想到有这一出。我老是忘记，要不是我在这儿维护着，世界就会坍塌，支离破碎。

杜 伊 斯　哦，不用道歉。如果我不能直面现实生活，我就不会当一个牧师了。(杜伊斯牧师不自在地笑了笑。哈莉再次注意到雪莉，她走到她身旁。雪莉仍然坐着。哈莉站住，盯着她。)

布 拉 德 利　我要拿回我的毯子！把我的毯子给我！(哈莉转向布拉德利，示意他安静。)

哈　　莉　闭嘴，布拉德利！立刻！马上！我受够了！不要再继续胡闹下去，太丢脸了。(布拉德利慢慢退缩，躺在沙发上，背对着哈莉，轻轻地呜咽着。哈莉

　　　　　　　　　　　　　　山姆·谢泼德剧作集

的注意力又回到雪莉身上。停顿。）

布 拉 德 利　　你把毯子还给我。

哈　　莉　　够了。（对雪莉）你拿我的杯子和茶碟干什么？

雪　　莉　　（看着杯子，目光又回到哈莉身上）我给道奇做了
　　　　　　些汤。

哈　　莉　　给道奇？

雪　　莉　　是的。

哈　　莉　　我丈夫，道奇。

雪　　莉　　是的。

哈　　莉　　你在我家给我丈夫做汤？

雪　　莉　　是的。

哈　　莉　　他喝了吗？

雪　　莉　　没有。

哈　　莉　　你喝了吗？

雪　　莉　　喝了。（哈莉盯着她。停顿了很久。她突然转身离
　　　　　　开雪莉，向杜伊斯牧师走去。）

哈　　莉　　牧师，我家有个陌生人。你有什么建议？基督教
　　　　　　教义对此有什么说法？

杜 伊 斯　　（局促不安地扭动着）啊，这个……我……我真
　　　　　　的——她是非法闯入的吗？

哈　　莉　　我们还有些威士忌，是吧？来上两口？（道奇慢慢
　　　　　　地把毯子拉下来，看向杜伊斯牧师。雪莉站了

起来。)

雪　　莉　听着，我可不喝什么酒。我只是——（哈莉凶恶地转向雪莉。）

哈　　莉　你坐下！（雪莉又坐回楼梯上。哈莉接着转向杜伊斯）我想咱们剩下不少威士忌！是不是，牧师？

杜　伊　斯　嗯，是的。我想是的。不过你得自己去拿。我的手满了。（哈莉咯咯地笑起来。把手伸到杜伊斯的口袋里，翻找酒瓶。她一边摸索，一边嗅闻着杜伊斯手臂上玫瑰的味道。杜伊斯僵硬地站着。道奇紧紧地盯着在找瓶子的哈莉。）

哈　　莉　玫瑰。最神奇的东西，玫瑰！它们简直不可思议，是吧，牧师？

杜　伊　斯　是的。是的。

哈　　莉　它们几乎掩盖了这房子里罪恶的恶臭。高级的骗术。太棒了！这味道无与伦比。我们得在安塞尔的雕像脚下摆放一些。在揭幕当天。（哈莉在杜伊斯的背心口袋里摸到一只银色的长颈威士忌酒瓶，把它抽了出来。道奇热切地看着。哈莉走到道奇身旁，打开瓶盖，喝了一口。对道奇）安塞尔很快就会有一尊雕像，道奇。你知道吗？不是一块牌匾，而是一座货真价实、和活人一样大的雕像。全青铜。从头到脚。一手拿篮球，一手拿步枪。

布拉德利 （他背对哈莉）他从不打篮球！

哈　　莉 你最好闭嘴，布拉德利！你闭嘴，连安塞尔的名字都不要提！安塞尔的篮球打得比任何人都好！这你也清楚！他是全明星球员！不要无缘无故地诋毁别人获得的荣誉，尤其是当自己的缺点如此明显时。（哈莉转身离开布拉德利，回到杜伊斯身边，一边小口饮着威士忌。对杜伊斯）安塞尔是个伟大的篮球运动员。毫无疑问。最伟大的运动员之一。

杜　伊　斯 我记得安塞尔。帅哥。高大结实。

哈　　莉 你当然记得！你肯定还记得他球打得有多好。（她转身面对雪莉）当然，现在的人打的是另一种篮球，更危险，我说得对吧，亲爱的？

雪　　莉 我不知道。（哈莉走向雪莉，又从瓶子里呷了一口酒。她停在雪莉面前。）

哈　　莉 更危险，危险得多。他们狠命撞向对方。把牙齿都打掉了。球场上到处都是血。野蛮，残忍，你不觉得吗？（哈莉从雪莉手里拿过杯子，倒了些威士忌）他们不像以前那样训练。完全不同。他们一味放纵，胡作非为，毒品和女人。主要是女人。（哈莉慢慢把那个盛着威士忌酒的杯子还给雪莉。

雪莉接过杯子）主要是女人。小姑娘。可怜、可悲、纤瘦的小姑娘。（她回到杜伊斯牧师身边）这就是时代的写照，不是吗，牧师？表明我们此刻的境遇？

杜 伊 斯　我想是的。我一直忙着合唱团的事——

哈　　莉　是的。一种不祥的预兆。我们的年轻一代正在变成魔鬼。

杜 伊 斯　嗯，我说，呃——还没到那个地步。

哈　　莉　啊，可以不同意我的看法，牧师。我欢迎不同意见。我愿意辩论。（她走向道奇）可能从长远来看，这并不是什么要紧的事儿。当你看到世界就在你眼前一点一点恶化。一切都在崩坏。这时候去想这些年轻人的事，就很愚蠢。

杜 伊 斯　不，我不这么认为。我认为信仰很重要。相信某些基本真理。我是说——

哈　　莉　是的。是的。我晓得你的意思。我觉得你说得对。确实如此。（她看着道奇）一些基本的真理。不能动摇根本，否则我们会发疯的。就像我丈夫那样。从他的眼睛你就能看出来。他的疯狂都从眼睛里渗出来了（道奇再次用毯子盖住他的头。哈莉从杜伊斯手里抽出一枝玫瑰花，慢慢地移向道奇）我们不能放弃信仰。不能停止相信。如果不

　　　　　　　　　　　　　　　　山姆·谢泼德剧作集

再有信仰，我们就会死。就会灭亡。（哈莉把玫瑰轻轻地扔到道奇的毯子上。花正好落在他的双膝之间。哈莉盯视着玫瑰花。长时间的停顿。）

布拉德利 安塞尔从不打篮球。

哈　　莉 布拉德利，我警告你。（雪莉突然站起来。哈莉没有转向她，而是一直盯着玫瑰。）

雪　　莉 （对哈莉）你不想知道我是谁吗？你不想知道我在你房子里做什么吗？我就站在你的房子里。我不是死人！（雪莉向哈莉走去。哈莉慢慢地转向她。）

哈　　莉 你喝了威士忌吗？

雪　　莉 不！我也不打算喝！

哈　　莉 这个立场很坚定。有一个坚定的立场是好事。

雪　　莉 我什么立场也没有。我只不过是想弄明白这儿的一切。（哈莉笑了笑，又走回到杜伊斯身边。）

哈　　莉 （对杜伊斯）太出人意料了，完全没有想到！刚才咱们进来时，你没料到这儿会这样吧？

杜　伊　斯 嗯，实际上——

雪　　莉 我和你的孙子一起来的！一次短暂的、单纯的、友好的拜访。

哈　　莉 我孙子？

雪　　莉 是的！没错。那个似乎没人记得的孙子。

哈	莉	（对杜伊斯）这有点扯。
雪	莉	我就告诉他回到这里太蠢了。说什么试着从自己过去离开的地方重新开始。
哈	莉	那是哪里？
雪	莉	他离家前所在的地方！六年前！十年前！谁知道多少年前！我跟他说了，没人在乎。我告诉他，没人在乎了。将来也无人在意。
哈	莉	他听你的话了？
雪	莉	没有！不，他没有。我们不得不在他的少年记忆中的每一个弹丸小镇上停下来！
哈	莉	我孙子？
雪	莉	不得不去他曾经吻过的小妞的愚蠢甜甜圈店。不得不在每一个路边餐馆、每一个短程高速汽车赛场，以及每一个他曾骨折过的足球场停留。
哈	莉	（突然变得非常惊慌，转向道奇）蒂尔登在哪里？
雪	莉	别东拉西扯的！我在和你说话！
哈	莉	道奇！蒂尔登去哪儿了？（雪莉猛地冲向哈莉。）
雪	莉	（对哈莉）我在和你说话！我正站在这里和你说话。（布拉德利迅速地从沙发上坐起来。雪莉倒退几步。）
布 拉 德 利		（对雪莉）别对我妈妈大喊大叫！
哈	莉	道奇！（她用脚踢了踢道奇）我告诉过你不要让蒂

　　　　　　　尔登离开你的视线！他去哪儿了？

道　　奇　给我一杯酒，我告诉你。

杜 伊 斯　哈莉，我想我来得不是时候。（哈莉走回杜伊斯
　　　　　　　身边。）

哈　　莉　（对杜伊斯）我不该离开的！绝对、绝对不该离开
　　　　　　　这儿！蒂尔登现在都不知道人在哪里！哪里都有
　　　　　　　可能！他不能控制自己。他到处瞎走。你知道他
　　　　　　　那个样子，到处乱逛。道奇知道的。我离开这里
　　　　　　　的时候嘱咐过他。我明确告诉他要注意蒂尔登。
　　　　　　　（布拉德利伸手抓住道奇的毯子，把它从他身上拽
　　　　　　　下来。他又躺回沙发上，把毯子盖过头顶。）

道　　奇　他又抢走了我的毯子！他拿了我的毯子！

哈　　莉　（转向布拉德利）布拉德利！布拉德利，把毯子放
　　　　　　　回去！（哈莉朝布拉德利走去。雪莉突然把杯子和
　　　　　　　茶碟扔向舞台右侧的门。杜伊斯急忙闪躲。杯子
　　　　　　　和茶碟砸成碎片。哈莉停下来，转向雪莉。所有
　　　　　　　人都静止不动。布拉德利从毯子下面慢慢地把头
　　　　　　　探出来，朝舞台右侧的门看去，然后看向雪莉。
　　　　　　　雪莉盯着哈莉。杜伊斯还抱着满怀的玫瑰。雪莉
　　　　　　　慢慢地走向哈莉。长时间停顿。雪莉轻声说话。）

雪　　莉　（对哈莉）我在这里！我就站在你面前。我在呼
　　　　　　　吸。我在说话。我还活着！我存在着。**你们看到我**

了吗?

布 拉 德 利 （在沙发上坐起来）我们不必告诉你任何事，姑娘。什么都不必说。你不是警察，是吧？你也不是政府人员。你只是蒂尔登带回来的妓女。

哈　　莉 注意语言！在我家不允许使用这种语言！牧师，我——

雪　　莉 （对布拉德利）你把手伸进我嘴里，还叫我妓女！你知道你有多么混蛋、神经病吗?

哈　　莉 布拉德利！你把手伸进这个女孩的嘴里了？你不知道她可能有什么病。

布 拉 德 利 我从没做过。她在撒谎。青口白牙地撒谎。

杜 伊 斯 哈莉，我想我现在真该走了。我把玫瑰花放在厨房里。注意保持新鲜。放点糖可能会更好。（杜伊斯朝舞台左侧走去，哈莉拦住他。）

哈　　莉 别走，牧师！等等。拜托——我不确定我能应付得了。

布 拉 德 利 我什么都没做，妈！我从没碰过她！是她主动来勾搭我！我拒绝了。我断然拒绝了她。她不是我的菜。你知道的，妈妈。（雪莉突然一把把她的毛皮大衣从木腿上拿下来，把木腿和毛皮大衣从布拉德利身边拿走，走到舞台前部）妈妈！妈妈！她把我的腿拿走了！她拿走了我的腿！我从没对她做过什么！她偷了我的腿！她是个魔鬼，妈妈。她怎么进来的？（布拉德利可怜巴巴地伸出手去抢他的木腿。雪莉把它放下一会儿，迅速穿上外套，然后又拾起木腿。道奇又开始轻轻地咳嗽起来。）

哈　　莉　（对雪莉）我想我们已经受够你了，小姐。差不多够了。我不知道你从哪里来，或者你在这里做什么，但你在这个房子里不再受欢迎了。

雪　　莉　（大笑，依然抱着木腿）不再受欢迎！

布拉德利　妈妈！那是我的腿！把我的腿拿回来！没有腿，我什么也做不了！她这是要折磨我。（布拉德利不停地发出呜咽声，一边继续伸出手试图抓住假腿。）

哈　　莉　把我儿子的腿还给他。立刻，马上！道奇，这个女孩是从哪里来的？（道奇边咳嗽边自顾自地轻声笑了起来。）

道　　奇　她可是个暴脾气，是吧？

哈　　莉　（对杜伊斯）牧师，你能做点什么吗！我可不想在自己家里受到恐吓！

杜　伊　斯　这超出了我的能力范围。

布拉德利　把我的腿还给我！

哈　　莉　噢，闭嘴，布拉德利！闭嘴！你现在不需要你的腿！躺下闭嘴！我从没听过像你这么叽叽歪歪的。（布拉德利呜咽着，躺下，把毯子裹在身上。

他的一只手臂在毯子外面，朝木制假腿的方向伸
着。杜伊斯小心翼翼地走近雪莉，怀里依然抱着
玫瑰。雪莉紧抓木腿抱在胸口，好像她绑架
了它。）

杜　伊　斯　（对雪莉）现在，老实说，亲爱的，我们能不能好
　　　　　　好谈谈？用用你的脑子，讲讲理性？没必要一头
　　　　　　撞到南墙上。这么做没有意义。

雪　　　莉　这里就没有任何理性！在这儿，任何事情都没有
　　　　　　道理可言。

杜　伊　斯　没有什么好害怕的。他们都是好人，都是正派人。

雪　　　莉　我才不怕！

杜　伊　斯　但这毕竟不是你的房子。你得自重。

雪　　　莉　你是这家里的陌生人，不是我。

哈　　　莉　太过分了！

杜　伊　斯　哈莉，拜托。我来处理。我还是有一些经验的。

雪　　　莉　别靠近我！任何人都别靠近我。我不需要听你说
　　　　　　任何话。我没有威胁任何人。我都不知道我在这
　　　　　　里做什么。你们都说不记得文斯了，好吧，也许
　　　　　　你们不记得了。也许是文斯疯了。可能关于他家
　　　　　　人的一切都是他瞎编出来的。我也无所谓了。我
　　　　　　只是搭车路过这里。我以为这是个友好的表示。
　　　　　　另外，我也很好奇。他跟我聊起你们，让我感觉

已经认识了你们。你们每个人。每一个名字，在
我的想象中，都有一个对应的形象。他每提到一
个名字，我就能看到那个人。事实上，你们每个
人在我脑海中都如此清晰，以至于我真的相信你
们就是那个样子。我真的相信当我穿过那扇门时
会发现，住在这里的人果然和我想象的一样。活
生生的人。有真实模样的人。但是我一个人也没
认出来，一个也不认识。你们跟我脑子里的形象
没有一丁点儿相似之处。

杜 伊 斯　你可不能怪别人与你的幻想不符啊。

雪　　莉　不是幻想! 更像是一个预言。你相信预言，不是
吗，牧师?

哈　　莉　牧师，别跟她废话了。我们只有报警了。

布 拉 德 利　不! 别让警察上这儿来! 咱们这儿不要警察。这
是我们的家。

雪　　莉　没错。布拉德利是对的。你们的事情，不是通常
都私了吗? 你们通常不是在暗地里把麻烦解决
掉? 偷偷地?

布 拉 德 利　你别管我们家的事! 你无权指手画脚!

雪　　莉　我是管不着。我没有什么可失去的。我是个自由
人。(她四处走动，眼睛盯着他们每一个人。)

布 拉 德 利　你不知道我们经历了什么。你对我们一无所知!

雪	莉	我知道你有个秘密。你们都有秘密。你们都捂得严严实实，事实上，你们甚至相信这些秘密从没发生过。（哈莉走向杜伊斯。）
哈	莉	天啊，牧师！这个人到底是谁？
道	奇	（又自顾自笑了起来）她以为她能从咱们嘴里套出点什么。她认为她能挖到事情的真相。像个侦探！。
布拉德利		我可不打算告诉她什么！这里没什么不对的！从来都好好的。一切都正常！从来没有发生过什么坏事。一切都好！咱们是正派人家！我们一直是好人。一直都是。
道	奇	她以为她能一下子把多少年前的事情都抖搂出来。
杜 伊 斯		（对雪莉）你没有看见这些人想平平静静地过日子吗？你有没有一点儿同情心？他们可没惹到你什么。
道	奇	她想要知道个究竟。（对雪莉）是吧？你想刨地三尺，不挖到棺材决不罢休？你想让我告诉你？你想让我告诉你发生了什么？我也许会告诉你，说不定噢。在这么多年的沉默之后，我不介意让它出来亮亮相。
布拉德利		不！别听他的。他什么都不记得了！
道	奇	这整件事我从头到尾都记得。我记得他出生的那

天。（停顿。）

哈　　莉　道奇，如果说出这件事——如果你说了出来，你就死定了。你对我来说，和死人无异。

道　　奇　那样跟现在有什么不同，哈莉？你看这个姑娘，这个小姑娘在这里，她想知道真相。她想知道更多的东西。我有一种感觉，说不说也没什么关系。我宁愿把这件事儿告诉一个陌生人。我宁愿把它告诉给这四面来风。

布 拉 德 利　（对道奇）我们达成过协议的！我们约定好了！你现在不能违约！

道　　奇　我不记得有什么约定。（沉默）你看，我们曾经是一个很好的家庭。有些身份地位的。所有的男孩都长大了。我们的农场生产的牛奶可以灌满两个密歇根湖。我和咱们的哈莉也步入人生的中年。一切都在正轨上。我们要做的就是安安稳稳地过日子。可哈莉又怀孕了。莫名其妙地怀孕了。我们本不打算再要孩子了。我们已经有足够多的男孩了。实际上，我们已经六年没有在同一张床上睡觉了。

哈　　莉　（朝楼梯走去）我不想听这个！我不要听！

道　　奇　（拦住哈莉）你要去哪儿！上楼！楼上也能听见！你去外面，在外面也听得见！最好待在这里听着。（哈莉在楼梯旁站住。停顿）哈莉生下了这孩子，你知道。这个小男孩。她生了他。我让她自己生。其他的男孩我都是请最好的医生、最好的护士。最好的一切。但这一个，我让她独自生。这个孩子难产。让哈莉差点没命，但她还是生下来了。他还真活下来了，你瞧瞧，他没死。他想在这个家庭里长大。就像我们这样，想成为我们家的一分子。他想假装我是他父亲。哈莉想让我买这个账，即使我们周围的人都知道是怎么回事。所有人。我们的儿子都一清二楚。蒂尔登也知道。

哈　　莉　你闭嘴！布拉德利，让他别说了！

布拉德利　我没办法。

道　　奇　蒂尔登心里最清楚，比家里任何人都清楚。他抱着那个孩子走好久的路。哈莉让他抱着孩子。有时抱上一整晚。他会整夜整夜地抱着孩子在外面的牧场上走。跟他说话，对他唱歌。我总是能听到他的歌声。他会编故事，会给那孩子讲各种各样的故事，即使他知道孩子还什么都不懂。我们不能让那个东西活着。我们不能让那东西在我们这个家长大。那会使我们成就的一切都化为乌有。我们过去的一切都被这个错误、这个污点给抵消了。就这一个错误。

　　　　　　　　　　　　　　　　　　　　山姆·谢泼德剧作集

雪	莉	所以你……
道	奇	我杀了他。淹死了他。就像杀死一窝幼崽里最弱小的那只。就那么淹死了。没有挣扎。没有声音。一会儿就断了气。（哈莉走向布拉德利。）
哈	莉	（对布拉德利）要是安塞尔，就会阻止他的！安塞尔会阻止他说谎！他是个英雄！一个汉子！一个真正的男子汉！这个家里的男人都怎么了！男子汉都去哪儿了！（突然，文斯从舞台左后方的纱门里冲了进来，直接把纱门从门框上撕了下来。除了道奇和布拉德利，其他人都后退着远离门廊，盯着文斯，文斯醉醺醺地趴在门廊的地上。他大声唱着歌，然后，慢慢地拖着身体站起来。他手里拿着一个装满空酒瓶的购物纸袋。他一边唱歌，一边把酒瓶从袋子里一个一个地拿出来，然后猛掷到门廊右边通往内室的门上。雪莉抱着木腿，一边看着文斯，一边慢慢地走向舞台右侧。）
文	斯	（他一边掷瓶子，一边大声唱歌）"从蒙特祖马的宫殿到的黎波里的海岸。我们将在陆地、海上和空中战斗，为我们的祖国战斗。"[1]（每唱到"蒙特祖马""的黎波里""海上""战斗"这几个词，

---

[1] 出自美国海军陆战队的军歌。

他就像打拍子似的掷碎一个瓶子。然后他停了下来，盯着门廊右侧，用一只手遮着眼睛，好像在瞭望远处的一个战场。然后用双手在嘴周围做了个喇叭形状，对着想象中门廊那头的敌人嘶吼。屋内其他人都恐惧又期待地看着他。他对他的假想敌说话）吃够炮弹了吗！这儿还有呢。给你们准备得够多的！（指着装满酒瓶的购物袋）再吃一炮！我们有足够的家伙能把你们从这里炸回老家去！（他又拿起一个瓶子，发出炮弹高声呼啸的声音，并把它扔向门廊右侧。瓶子在墙上砸碎的声音。舞台上使用真的酒瓶，所以这里发出的是真酒瓶打碎的声音，而不是声效。他继续大吼大叫，把酒瓶一只一只地掷出去。然后文斯停了一会儿，精疲力竭地喘着粗气。其他人都看着他，长时间的沉默。雪莉试探性地走近文斯，仍然抱着布拉德利的木腿。）

雪　　莉　（沉默了一会儿）文斯？（文斯将头转向她。透过纱门窥视着她。）

文　　斯　是谁？什么？文斯是谁？里面的是谁？有人在里面吗？（文斯把脸贴在门廊的纱门上，盯着每个人。）

道　　奇　我该死的酒呢！

文	斯	（看着道奇）什么？是谁？谁在说话？那是谁的声音？
道	奇	是我！你爷爷！别跟我装傻！我的两块钱呢！
文	斯	爷爷？爷爷？你是说我父亲的父亲？我曾祖父的儿子？是他吗？这一切是从什么时候开始的？
道	奇	我的酒在哪里！（哈莉离开杜伊斯，走到舞后台部，望向纱门外的文斯，仔细辨认着。）
哈	莉	（对着门廊）文森特？是你吗，文森特？（雪莉盯着哈莉，然后又看向文斯。）
文	斯	（从门廊向里面说话）哪个文森特？这是怎么回事儿！你们是什么人？
雪	莉	（对哈莉）嘿，等一下。等等！
哈	莉	（走近门廊的纱门）我们以为你是杀人犯什么的。那么莽撞地从门外闯进来。
文	斯	杀人犯？不，不，不！我都不存在，我怎么能成为一个杀人犯？凶手是活生生、会呼吸的人，剥夺另一个活生生、会呼吸的人的生命和呼吸的人。那才是杀人犯。你把我和别人搞混了。
布拉德利		（坐在沙发上）从我们的前廊滚出去，你这个变态！你在干吗？在那里摔摔打打的？这些陌生人到底是谁！他们打哪里来的？
哈	莉	（走向门廊）文森特，你中了什么邪！这么撒泼发

疯的？

文　　斯　是谁？是谁在说话？

雪　　莉　（走到哈莉身边）你是说你知道他是谁？

哈　　莉　我当然知道他是谁！但我懒得跟你啰唆，小姐。

道　　奇　我该死的酒呢？（哈莉回头向杜伊斯走去，从他面前经过。文斯又开始唱起来。）

文　　斯　"从蒙特祖马的官殿到的黎波里的海岸。我们将在陆地、海上和空中战斗，为我们的祖国战斗……"

哈　　莉　（对杜伊斯）牧师，这儿一切都乱了套，你还站在那儿干什么？你就不能整顿一下这里的秩序？（道奇大笑，咳嗽。）

杜　伊　斯　我只是这里的客人，哈莉。我不知道我应该如何判你们家的官司。怎么说也在我的教区之外。我住的社区是城里比较清净的地方。

雪　　莉　文斯！住手，好不好？我可不想在这儿待下去了！真是够了。

文　　斯　（对雪莉）他们把你扣押了吗，亲爱的？（文斯又开始唱歌，又从袋子里拿出更多的瓶子向墙上摔去）

雪　　莉　我要出来了，文斯！我要出去，我们到车上去，然后开车离开这里。随便去任何地方。只要离开这里就行，离得要多远有多远。（雪莉走向文斯的萨克斯管盒与她的毛皮大衣。她放下木腿，拿起萨克斯管盒与大衣。文斯透过纱窗看着她，雪莉走向舞台右侧的门，打开它。）

文　　斯　我们不会成功的。我们开啊开啊开啊，永远无法抵达。我们以为我们开得越来越远。我们想得太美了。

雪　　莉　我要出去了，文斯。

文　　斯　别出来。看谁敢出来。这是禁区。禁忌区。（文斯掏出一个大号的折叠猎刀，拉开刀刃。他把刀片刺进纱门，开始在上面割出一个足够爬进来的洞。最后，文斯终于把纱门撕成两半，进入房间。布拉德利蜷缩在沙发的一个角落里。杜伊斯抓住哈莉的胳膊把她拉向楼梯。）

杜　伊　斯　哈莉，也许我们应该上楼，等到他们闹腾完了再下来。我完全不知道怎么办好。

哈　　莉　我不明白。我真是弄不懂。他过去是最贴心的小男孩！完全没有预兆。（杜伊斯把玫瑰放在楼梯脚下的木腿旁边，然后护送哈莉迅速走上楼梯。哈莉一边爬楼梯，一边不停地回头看文斯）他的身上没有一点坏习气。人人都爱文森特。每个人。十全十美的孩子，非常甜美和无瑕。

杜　伊　斯　过一会儿他会没事的。他只是喝太多了而已。

哈	莉	他过去常在睡梦中唱歌。半夜里说唱就唱起来。那是我听过最甜美的声音，完全是天使的声音。（她停了一会儿）我以前睡不着的时候就听这歌声。听着这歌声我就想，就算是现在死了也不足惜。因为文森特是个天使。一个守护天使。他会守护我们的。他会庇护我们所有人。他会确保我们不会受到伤害。（杜伊斯带她一路上楼梯。他们消失在上面。文斯已经爬进纱门，爬到了屋内的沙发上。布拉德利砰的一下从沙发上跌到地上，紧紧地攥着毯子，把毯子裹在身上。雪莉走到外面门廊里。文斯割出一个足以使他的身体爬过的洞后，就用牙咬住刀。布拉德利慢慢地爬向他的木制假腿，伸出手去抓木制假腿。）
道	奇	（对文斯）去吧！占领房子！把这该死的房子接管了！你行的！它归你了！自从第一次抵押贷款以来，这房子就成了一个累赘。我可能随时会死。随时。不知不觉地。所以我现在就彻底做个了结。（在道奇宣布他的遗愿和遗嘱时，文斯爬进屋内，嘴里衔着刀，迈着大步慢腾腾地在屋内踱来踱去，巡视着他继承的遗产。文斯不经意看到布拉德利向他的腿爬行。于是他走向布拉德利的木腿，用脚不停地踢着，一直踢到布拉德利够不着

的地方，然后继续他的巡视。他拿起玫瑰，一边走一边闻着。在外面的门廊上可以看到雪莉，她慢慢地走到舞台中央，盯着文斯。文斯不理她）房子归我孙子，文森特。这么分完全公平、公正。包括房子里所有的家具、陈设品和设备。所有钉在墙上的东西，或者屋子里的其他东西。我的那些工具——我的带锯、大木锯、钻床、链锯、车床和电动砂轮都归我的长子——蒂尔登，如果他再回来的话。我的本尼·古德曼唱片、我的马具、我的马嚼子、我的缰绳、我的支架、我的粗锉刀、我的锻炉、我的焊接设备、我的鞋钉、我的水准仪和斜角规、我的挤奶凳——不，不算我的挤奶凳——我的锤子和凿子，以及所有相关的工具都要堆放起来，堆成一座大山，在我田地的正中央被点燃。在火烧到最旺时，最好是在一个寒冷无风的晚上，把我的尸体扔到火堆里，让它烧成灰。（停顿。文斯把刀子从嘴里拿出来，闻着玫瑰。他将身体转向观众，而没有面向雪莉。他把刀折起来，放进口袋里。）

雪　　莉　（在门廊向屋里喊着）我要走了，文斯。不管你来不来，我都要走了。我不能待在这里。

文　　斯　（闻着玫瑰）你走不掉的。你看着吧。

雪	莉	（走向纱门上的洞）你不来了？（文斯留在舞台前部，转过身来看着她。）
文	斯	我刚继承了一栋房子。他们终于认出我来了。你没听到吗？
雪	莉	（在门廊里，通过纱门上的洞对文斯说话）你想留在这里吗？
文	斯	（他把布拉德利的腿踢到他够不着的地方）我得传承祖业。这是血脉宿命。我得确保这个家的事业能延续下去。（布拉德利从地板上抬起头看着他，坚持不懈地爬向他的腿。文斯也不停挪动着它。）
雪	莉	你怎么了，文斯？你就那么消失了。（停顿。然后，文斯发表了以下演讲。）
文	斯	我昨晚本来打算跑路的。我本来打算一走了之，走得越远越好，一直开到了艾奥瓦州的边境。我开着窗户开了一整晚。爷爷的两块美元就放在我身旁的座位上迎风摆动。一直下着雨。一刻也没停过。我可以在汽车的挡风玻璃上看见自己。我的脸，我的眼睛。我研究我的脸。研究脸上的每一个器官，就像在观察另一个人。在他身上，我好像看见了他的整个家族。一张木乃伊的脸。我看到他既是死的又是活的。同在一个躯壳中。在挡风玻璃里，我看着他呼吸，仿佛他被凝固在某

一个时刻。他的每一次呼吸都在他身上留下了痕迹。留下了永久的痕迹。他自己都没有察觉。然后他的脸变了。变成了他父亲的脸。同样的骨骼，同样的眼睛，同样的鼻子，同样的呼吸。然后他父亲的脸又变成了祖父的脸，就这样持续不断地变下去，变成那些我从来没见过的脸，但是我仍然能够认出他们。仍然能认出他们的骨骼。同样的眼睛。同样的嘴巴。同样的呼吸。我跟着我的家族一直到了艾奥瓦州边境。看到了每一个人。一直走进了中西部的玉米带，甚至更远。一直追溯到他们能带我去见的最早的祖先那里。然后，所有这一切都消失了。全部消融。就像那样。爷爷的两块钱一直在我旁边的座位上被风吹得上下翻动。（雪莉盯着他看了一会儿，然后伸手通过纱窗的大洞把萨克斯管盒与文斯的大衣放在沙发上。她又看了看文斯。）

雪　　莉　再见，文斯。我不能为了这个就待在这里。在这儿，我和谁都没关系。（她离开门廊，从左边下场。文斯目送她离开。布拉德利努力朝他的木制假腿的方向猛冲过去。文斯立刻捡起假腿，像拿着一根胡萝卜似的在布拉德利的头部上方晃来晃去。布拉德利拼命朝假腿抓去。杜伊斯从楼上下来，在楼梯当中停住，看着文斯和布拉德利。文斯抬头看看杜伊斯，对他微笑。他不停向舞台左后方移动，布拉德利爬行着跟在后面。）

文　斯　（一边继续折磨布拉德利，一边对杜伊斯说话）哦，对不起，牧师。我只不过是清理门户，把一些害虫从这所房子里赶出去。这所房子现在归我了。你知道吗？这儿什么都是我的。所有的东西。除了那些电动工具。反正我准备买新的了。新的犁、新的拖拉机。所有的东西都准备换新的。（文斯逗引着布拉德利跟着他爬到舞台左后方的一角）就从一楼开始。（把布拉德利的木制假腿扔到台左场外。布拉德利一边抽泣，一边拖着身子朝场外的木制假腿爬去。在布拉德利下场的时候，文斯把毯子从布拉德利身上拽下来，绕在自己的肩膀上。他披着毯子走到杜伊斯身旁，闻闻玫瑰花。杜伊斯走到楼梯最下面一级。）

杜　伊　斯　你最好上去看看你奶奶。我觉得你要去一下。这是基督教徒应该做的。

文　斯　（向楼上望去，转向杜伊斯）我奶奶？这房子里没有其他人。只有你。你要走了，不是吗？（杜伊斯走到舞台右侧的门旁。他又转向文斯。）

杜　伊　斯　她需要人陪伴。我帮不了她。我不知道该怎么办。我不知道我在这里扮演什么角色。我已经无计可施了。我不得不承认这点。我想，现在，上帝会给我一些启示、一些路标，但我还没看到。一点迹象都没有。只是——（文斯盯着他。杜伊斯走出大门，穿过门廊，从左侧下场。文斯听着他离开的脚步声。他闻着玫瑰的味道，抬头望着楼梯，然后又闻了一下玫瑰。他转身看向舞台后方的道奇。他走到他跟前，弯下腰，看着道奇睁开的眼睛。道奇死了。他的死应该完全无人注意。文斯举起毯子，然后盖住道奇的头。他把道奇的帽子戴在自己头上，一边闻着玫瑰的气味，一边盯着道奇的尸体。在停顿了很久之后，文斯把玫瑰放在道奇胸前，然后躺在沙发上，双臂交叉放在头后面，盯着天花板，他的身体与道奇的位置相同。过了一会儿，楼梯上传来哈莉的声音。哈莉说话的时候，灯光缓慢变暗。文斯一直盯着天花板。）

哈莉的声音　道奇？你是道奇吗？蒂尔登说得对，后院是有不少玉米。我从来没见过这样的玉米。你最近去看过了吗？那么耀眼，有一人多高。今年这么早就熟了。还有胡萝卜、土豆和豌豆。外面那儿简直是天堂，道奇。你应该出去瞧瞧。完全是奇迹。我从来没有见过这样的情形。也许是因为雨水丰沛。也许是雨水的缘故。(当哈莉在场外说话的时候，蒂尔登出现在舞台左侧。膝盖以下都是泥。他的双臂和双手都沾满了泥。他双手捧着一具小小的婴儿尸体。他眼睛朝下看着尸体。那里是几根骸骨，裹在沾满泥土的腐烂了的碎布片里。蒂尔登慢慢朝舞台前部的楼梯走去，不理睬沙发上的文斯。文斯仍然凝视着天花板，好像根本没注意到蒂尔登的存在。哈莉继续讲着话。蒂尔登慢慢走上楼梯，眼睛始终盯着婴儿的尸体。灯光逐渐转暗)一场好雨，一直渗透到了根里。万物就在雨里自生自长。你不能拔苗助长。你不能干涉它们的生长。一切都是悄无声息的。看不见的。你只能等待，让它们自己从土里钻出来。小小的嫩芽。小小的白色嫩芽。毛茸茸的、娇嫩的叶芽，但是很壮实。壮实得顶出土来。这是个奇迹，道奇。我一生中从没见过这样的庄稼，可能是因为阳光，也许就是这个原因。也许是因为太阳的恩赐。(蒂尔登消失在楼梯顶端。寂静。灯光熄灭。)

全剧终

山姆·谢泼德剧作集

真正的西部

True West

1980

人 物

奥斯汀　　　三十岁出头，身着浅蓝色运动衫、浅棕色开衫毛
　　　　　　衣、整洁的蓝色牛仔裤、白色网球鞋

李　　　　　奥斯汀的哥哥，四十来岁，身着脏兮兮的白色 T
　　　　　　恤衫、沾满灰尘的破烂棕色大衣、救世军的深蓝
　　　　　　色阔腿裤、粉色绒面革皮带，穿着磨损的二十世
　　　　　　纪四十年代款式的尖头黑色皮鞋，鞋底已经磨出
　　　　　　了洞，没穿袜子，没戴帽子，留着尖尖的鬓角，
　　　　　　"吉恩·文森特"①的发型，两天没刮胡子，一口
　　　　　　坏牙

索尔·基默　将近五十岁，好莱坞制片人，身着粉白印花运动
　　　　　　衫、白色运动外套，配以涤纶长裤、黑白乐福鞋

妈妈　　　　六十来岁，两兄弟的母亲，身材矮小，身穿白色
　　　　　　长裙和与长裙同色的外套，背着红色单肩包，带
　　　　　　着两件同样是红色的行李

---

① 二十世纪五十年代美国著名摇滚歌手、音乐家。

背　景

　　九场戏都发生在同一场景之内：洛杉矶以东四十英里，加利福尼亚南部郊区一处破旧房子中的厨房和旁边的隔间。厨房位于舞台左侧，占据了大部分区域（从演员的角度看，是面对观众的）。厨房由位于后方中心区的水槽、环绕式台面、壁挂式电话、橱柜和一个小窗户组成，小窗户上方挂着整洁的黄色窗帘。水槽的左边是炉子，右边是冰箱。隔间与厨房相邻，位于舞台右侧。隔间是开放式的，没有墙或门隔断，因此可轻松进出厨房。之所以称之为隔间，是因为其中的物品：一张有着白色铁质桌腿的小型圆玻璃早餐桌，两把配套的白色铁椅子相对放着。隔间的两面外墙在舞台右后方形成了一个拐角，坚固的墙上有许多小窗户，从三英尺处开始，一直延伸到天花板。从窗户向外可以看到灌木丛和橘子树。隔间里装满了各种各样的盆栽室内植物，其中大部分是波士顿蕨，悬挂在不同高度的花盆中。隔间的地板是人工合成的绿色草地。

　　所有入口和出口均位于厨房左侧。舞台上没有门。演员们可以轻松进入或离开演出区域。

场景和服装

场景应当如实还原而不能试图改变其维度、形状、物品及颜色。除了剧本中要求的道具，其余任何物品都不应该随意增加，以防干扰。如果将风格化的"概念"移植到布景设计中，则只会混淆角色情境的演变，而这一点是本剧关注的重点。

同样，服装应该准确地反映人物的定位，而不能为了迎合观众而任意添加。

声　音

　　加利福尼亚州南部的郊狼的叫声十分特别，似犬吠，与鬣狗的叫声类似。当郊狼的数量增加，它们的叫声通常会变得急促而疯狂。它们会成群结队诱杀城郊居民的宠物，这种逐渐增长的癫狂，观众在背景中就能感受得到，在第七、八场中尤其突出。值得注意的是，无论在哪个场景中，郊狼从来没有像在好莱坞电影中那样发出悠长、哀伤而孤绝的叫声。

　　蟋蟀的叫声就是大家熟悉的声音。

　　剧本中的所有声音尽管有时音量和数量会变化，但应当如实还原。

第一幕

•

第一场

夜晚，蟋蟀的声音，隔间里的烛光映照出坐在玻璃桌旁的奥斯汀伏案写作的身影，他手中握着笔，烟灰缸中的香烟还燃烧着，一杯咖啡，一台打字机，几堆纸，蜡烛在桌上燃烧，柔和的月光倾泻进厨房，照亮李的身影，他手里拿着啤酒，身后台面上还有六瓶酒，他倚靠在水槽上，微醉，喝着啤酒。

李　　老妈去了阿拉斯加？

奥斯汀　是的。

李　　那就是让你看家了。

奥斯汀　是的，她知道我要来这里，所以她让我待在这儿。

李　　你给盆栽浇过水了吗？

奥斯汀　浇过了。

李　　水槽打扫干净了吗？你知道水槽里哪怕残留一片茶叶，她都会不高兴。

奥斯汀　（努力专心写作）是的，我知道。

　　　　（停顿。）

李　　她会在那儿待很长时间？

奥斯汀 我不知道。

李 那你开心了，对吧？整个地方都是你的。

奥斯汀 是的，太棒了。

李 你反正有蟋蟀陪伴。外面蟋蟀太多了。（环顾厨房）你去杂货店了吗？买咖啡了吗？

奥斯汀 （抬起头）什么？

李 你买咖啡了吗？

奥斯汀 买了。

李 很好。（停顿片刻）是纯正的咖啡吗？用咖啡豆磨出来的？

奥斯汀 是的，你想尝尝吗？

李 不了。我自己带了，呃——（示意手中的啤酒。）

奥斯汀 想要什么你随意——（指着冰箱。）

李 我会的。不用操心我。我可不需要人操心。我是说我可以，呃——（停顿）你总在烛光下工作？

奥斯汀 不——呃——并非总是如此。

李 偶尔？

奥斯汀 （放下笔，揉了揉眼睛）是的，有时这能让人心情放松。

李 那不是那些老家伙经常干的事吗？

奥斯汀 什么老家伙？

李 先人。你懂的。

奥斯汀 先人?

李 他们不就是这样吗? 在荒野中的小木屋,点着蜡烛工作到深夜?

奥斯汀 (手伸进头发里)也许吧。

李 我没有打扰你,是吧? 我的意思是,我不想扰乱你的——注意力什么的。

奥斯汀 没有,没关系。

李 那就好。我觉得你做这一行,需要注意力特别集中。

奥斯汀 还好。

李 你是不是认为我完全无法理解这样的事?

奥斯汀 什么事?

李 你在做的事。艺术,你知道的。随便你叫它什么。

奥斯汀 这只是一点研究工作。

李 你可能不知道,我也搞过一点艺术。

奥斯汀 是吗?

李 是的! 我搞了一段时间,但是我发现那没有前途。

奥斯汀 你做的是什么?

李 不用管我做了什么! 不用知道。(停顿)我的东西太超前了。

(停顿。)

奥斯汀 所以,你去看爸了,是吗?

李 是,我去看他了。

真正的西部

奥斯汀　他最近怎么样?

　　李　老样子。和之前差不多。

奥斯汀　我也去了他那儿，你知道。

　　李　跟我提这个是要干吗? 获个什么奖? 你想得个什么奖章吗? 你去了那儿。他把你的事儿都告诉我了。

奥斯汀　他说了什么?

　　李　他都告诉我了。没事。

　　　　(停顿。)

奥斯汀　好吧——

　　李　你什么都不用说。

奥斯汀　我也不准备说。

　　李　就是你要搞一些创作，一些杰作。

　　　　(停顿。)

奥斯汀　李，你要在这儿待很长时间吗?

　　李　有可能。取决于一些事。

奥斯汀　你在这里有朋友吗?

　　李　(大笑) 有几个熟人。对。

奥斯汀　好吧，只要我在，你都可以待在这里。

　　李　难道我还需要你的许可?

奥斯汀　那倒不是。

　　李　我的意思是，她不也是我妈?

奥斯汀　当然。

李　她也可以让我来给她看家。

奥斯汀　那是。

李　我的意思是，我知道怎么给植物浇水。

（长时间停顿。）

奥斯汀　那你也说不清要在这儿待多久?

李　主要看周围那些房子的情况。

奥斯汀　房子?

李　是的，房子。电器之类的。我得先到处走走，看看它们都有什么。

（短暂停顿。）

奥斯汀　李，你为什么不换一个社区呢?

李　（笑）这个社区有问题吗? 这是个优秀的社区。豪华。都是上流人士。也没多少狗。

奥斯汀　只是，我们，呃——我们的妈妈恰好住在这里。就是这样。

李　没有人会知道。他们只知道有东西丢了，就这样。她甚至都不会听到这些闲话。没有人会知道。

奥斯汀　如果你晚上在这里四处闲逛，你会被人注意到的。

李　啥? 我会被注意到? 那你呢? 你看起来也格格不入，你觉得你看上去很正常吗?

奥斯汀　我可没想那么多，我还有很多其他事要做——

李　你不用为我操心。没有你，我过得也很好。我们有五年没见了！难道不是吗？

奥斯汀　是的。

　李　所以你不必担心我。我是个自由人。

奥斯汀　好吧。

　李　我现在只想借你的车开开。

奥斯汀　不可能！

　李　就开一天。就一天。

奥斯汀　没门！

　李　我不会把它开到方圆二十英里之外。我保证。你到时候可以检查里程表。

奥斯汀　我不会把我的车借给你。没得商量。

　　　（停顿。）

　李　那我非要把这该死的车开走不可。

奥斯汀　李，听着——我不想招惹任何麻烦，好吗？

　李　这台词可够傻的。他妈的傻透了。你每天就靠写这么傻的句子赚钱吗！

奥斯汀　听着，如果你需要钱，我可以给你一些。

　　　（李突然扑向奥斯汀，粗暴地抓住他的衬衫，并大力地摇晃着他。）

　李　不准跟我说这种话！永远不准跟我说这种话！

　　　（李突然松开手，一把推开了奥斯汀，然后退后一步。）

　李　你这招在老爸那里可能管用。够他喝一个星期的酒！

你用你那从好莱坞挣来的血腥钱收买他，对我可不灵！我会用我自己的道儿赚钱。赚大钱！

奥斯汀　我只是提一个建议而已。

李　用不着，你自己留着吧！

（长时间沉默。）

李　这是我这辈子听到过的最单调的蟋蟀声。

奥斯汀　我反倒有点喜欢这种声音。

李　是啊。通过它们鸣叫的次数和节奏就能知道气温，你信吗？

奥斯汀　知道气温？

李　是的，气温。能知道天有多热。

奥斯汀　具体怎么做？

李　我也不知道。一个女人告诉我的。一个女植物学家。所以我就信了。

奥斯汀　你在哪儿遇见她的？

李　什么？

奥斯汀　那个女植物学家？

李　在沙漠里遇见的。我经常往沙漠里跑。

奥斯汀　你在那里做什么？

李　（停顿，凝视着半空）我忘了。我在那儿曾养过一条比特犬，但最后跑丢了。

奥斯汀　比特犬？

李　　一种好斗的狗。我用那只狗赚了很多钱。好大一笔钱。

（停顿。）

奥斯汀　你可以和我一起去北面。

李　　去那儿干吗？

奥斯汀　我的家在那儿。

李　　哦，对，你现在有妻子和孩子了。不仅如此，你还有房
　　　子和车子，你的人生真是大满贯啊。没错。

奥斯汀　你可以在那儿住段时间，看看怎么样。刚好家里还有
　　　一个闲置的客房。

李　　那儿太冷了。

（停顿。）

奥斯汀　你想睡会儿吗？

李　　（没说话看着奥斯汀）我不睡觉。

（灯光熄灭。）

第一场结束

第二场

清晨，奥斯汀正在用洒水壶浇花。李坐在隔间的玻璃桌旁
喝着啤酒。

李　　我从没想到咱家老太太防范意识这么强。

奥斯汀	什么意思？
李	早晨我出去溜了两圈，她给所有东西都上了锁，单锁、双重锁，甚至是链锁。你说她是有什么东西这么宝贝着？
奥斯汀	我猜是古董，我也不确定。
李	古董？哈哈，都是她从那个老房子里搬过来的。就是我们以前的那些旧东西，盘子和勺子什么的。
奥斯汀	我想这些东西对她有什么特别的意义吧。
李	特别的意义？我看就是些垃圾罢了。多数都是假货。印着"爱达荷"字样。现在谁他妈还用印着"爱达荷"的盘子吃饭，那些字就直直地盯着你。你每吃掉一点饭，"爱达荷"就露出来一点。
奥斯汀	好吧，那肯定对她有特别的含义，不然她也不会留着。
李	吃饭的时候我可不喜欢被爱达荷入侵。我吃饭的时候，就要感觉是在家里。你听得懂我在说什么吗？我没有在流浪，我是在自己家。我可不想自己被爱达荷带到沟里去，我可不想！
	（*停顿*。）
奥斯汀	你昨晚出去了吗？
李	为什么这么说？
奥斯汀	我听到了你出门的声音。

李　　是，我出去了。怎么了？

奥斯汀　就问问。

李　　那些该死的郊狼吵得我睡不着。

奥斯汀　是，我也听到了。它们一定是咬死了谁家的狗或其他什么动物。

李　　叫得像要把喉咙喊破了。它们的叫声跟沙漠的狼不一样，沙漠里的郊狼是嚎叫。这种是城市里的狼。

奥斯汀　不过，反正你也不睡觉，是吧？

（停顿，李望着奥斯汀。）

李　　你特聪明，不是吗？

奥斯汀　为什么这样说？

李　　论机敏，你一直赶不上我，但是你经常被邀请去一些显赫人物的家里。你们围坐在一起谈论着这个那个，好像知道你们自己在说些什么一样。

奥斯汀　他们也不是很显赫。

李　　他们的房子可比我去的房子显赫多了。

奥斯汀　没人邀请你，是你自己破门而入的。

李　　是，确实是我自己进来的。事实上，仔细想想，我能选择的范围可比你大多了。

奥斯汀　毫无疑问。

李　　事实上，我年轻的时候去过很多上流地方，这不需要去常青藤名校也能做到。

奥斯汀　你想吃些早餐什么的吗?

李　早餐?

奥斯汀　是，你不吃早餐吗?

李　听着，伙计。我不需要你担心我。我能照顾好自己。你
就当我不存在，做好你自己的事吧。

（奥斯汀走进厨房开始泡咖啡。）

奥斯汀　你昨晚去了哪里?

（停顿。）

李　我去了丘陵那边。在圣加布里埃尔山上。我简直要热
疯了。

奥斯汀　沙漠里不也很热吗?

李　是两种不同的热。那边是干爽，晚上会变得凉快，甚
至还会有些微风。

奥斯汀　你在哪儿? 莫哈韦沙漠?

李　对，莫哈韦沙漠，没错。

奥斯汀　我好多年没去那儿了。

李　过了尼德尔斯就是了。

奥斯汀　嗯，是的。

李　这边完全不一样，整个乡野真的变样了。

奥斯汀　嗯，这边被开发了。

李　开发? 破坏还差不多。我甚至都认不出来了。

奥斯汀　丘陵那边几乎还是原样，不是吗?

李　　基本是吧。去那儿爬山真的很有意思。喜欢那里的味道，还有其他的一切。以前经常去那里捕蛇，记得吗？

奥斯汀　你捕过蛇？

李　　是的。你当时还假装自己是印第安人首领杰罗尼莫还是什么鬼东西。你总是直接奔着午餐去。

奥斯汀　我喜欢沉浸在自己的想象力中。

李　　你叫它想象力？看起来你到现在依然沉浸其中。

奥斯汀　所以你只是去那里闲逛？

李　　是，带着目的逛。

奥斯汀　找到目标了吗？

（停顿。）

李　　找了几家。都是非常容易得手的。其中一家都没有狗看门。我直接走过去，把头伸进了窗户里。不是偷窥哦。里面就是一片郊区特有的甜美和静谧。

奥斯汀　那是什么样的房子？

李　　天堂一样。震撼人心的景象。暖黄色的灯光。屋里到处镶着墨西哥瓷砖。火炉上吊着几个铜锅。就是杂志上那个样。金色头发的人在各个房间进进出出，相互交谈。（停顿）你知道，就是你希望自己能从小生活在那里的地方。

奥斯汀　你希望自己能从小生活在那里的地方？

李　　是，怎么会不愿意呢？

奥斯汀 我以为你讨厌那种东西。

李 是啊，你从来都不那么了解我，对吧?

（停顿。）

奥斯汀 那你究竟为什么要去沙漠?

李 我是去看老头子，顺路。

奥斯汀 你的意思是你只是路过那里?

李 是的，在那儿待了三个月。

奥斯汀 三个月?

李 大概吧，也许更长。为什么那么惊讶?

奥斯汀 你在莫哈韦沙漠里生活了三个月?

李 对啊。这有什么大不了?

奥斯汀 独自一人?

李 大部分时间都是一个人。有几个朋友来过。还有段时间养了一只狗。

奥斯汀 你不想见人吗?

李 （笑）见人?

奥斯汀 是的。如果我一个人在汽车旅馆，住三晚我就会发疯的。

李 你现在又不住在汽车旅馆。

奥斯汀 是，我知道。但是有时候我得住汽车旅馆。

李 汽车旅馆里有人住宿不是吗?

奥斯汀 都是陌生人。

李　　　你不是很和善吗？你不是属于友善那种类型的吗？

（停顿。）

奥斯汀　李，待会有人要过来。

李　　　啊！女性朋友？

奥斯汀　不是，一个制片人。

李　　　啊！他制作什么？

奥斯汀　电影。影片。就是你知道的那样。

李　　　哦，电影。电影！一个大人物？

奥斯汀　是的。

李　　　他来这儿干吗？

奥斯汀　我们要谈个项目。

李　　　什么意思？一个项目？什么项目？

奥斯汀　一个剧本。

李　　　哦，就是你在纸上写的那些？

奥斯汀　是的。

李　　　这个项目是关于什么的？

奥斯汀　我们，呃——是关于某个历史时期的片子。

李　　　什么意思？

奥斯汀　听着，这不是重点，重点是我们需要单独讨论这个。
　　　　我是说——

李　　　哦，我懂了。你想让我走开。

奥斯汀　也不是，我只是需要单独和他待上几个小时。这样我们才能好好聊聊。

李　你怕我会让你难堪?

奥斯汀　我不怕你让我难堪!

李　那这样吧——你为什么不把车借给我? 我六点左右回来, 这样你就有足够的时间来谈正事了。

奥斯汀　李, 我不会把车借给你的。

李　你是想让我走人? 让我走着出去溜达溜达? 是这个意思吗? 你想让我花上几个小时在路上徒步转悠, 而你却在这里悠闲地赚大钱, 是吗?

奥斯汀　听着, 我自己面对这个人已经够难的了——

李　你不认识这个人?

奥斯汀　对, 我不认识——他是个制片人。我是说我和他好几个月前就结识了, 但你几乎不可能了解一个制片人。

李　你想忽悠他? 是这样吗?

奥斯汀　我没有想忽悠他! 我只是想达成某种意向。这不是一件容易的事儿!

李　什么意向?

奥斯汀　让他相信这是个有价值的故事。

李　他不相信? 他不相信为什么会来这里? 我会帮你说服他。

奥斯汀　你不了解其中的门道。

李　这里的什么门道?

（停顿。）

奥斯汀 所以，如果我把车借给你，你能在六点前还回来吗？

李 保证准点，满油回来。

奥斯汀 （在口袋里掏钥匙）油就不用加了。

李 嘿，老弟。这世道，油就是金子。

（奥斯汀把钥匙交给李。）

李 你还记得之前我借你的那辆车吗？

奥斯汀 嗯。

李 福特四十。车头是平的。

奥斯汀 嗯。

李 那家伙跑得忒快。

奥斯汀 李，不是我不想把车借给你——

李 你已经把车借给我了。

（李轻轻拍了拍奥斯汀的肩膀，停顿。）

奥斯汀 我知道。我只是希望——

李 什么？你希望什么？

奥斯汀 我不知道。我希望我没有——我希望我不需要在这里
去谈什么生意，我只想和你待在一起。

李 我以为你做的是"艺术"。

（李穿过厨房，走向门口，手里拿着钥匙。）

奥斯汀 记住了，六点之前把车还回来。

李 没问题。嘿，你知道，如果，呃——你写的故事没和他

谈成，告诉他我有好多他可能感兴趣的"项目"。都是可以赚钱的商业片。悬疑拉满。贴近真实的故事。

（李退场。奥斯汀望着李离去的身影，然后转过身来，走到桌子旁，翻阅着剧本，灯光渐渐暗下来。）

第二场结束

第三场

下午，隔间里，索尔·基默和奥斯汀面对面坐着。

索　尔　说实话，奥斯汀，我很久没有对一个项目这么有信心了。

奥斯汀　听到你这样说我很高兴。

索　尔　我绝对相信我们能启动这个项目。如果成功了，我们就可以把它卖给电视台，就是说我们要找个大明星来演。能带来票房的。但我相信我们能做到。真的，我敢肯定。

奥斯汀　你不觉得在这之前我们得先把初稿定下来吗？

索　尔　不，不，根本没必要。一个简明的大纲即可。在筹到创投资金之前，我不希望你碰打字机。

奥斯汀　嗯，我没意见。

索　尔　这真的是一个很好的故事。故事本身就很好。你这次真的抓住了一些东西。

奥斯汀　你能喜欢我很高兴，索尔。

（李突然走进厨房，手里拿着一台偷来的电视机。停顿。）

李　哦，见鬼。不好意思。奥斯汀，真不好意思。

奥斯汀　（站起来）没关系。

李　（走向他们）我以为已经六点多了。你让我六点之前把车还回来的。

奥斯汀　我们也谈得差不多了。（对索尔）这是我的，呃——我哥哥李。

索尔　（起身）哈，很高兴见到你。

（李把电视机放在水槽台面上，和索尔握了握手。）

李　哦，先生，你不知道见到你我有多高兴。

索尔　我是索尔·基默。

李　你好，基珀先生。

索尔　是基默。

奥斯汀　李之前一直住在沙漠里，他刚刚，呃——

索尔　哇，那真是太棒了！（对李）在棕榈泉？

李　对，对，没错。就在那一带。靠近，呃——鲍勃·霍普大道。

索尔　哦，我喜欢去那儿。非常喜欢。那儿的空气非常好。

李　对，就是的。十分健康。

索　尔　那儿还有高尔夫球场。我不知道你打不打高尔夫球，但我认为高尔夫球是最好的运动。

　李　高尔夫球我打得很多。

索　尔　是吗?

　李　是的。事实上，我一直希望能在那儿遇到一些会打高尔夫球的人呢。我一直想找个搭档。

索　尔　那么说，我，呃——

奥斯汀　李只是趁着我母亲去阿拉斯加才过来看看。

索　尔　噢，你妈妈现在在阿拉斯加?

奥斯汀　对。她去那儿度了个小假。这是她的住处。

索　尔　啊，那可挺了不起的。阿拉斯加。

　李　你不去打球吗? 有什么拖你后腿吗，基默先生?

索　尔　噢，我其实就是星期天才打高尔夫的门外汉。你知道的。

　李　那也很好，我很久没有挥球杆了。

索　尔　我们真应该找个时间聚一聚，打几杆。奥斯汀，你要玩吗?

　　　　（索尔对着奥斯汀做了个动作，模仿约翰尼·卡森①挥高尔夫球杆的样子。）

奥斯汀　不，我没，呃——我在电视上看过。

————————————

① 美国著名喜剧演员、脱口秀主持人，热爱高尔夫球运动。

李	（对索尔）明天早上怎么样? 晴朗的清早。争取早餐前我们进十八个球。
索　尔	那个, 我已经, 呃——我约了几个人。
李	不, 我是说很早, 天刚亮, 球道上还有很多露水的时候。
索　尔	听起来不错。
李	奥斯汀可以给我们当球童。
索　尔	好主意。（大笑。）
奥斯汀	我对高尔夫球一窍不通。
李	那有什么大不了的。对吗, 索尔? 十五分钟内就能学会。
索　尔	可不是, 不用花多长时间。但是你得花上几年的时间才能找到自己的风格。（咯咯笑。）
李	（对奥斯汀）我们会让你迅速了解一下各种球杆, 铁的、木头的。教你一些挥杆的基本要点, 甚至让你来几杆试试。你觉得怎么样, 索尔?
索　尔	何乐而不为呢? 我已经好几个星期没有锻炼了。
李	这就对了! 完事我们再喝点橙汁。
	（停顿。）
索　尔	橙汁?
李	是啊! 维生素 C! 打了一轮高尔夫球后, 再没有比喝橙汁更爽的了。再洗个热水澡, 拿毛巾啪啪拍打对方的

　　　　　　　　　　　　　　山姆·谢泼德剧作集

私处。那才是赤诚相见的兄弟呢。

索 尔 （对奥斯汀笑着说）哇，你说得很诱人。听起来真的
很棒。

李 那就约定了。

索 尔 好的，我先打电话给乡村俱乐部看看能不能提前安排
一下。

李 太好了！真的很抱歉打断你们的谈话。

索 尔 没什么大不了，我们反正也马上结束了。

李 我可以去其他房间等着。

索 尔 真的不用——

李 刚从店里把奥斯汀的彩色电视机取回来了。我现在可
以看些业余拳击节目。

（李和奥斯汀对看了一眼。）

索 尔 哦——是的。

李 索尔，你以前不会搞过电视节目吧?

索 尔 呃——以前做过。制作了一些电视节目。特别节目。
就是电视网做的那些。但现在主要做剧情片。

李 就是靠着这个赚的大钱是吧?

索 尔 嗯，是的。

奥斯汀 索尔，我明天给你打电话吧，聚一聚。我们可以一起
吃个午饭什么的。

索 尔 可以啊。

李　　就在打完高尔夫球之后。

（停顿。）

索　尔　什么？

李　　这样你就能在打完高尔夫球后马上吃到午饭。

索　尔　哦，对。

李　　奥斯汀告诉我，你对故事很感兴趣。

索　尔　是，我们开发一些有商业潜力的项目。

李　　你想要什么样的剧本？

索　尔　哦，就通常的那些。你知道。爱情片、动作片。（对奥斯汀笑了笑。）

李　　西部片呢？

索　尔　有时候也做。

奥斯汀　索尔，我会给你打电话的。

（奥斯汀试图领着索尔穿过厨房离开，但是李挡住了他们的路。）

李　　我有个关于西部的点子，你一定会感兴趣的。

索　尔　哦？真的？

李　　嗯，一个根据真实事件改编的当代西部故事。不过我不是我弟弟这样的作家，我的文笔不好。

索　尔　唔——

李　　我的意思是我可以直接用嘴说这个故事，但是我写不出来，但这也没什么关系，不是吗？

　　　　　　　　　　　　　　　　山姆·谢泼德剧作集

索　尔　关系不大。

　　李　我是说很多人都有自己的故事，真实发生的故事。我
　　　　想一定有很多电影是根据真实事件改编的。

索　尔　对，我想是这样的。

　　李　在《自古英雄多寂寞》后，我就再没看过一部好的西
　　　　部片。你还记得那部电影吗？

索　尔　不，恐怕我……

　　李　柯克·道格拉斯主演的。很好的电影。奥斯汀，你还记
　　　　得那部电影吗？

奥斯汀　记得。

　　李　（对索尔）那人因为爱马而死。

索　尔　是吗？

　　李　是。电影结尾处，马在嘶鸣。下着雨。马在嘶鸣。这
　　　　时，突然一声枪响。砰的一声！就那么一声枪响，然
　　　　后除了雨声就什么都听不见了。接着就看到柯克·道
　　　　格拉斯躺在救护车里，被带离事故现场。听到枪声，
　　　　他就知道他的马死了。他知道了。然后是眼睛的特
　　　　写。他的眼睛死了。镜头就停留在他脸上。接着他闭
　　　　上眼睛。你就知道他也死了。你就知道柯克·道格拉斯
　　　　因马之死而死去。

索　尔　（不安地望着奥斯汀）听起来真是部好电影，不过我没
　　　　看过，真是抱歉。

李　你真应该看看。

索　尔　好的，我会找时间看看的。安排一次放映什么的。好了，奥斯汀，我得赶在高峰期前上高速。

奥斯汀　（领着索尔走向门口）索尔，见到你很高兴。

（奥斯汀和索尔握了握手。）

李　所以你觉得现在真正的西部片有市场吗？一部真实的西部片？

索　尔　怎么没有可能呢？你要不，呃——把这个故事说给奥斯汀，让他写个大纲出来？

李　你会看吗？

索　尔　当然。我会读一遍。我一直希望能有一些新颖的料。

（对奥斯汀笑了笑。）

李　那太好了！你真的会看吗？

索　尔　当然，我只能给出我自己的一些小小意见。

李　这就是我想要的，小小意见。我觉得这故事会很有潜力。

索　尔　很高兴见到你们，我会——

（索尔和李握了握手。）

李　明天我会打电话给你，一起去打高尔夫球。

索　尔　哦。是的，对。

李　奥斯汀有你的号码，对吧？

索　尔　对。

李　　那再见了，索尔。（拍了一下索尔的背。）

　　　　（索尔离开，奥斯汀转向李，看了看电视，又看向奥斯汀。）

奥斯汀　把钥匙给我。

　　　　（奥斯汀向李伸出手，李没有动，只是盯着奥斯汀微笑，灯光熄灭。）

第三场结束

第四场

　　夜晚，远处郊狼的叫声渐渐消失。黑暗中传来打字机、蟋蟀的声音。隔间里点着蜡烛，厨房里灯光昏暗，灯光映照出奥斯汀在玻璃桌旁打字的身影。李坐在他对面喝着啤酒和威士忌，一只脚搭在桌上。电视机仍在水槽的台面上，奥斯汀打了会儿字后停了下来。

李　　你现在念给我听吧。

奥斯汀　我不会念给你听的，李。你可以等我写完了再读，我不可能把整晚的时间浪费在这上面。

李　　你还有更好的事要做？

奥斯汀　我们继续吧。那他离开得克萨斯州那会儿，发生了什么？

李　他准备好离开得克萨斯州了吗？我不知道我们进度怎么这么快。他还没准备好离开得克萨斯州。

奥斯汀　他就在边境。

李　（坐起来）不，听着，这是关键部分。就是这里。（用啤酒罐拍了拍稿纸）我们不能一笔带过。他不在边境。他离边境还有五十英里呢。五十英里的路程能发生很多事。

奥斯汀　这只是一个大纲，我们现在不是在写完整的剧本。

李　就算是大纲，你也不能把这些漏掉。这是其中一个最重要的部分，你不能把它漏掉。

奥斯汀　好吧，好吧。那我们——我们赶紧写完吧。

李　好吧。现在，他在卡车里，还有他的运马车和他的马。

奥斯汀　这个我们已经设定好了。

李　他看到另一辆卡车跟在他后面，那辆卡车还拖着一个鹅颈。

奥斯汀　鹅颈是什么意思？

李　运牛车。你知道那种带挂车的卡车，就是皮卡后面的拖斗。

奥斯汀　哦，好吧。（打字。）

李　这很重要。

奥斯汀　嗯，我知道了。

李　所有这些细节都很重要。

（他们谈话时，奥斯汀一直在打字。）

奥斯汀　明白。

　　李　另一个人的马已经装好了马鞍，就在挂车后面。

奥斯汀　好。

　　李　所以这两个人都备好了自己的马，听懂了吗？

奥斯汀　懂。

　　李　然后第一个人突然意识到两件事。

奥斯汀　前面那个人？

　　李　对，前面的人几乎在同一时间意识到两件事。同时想到的。

奥斯汀　这两件事是什么？

　　李　第一，他意识到他曾经和后面那个人的妻子有过——

　　　　（李抽动手臂做了个做爱的手势。）

奥斯汀　（看到李的手势）哦，好的。

　　李　第二，他意识到自己在"龙卷风之乡"。

奥斯汀　"龙卷风之乡"在哪儿？

　　李　潘汉德尔。

奥斯汀　潘汉德尔？

　　李　斯威特沃特，那附近。那个地方什么都没有。第三——

奥斯汀　我还以为只有两件事呢。

　　李　一共三件。还有第三件没有预料到的事。

奥斯汀　那是什么呢？

李　　他卡车没油了。

奥斯汀　（停止打字）得了吧，李。

　　　　（奥斯汀站起来，去厨房倒了杯水。）

李　　你说"得了吧"是什么意思？本来就是这样的。赶紧写下来！他卡车没油了。

奥斯汀　这也太——

李　　什么意思？太怎么了？我看是太真实了。你是这意思吧？我看就是太贴近真实生活了。

奥斯汀　这不像事实，这根本就不贴近真实生活。这种事在现实生活中不可能发生。

李　　什么！那你的意思是男人不会勾搭有夫之妇？

奥斯汀　这事会发生，但他们不会最后到潘汉德尔追逐。开车经过"龙卷风之乡"。

李　　在这部电影里就会！

奥斯汀　那他们也不会在卡车没油的时候，恰好都有一匹马！更何况他们也不会出现没油的情况！

李　　这些家伙就是会没油！这是我的故事，其中一个人就是会出现没油的情况。

奥斯汀　这只是为了后面的追逃场景而硬凑出来的。这太刻意了。

李　　这就是场追逐戏！早就进入追逃场景了。他们已经互相追赶了好多天。

奥斯汀　所以现在他们是要丢掉卡车，爬上马背，然后一前一后追到山里吗？

李　（突然站起来）潘汉德尔根本就没有山！那里是平原！

（李猛然转向隔间的窗户，朝它们扔啤酒罐。）

李　去他妈的，这些该死的蟋蟀!（冲着蟋蟀嚷）给老子闭嘴!（停顿，转过身回桌旁）这地方就是个养老院，在这里什么也想不出来！

奥斯汀　要不你休息一下？

李　不，我不想休息！我就想把这个写完！现在不写，就永远也写不出来了。

奥斯汀　（返回隔间）好吧，放松点。

李　写完我要离开这儿了。我可没时间消磨在一个地方。

奥斯汀　你要去哪儿？

李　你别管我去哪儿！这跟你没关系。我只想在这之前做完这件事儿。我不像你。跟寄生虫一样吸附在其他傻瓜身上。我得把这完成，然后离开。

（停顿。）

奥斯汀　寄生虫？你说我是寄生虫？

李　是，说的就是你！

奥斯汀　你闯进别人家里偷走人家的电视机，你做了这样的事，怎么好意思说我是寄生虫？

李　他们根本就用不着电视机！我是在帮他们的忙。

奥斯汀 把我的钥匙还给我，李。

李 等你写完！你必须给我把大纲写出来，否则你的车就
会重新烤漆，改头换面地出现在亚利桑那。

奥斯汀 你觉得你可以逼我写这玩意？我是在帮你的忙。

李 把你的架子给我收起来！帮忙！帮我一个大忙。施舍
一个天大的恩惠给我。

奥斯汀 我们好好写，不说了行不？我们坐下来，不要着急，好
好聊聊，看能不能想到办法解决这个问题。

（奥斯汀坐到打字机旁。）

（长时间的沉默。）

李 你甚至都不打算拿给他看吧？

奥斯汀 什么？

李 这个大纲。你根本就没想着把它拿给他看，你做这件
事只是因为你怕我。

奥斯汀 你可以自己拿给他看。

李 我自然会啊！我要在高尔夫球场上念给他听。

奥斯汀 而且我也不怕你。

李 那你为什么要写呢？

奥斯汀 （停顿）为了拿回我的钥匙。

（停顿。李慢慢从口袋里拿出钥匙，把它扔到了桌上。
长时间的沉默。奥斯汀看着钥匙。）

李 这儿呢。现在你可以拿回自己的钥匙了。

（奥斯汀抬头看着李，没有动钥匙）

李　　拿走吧，本来就是你的。

（奥斯汀慢慢从桌上拿走了钥匙，放进了自己的口袋里。）

李　　好了，现在你要做什么？把我赶出去吗？

奥斯汀　李。我没想过要把你赶出去。

李　　你也赶不走我。

奥斯汀　我知道。

李　　所以你不用再想了。（停顿）不过办法也很简单，你可以叫警察。

奥斯汀　你是我哥哥。

李　　兄弟又怎么了？去洛杉矶警局问一下，看什么样的人最常互相残杀。你猜他们怎么说？

奥斯汀　我也没说杀人。

李　　亲人。比如兄弟、连襟、堂表兄弟。这才是真正的美国人。他们大多在炎热的天气互相残杀。在大雾天气。或者在山火季节。差不多就是一年里的这个时候。

奥斯汀　我们不一样。

李　　哦？有什么不一样？

奥斯汀　我们又不是疯子。不会做出这么暴力的事，更不会是为了一个破剧本。所以现在坐下赶紧写。

（长时间沉默。李在思考该怎么解决这件事。）

李　　或许不会吧。（坐在奥斯汀对面）或许你是对的。可能我们太文明了，是吧?（停顿）我们脑子都在线，毕竟我们之中可是有一个从常青藤大学毕业的。这一点可是很重要的吧? 难道不是吗?

奥斯汀　听着，李，我会帮你写的。我也不介意帮你写。我只是不想把所有的时间都花在这上面，不值当。所以，现在，就让我们把这件事做完，好吗?

李　别了。我有来钱更快的方法。我能一下偷来几千甚至几百万呢。所以我根本就不需要写这玩意。我可以去萨克拉门托河谷偷柴油，一个星期就可以赚那些傻瓜一万块钱。一星期就一万块钱!

（李又开了一瓶啤酒，再次把脚放在桌上。）

奥斯汀　你不用做那些。我会帮你写出来，我觉得你的点子很棒。

李　不，你有你自己的事要干，我不想干扰你的生活。

奥斯汀　我是说如果能把这个剧本卖出去就太棒了。可以拍成电影，我是说真的。

（停顿。）

李　你真这么认为?

奥斯汀　当然。你可以靠它时来运转，你能做到的。让生活发生一些改变。

李　那我就能给自己买个房子了。

奥斯汀　你当然能买上房子。如果你想，你甚至可以拥有一整

　　　　　　　　　　山姆·谢泼德剧作集

个牧场。

李　（笑）牧场？我能有个牧场？

奥斯汀　当然可以。你知道现在一个剧本能值多少钱吗？

李　不知道。多少？

奥斯汀　一大笔钱，相当大一笔钱。

李　几千块？

奥斯汀　是，几千到上万。

李　一百万？

奥斯汀　那个嘛——

李　我们可以把老头接过来了。

奥斯汀　也许吧。

李　也许？你说"也许"是什么意思？

奥斯汀　我是说那需要的不仅仅是钱。

李　你刚不是才说过这能够改变我的一生，那这钱为什么
不能改变他的人生呢？

奥斯汀　他和你不一样。

李　哦，他是另一种人？

奥斯汀　他不会改变的。我们先别管老爸了吧。

李　是的。他不会改变，但我会。我会从里到外地改变
自己，然后我也可以和你一样了吗？整天坐着幻想。
靠做梦就能赚钱。开着车到处跑来跑去，每天就是炮
制那些幻想。

奥斯汀　不像你说的那么简单。

　　李　不是吗?

奥斯汀　不是,要付出很多。

　　李　最难的是什么?是决定慢跑还是打网球?

　　　　（长时间停顿。）

奥斯汀　好吧,听着。你可以待在这里——做你想做的任何事。
　　　　不论是借车,还是进进出出,我都不在乎,因为这不
　　　　是我的房子。我可以帮你写——也可以不帮。就告诉我
　　　　你想要什么。说说看。

　　李　哇,所以现在你突然要帮我了,是吧?

奥斯汀　你到底想做什么,李?

　　　　（停顿了很长时间,李凝视着他,然后转过身来,茫然
　　　　地望向窗外。）

　　李　如果那条狗还在,你知道我会做什么吗?你想知道我
　　　　会怎么做吗?

奥斯汀　你会怎么做?

　　李　去文图拉那边搞点小比赛。天哪,那只狗一定能打败
　　　　其他狗。斗狗能赚大钱。一大笔钱

　　　　（停顿。）

奥斯汀　李,为什么我们不试着把这个做完呢?就当是为了好
　　　　玩,也有可能你真能干出点什么呢?你觉得是不是?

　　　　（停顿,李在思考。）

李 或许是吧，试试总是没错的。你真的觉得这是个好主意？我总在想成为你这样的人是一种什么感觉。

奥斯汀 你那么想过？

李 对啊，当然想过。我以前经常在脑子里构想你抱着书走在校园里的样子。有很多金发美女在追你。

奥斯汀 金发美女？太搞笑了。

李 怎么搞笑了？

奥斯汀 因为我之前也经常在脑子里琢磨你在某个地方的样子。

李 我在哪里？

奥斯汀 噢，我不知道。各种地方。冒险。你总是在冒险的旅程中。

李 这倒是真的。

奥斯汀 我之前经常对自己说，李的想法是正确的。他能出去闯荡，而我只能待在这儿。我到底在这里干吗？

李 你总是在运筹帷幄。

奥斯汀 也许是吧。

李 我们还是赶紧开始写吧。

奥斯汀 好的。

（奥斯汀坐到打字机前，往里面加了点纸。）

李 对了，现在趁我还没忘，你能把钥匙给我吗？

（奥斯汀犹豫了一下。）

李 你说过我想用车的时候随时可以用，对吧？你刚刚难道不是这样说的吗?

奥斯汀　嗯,我是这样说的。

（奥斯汀从口袋里掏出钥匙放在桌上。李慢慢拿走了钥匙,放在手里把玩着。）

李　我真能有一个牧场?

奥斯汀　是,但我们得先把剧本写出来。

李　好吧,那我们开始吧。

（李口述,奥斯汀打字。灯光慢慢暗去。）

李　于是他们开始一前一后地奔向无边无际的黑暗草原。太阳刚刚落山,他们能感受到夜晚爬上他们后背的感觉。他们不知道其实对方也很害怕,都以为自己是唯一害怕的人。他们就这样一直骑到深夜,心中一片茫然。在后面追着的那个人不知道前面的人将要把他带向何方,被追赶的那个人也不知道自己将要去哪里。

（灯光熄灭,打字机的声音消失在黑暗中,蟋蟀的叫声慢慢退去。）

第一幕结束

（幕间休息音乐:汉克·威廉斯《不羁的浪子》）

第二幕

•

第五场

　　早上，李在隔间用餐，一个漂亮的皮包里装着一套高尔夫球杆，奥斯汀在水池边洗盘子。

奥斯汀　他真的很喜欢打高尔夫?

　　李　他要是不喜欢，就不会给我这些球杆了。

奥斯汀　这些球杆是他给你的?

　　李　是的。我跟你说过了就是他给我的。不仅如此，皮包也是他给的。

奥斯汀　我以为这只是他借给你的。

　　李　他说这是预付款的一部分。类似一个小礼物。以表诚意。

奥斯汀　他要给你预付款?

　　李　这有什么了不得的? 我跟你说过了，这是个好故事。你自己也说了这是个好故事。

奥斯汀　这太令人难以置信了，李。你知道有多少人一辈子都在那儿挣扎着想要打入这个行业，就为了踏入这个行业的门槛?

　　李　（将高尔夫球杆从包里拿出来，试了一下）不知道。有多少?

（停顿。）

奥斯汀　他要给你多少预付款?

李　不老少。我们谈的可是一大笔钱。我就是在第九个洞搞定这事儿的。

奥斯汀　他给了你明确的承诺?

李　确定无疑。

奥斯汀　我了解索尔，当他说他喜欢什么东西的时候，他并不是随口胡说。

李　你不是说你不了解他吗?

奥斯汀　对他的品位，我还是知道的。

李　我让他比我高两分进入后九洞，这时他想着他已经控制了局面，十拿九稳了。你真该看看他当时的表情，当我抽出那把旧劈起杆，扑通一声把球打到了洞口旁，距离球杯两英尺。他差点尿裤子了。他说:"像你这样的人，是打哪儿学会打这么一手好球的?"

（李笑了，奥斯汀盯着他。）

奥斯汀　现在肯定还没签合同吧。在落实到合同上之前，任何事都还有变数。

李　这就是最后的决定。他绝不可能反悔。这是我们的赌约。

奥斯汀　和索尔? 打赌?

李　是的，当然。他本来就喜欢这个大纲，所以他也没有冒那么大的风险。我用我的短杆技术敲定了这笔生意。

（停顿。）

奥斯汀　我们应该庆祝一下。我记得妈妈在冰箱里放了一瓶香槟，我们应该喝一杯。

（奥斯汀先从橱柜里拿出杯子，又在冰箱里拿出一瓶香槟。）

李　奥斯汀，你不该喝她的香槟。她舍不得让人喝她的酒。

奥斯汀　噢，她不会介意的。相反她会很开心，因为好酒没有浪费。我回头再给她拿一瓶。而且，香槟此刻很应景。

（停顿。）

李　你写剧本会得到一大笔钱。现款支付。

（奥斯汀停下来，盯着李，把酒杯和酒瓶放在桌上，停顿。）

奥斯汀　我来写剧本？

李　他是这么说的。他说我们在全城都雇不到比你更好的编剧了。

奥斯汀　但我已经有在写的剧本了。我有自己的项目。我没有时间同时写两个剧本。

李　不是，他说他要舍弃另一个。

（停顿。）

奥斯汀　什么？你是说我的吗？他要放弃我的，改做你的吗？

　　李　（微笑）奥斯汀，你看，这就是新手的运气。我是说，我可是打了一个五十英尺远的推杆进洞赢来的。你可怨不了我。（奥斯汀拿起挂在墙上的电话，开始拨号）他不在线，奥斯汀，他跟我说他下午很晚才会回来。

奥斯汀　（依然没放下电话，拨号，聆听）我不相信。我简直不敢相信。你确定这是他说的吗？他为什么要放弃我的？

　　李　他是这么跟我说的。

奥斯汀　没有事先告诉我，他不能这么做。至少要跟我说一下。他不会不跟我商量就做出这样的决定！

　　李　我自己也有点吃惊。但他对我的故事真的很感兴趣。

（奥斯汀粗暴地挂断电话，踱步。）

奥斯汀　他跟你说了什么！告诉我他说的一切！

　　李　我不是跟你说过了！他说他非常喜欢这个故事。说这是十年来第一部原汁原味的西部片。

奥斯汀　他喜欢这个故事？你的故事？

　　李　对！你有什么好惊讶的？

奥斯汀　蠢死了！那是我这辈子听过的最蠢的故事。

　　李　等等！你是说我的故事！

奥斯汀　那就是个垃圾故事！愚蠢无比！两个蠢人在得克萨斯

州互相追逐！你在开玩笑吧？你真的以为会有人去看那样的影片？

李　这不是影片！这是电影。两者有很大的区别。这是索尔告诉我的。

奥斯汀　哦，是吗？

李　是，他说："在这个行业，我们制作电影，美国电影。而影片，就留给法国人吧。"

奥斯汀　这么说，你和索尔的关系很好了？他都开始滔滔不绝地跟你介绍他丰富的电影知识了。

李　说实话，我也觉得他很喜欢我。他觉得我是他可以倾诉秘密的人。

奥斯汀　你做了什么？你揍了他一顿还是怎么着？

李　（突然迅速站起来）嘿，我受够你的侮辱了，兄弟！你以为这里只有你自己聪明吗？你以为你是唯一一个能坐在这儿编故事的人吗？其他人也是有脑子的好吧！

奥斯汀　你一定是做了什么。威胁他，或者用了什么其他的手段。李，你到底做了什么？

李　我说服了他！

（李突然气势汹汹地向奥斯汀猛扑过去，在他头上挥舞着高尔夫球杆，然后控制住了自己，长时间停顿，李放下了球杆。）

奥斯汀　哦，天哪！你没打他吧？

（长时间的沉默，李坐回桌旁。）

奥斯汀 李！你打他了吗？

李 我什么都没做！他就是喜欢我的故事。就这么简单。
他说这是他这么久以来遇到的最好的故事。

奥斯汀 他也是这么说我的故事的！他也是这么跟我说的。

李 他肯定是在撒谎。他一定跟我们中的一个撒了谎。

奥斯汀 你不能一来到这里就开始到处骗人。他们会把你赶
走的！

李 我从没欺骗任何人！我光明正大地赢了他。（停顿）反
正他们压根碰不了我。他们动不了我一根毫毛。我早
跑了。我能从窗户进去，从门出去。他们永远不知道
是谁。你才是被卡住的那个。你被困住了，不是我。所
以用不着你来警告我在这里该干什么。

（停顿，奥斯汀走到桌旁，坐到打字机前。）

奥斯汀 好吧，跟我说实话好吗，李？他突然抛弃我的想法，这
真的说不通啊。我和他已经谈了几个月。我押上了一
切。一切都指望这个项目成功。

李 你的构想是？

奥斯汀 就是一个很单纯的爱情故事。

李 什么样的爱情故事？

奥斯汀 （站起来，走进厨房）我不会告诉你的！

李 呵呵！怕我把它偷走，是吧？所以这个家里也出现了

竞争是吗?

奥斯汀 索尔说他要去哪里?

李 他要跟几个电影公司谈谈我的故事。

奥斯汀 那是*我的*大纲! *我*写的大纲! 你没有权利到处兜售。

李 你昨晚还没打算把功劳占为己有。

奥斯汀 把钥匙还给我!

李 什么?

奥斯汀 把钥匙还给我! 我要拿回我的钥匙!

李 你要去哪儿?

奥斯汀 你把钥匙还给我就行了! 我要开车去兜风。我得离开这里一会儿。

李 你要去哪儿,奥斯汀?

奥斯汀 (*停顿*)我可能会开车去沙漠。我要思考一下。

李 你在这里也能思考。这是最好的思考环境。我们要在这儿写点东西。现在我们应该先小小地庆祝一下。放松一点,我们现在可是搭档了。

(*李打开了香槟酒的软木塞,倒了两杯,灯光逐渐暗下来。*)

第五场结束

第六场

下午，李和索尔在厨房，奥斯汀在隔间。

李　你现在告诉他。基珀先生，你告诉他。

索　尔　是基默。

李　基默先生，把你跟我说的话告诉他。他压根不相信我。

奥斯汀　我不想听。

索　尔　这根本就不是什么大事，奥斯汀。我只是觉得你哥哥的故事很赞，然后——

奥斯汀　觉得很赞？你只是赌球输了！你们竟然拿我的素材当赌注！

索　尔　奥斯汀，那不是重点。我已经准备投资你哥哥的故事了。我觉得它还是很有价值的。

奥斯汀　我不想听这些，好吗？去告诉主管们吧！告诉那些要把它做成系列电影，或者电视剧的人。不要跟我说这些。

索　尔　但我也想继续做你的项目，奥斯汀。并不是说我们不能两者兼顾。毕竟我们已经足够有实力了，不是吗？

奥斯汀　"我们"？我可不能两者兼顾！我不知道你说的"我们"是什么意思。

李　（对索尔）你看到了吧，我怎么跟你说的。他是个完全冷漠无情的人。

索　尔　奥斯汀，我们没必要再找别的编剧了。这根本说不通。你们本来就是兄弟，互相了解，对素材都十分熟悉，这一点其他人比不了。

奥斯汀　我对素材根本不熟悉！一点都不！我一点都不知道"龙卷风之乡"是什么。我也不知道"鹅颈"是什么玩意。我也不想知道！（指着李）他就是个骗子！他是个比你还能骗的骗子！如果你还没看出来，那么——

　　李　（对奥斯汀）嘿，停！我不是非得把这个任务交给你做，兄弟。是我说服了索尔，说你是这个职位的合适人选。你没必要当着我的面把我对你的帮助说得一钱不值。

奥斯汀　帮助！我他妈才是那个写大纲的人！你连单词怎么拼都不知道。

索　尔　（对奥斯汀）你哥哥跟我说过你父亲的情况了。

　　　　（停顿。）

奥斯汀　什么？（看着李。）

索　尔　好了，现在我们的意向已经很明确了，奥斯汀。我们目前已经有了很多来自制片公司的资金支持，仅仅只是看了你写的大纲。

奥斯汀　（对索尔）他跟你说了我父亲的什么事？

索　尔　呃——说他一贫如洗，说他需要钱。

李　　　对。这确实是事实。

（奥斯汀摇了摇头，盯着他们两人。）

奥斯汀　（对李）这个小项目是资助老爸的吗？这是个慈善项目？是这样吗？这也是你们在打第九洞的时候想出来的？

索　尔　这是一个很大的蛋糕，奥斯汀。

奥斯汀　（对李）我给过他钱了！我已经给他钱了。你知道吗？他都用来酗酒了！

　　李　这一次不一样了。

索　尔　我们可以为你父亲建立一个信托基金。一大笔钱。我们可以分批少量发放给他，这样他就不会滥用了。

奥斯汀　是吗？谁来负责这件事呢？

索　尔　你哥哥自愿帮忙。

（奥斯汀笑了。）

　　李　没错。我保证他只会把这个钱花在生活必需品上。

奥斯汀　（对索尔）我不做这个剧本！我是不会为你或任何人写这种垃圾的。你不能勒索我，也不能威胁我写。我不可能写的。所以死了这条心吧，你们两个。

（长时间停顿。）

索　尔　那好吧，就这样吧。我是觉得这三十万来得轻松，毕竟只是写个初稿而已。令人难以置信的事，奥斯汀。仅仅一个早上，目前就已经有三个不同的制片公司在争先恐后、想方设法来争夺这个剧本，就一个早上。这足以说明这个剧本有多热门。

奥斯汀 是啊，你有钱就可以先给我写大纲的那份钱了。然后，你最好在这个天才江郎才尽之前给他找一个经纪人。

李 索尔会做我的经纪人。对吧，索尔？

索 尔 没错。（对奥斯汀）你哥哥确实是有才华的人。我在这一行干得太久了，一眼就看出来了。一种未经打磨的、天生的才华。

奥斯汀 他胆子可是不小。他会把你拖下水的。

索 尔 三十万，奥斯汀。只是初稿。之前从来没有人给你开这么高的价吧？

奥斯汀 我不写。

（停顿。）

索 尔 我懂了，好吧——

李 那我们再去找一个作家吧。好吗，索尔？就找一个有热情的，一个能够认识到一个好故事的价值的人。

索 尔 对此我很遗憾，奥斯汀。

奥斯汀 是啊。

索 尔 我希望我们能同时进行，但现在我知道这不可能了。

奥斯汀 所以你完全放弃了我的构思。是这样吗？中途改弦更张了？在讨论了几个月之后？

索　尔　我真希望还有其他解决办法。

奥斯汀　我在这个剧本上面倾尽了所有，索尔。你知道吧，这是我唯一的机会。如果这次砸锅了——

索　尔　我得相信我的直觉——

奥斯汀　你的直觉！

索　尔　是，我的本能反应。

奥斯汀　你输了！这就是你的本能反应。你输了一场赌注。你现在来告诉我你喜欢他的故事？你怎么可能会爱上那个故事？它和霍帕龙·卡西迪①一样虚假。你到底看重它什么？我倒是很好奇。

索　尔　它真实可信，奥斯汀。

奥斯汀　（笑）真实？

李　这是真事。

索　尔　关于真正的西部。

奥斯汀　为什么？因为这里面有马，还是因为它里面有幼稚得跟少年一样的大老爷们？

索　尔　因为这是一个关于土地的故事。你哥哥的故事是根据亲身经历讲述的。

奥斯汀　我的也是！

---

① 美国西部小说、电影、电视剧系列的主角，由克拉伦斯·E. 马尔福德（Clarence E. Mulford）创造，是一个勇敢、正直的牛仔。

索　尔　现在没人对爱情感兴趣了，奥斯汀。面对现实吧。

李　没错。

奥斯汀　（对索尔）他在沙漠待了三个月，只和仙人掌说话。他
怎么知道人们想在屏幕上看到什么！我每天在高速公
路上开车，吸了一肚子废气，我看新闻，去西夫韦超
市购物，我才是那个对生活有着切身体会的人！不
是他！

索　尔　我得走了，奥斯汀。

（索尔转身准备离开。）

奥斯汀　再也没有什么西部了！西部早就死翘翘了！西部已经
枯竭了。索尔，和你一样。

（索尔停下，转向奥斯汀。）

索　尔　也许你是对的。但我得赌一把，不是吗?

奥斯汀　你这么做简直太傻了，索尔。

索　尔　我一向凭直觉行事，从来都是。而且我从来没有错
过。（对李）我明天再和你细谈。

李　好的，基默先生。

索　尔　也许我们可以一起吃个午饭。

李　好的。（对奥斯汀微笑了一下。）

索　尔　到时候给你打电话。

（索尔走了，灯光变暗，兄弟俩隔着一段距离看着对方。）

第六场结束

第七场

夜晚，黑暗中伴随着郊狼、蟋蟀和打字机的声音，透过烛光，李在打字机前正努力用一个手指打字。奥斯汀四肢摊开坐在厨房的地板上，手里拿着威士忌酒瓶，喝得烂醉。

奥斯汀 （躺在地板上唱歌）

"夕阳下红色的帆

在蓝色的大海上越走越远

请带上我的爱人

平安回家

夕阳下的红帆——"

李 （用拳头猛击桌子）你！闭嘴行吗！我需要集中注意力。

奥斯汀 （大笑）你在集中注意力？

李 没错。

奥斯汀 你现在开始集中注意力了。

李 你、郊狼和蟋蟀都吵得要死，我什么也想不出来。

奥斯汀 "我，郊狼和蟋蟀"。多么绝妙的标题。

李 我不需要标题！我需要一个灵感。

奥斯汀 （大笑）一个灵感！我有一个——

李 我不需要你的！我自己能想到，我可以自己想出来。

奥斯汀 你要靠你自己写出整个剧本?

　李 没错。

　　　　(停顿。)

奥斯汀 我有个想法。索尔·基默……

　李 你给我闭嘴!

奥斯汀 他认为我们是同一类人。

　李 少自作聪明了!

奥斯汀 他就是这么想的! 他已经疯了。可怜的老索尔。(咯咯
　　　　笑)竟然认为我们是同一类人。

　李 为什么不喝杯香槟放松一下呢?

奥斯汀 (举着瓶子)这瓶子里已经不是香槟了。香槟早就喝光
　　　　了,这里面装的是更厉害的玩意。喝香槟的日子早已
　　　　一去不复返了。

　李 要喝到外面去喝。

奥斯汀 我喜欢和你待在一起,李。自从你来了之后,这是我
　　　　第一次,终于开始享受你的陪伴。现在你却让我出去
　　　　独自喝酒?

　李 没错。

　　　　(李阅读着打字机上的纸,在上面做了一个涂改。)

奥斯汀 你觉得你自己一个人待着就能想出什么好点子吗? 你
　　　　会把自己逼疯的。

　李 如果我四周安静一点的话,我一个晚上就能写出来。

奥斯汀 好吧，你还得跟蟋蟀较劲。还有郊狼。以及警察的直升机在这一街区上空徘徊的声音。探照灯扫射着街道，正在搜寻像你这样的人。

李 我现在是编剧了！我是守法良民。

奥斯汀 （大笑）编剧？

李 没错。我有薪水。事实胜于雄辩。我也马上有预付款了。

奥斯汀 好，很好。预付款。（停顿）好吧，也许我该出去试试干你那一行，既然你在我这一行也干得挺顺手的。

李 哈哈！

（李想再打一些字，但打字机的色带缠到了一起，于是他开始尝试重新装好色带，两个人仍在交谈。）

奥斯汀 为什么不呢？你觉得我不可能偷偷溜进别人的房子，偷走他们的电视？

李 你那胆子连个烤面包机也偷不了。

（奥斯汀跟跄着站起来，倚靠在水槽旁。）

奥斯汀 你觉得我不能偷偷溜进别人的房子偷走他们的烤面包机？

李 去洗个澡，好吧！

（李让打字机的色带缠得更严重了，他把它们从机器里拉出来，像拉鱼线一样。）

奥斯汀 你真的觉得我连一个破烂烤面包机也偷不了？你出多

少钱赌我偷不到一个烤面包机？你赌多少？说吧。你不是个赌徒吗？告诉我你愿意出多少？出你预付款的多大一部分？哦，对了。我忘了你根本就还没有拿到预付款。

李　那好。我以你的车来打赌，你不可能偷到一个烤面包机而不被人逮到。

奥斯汀　我的车已经是你的了。

李　好吧，那就以你的房子做赌注。

奥斯汀　你能给我什么！我不是在说我的房子和我的车。我是说如果我赢了，你能给我什么。你没什么可以给我的。

李　我能让你——和我联名出现在职员表上。你觉得这个怎么样？我会在合同上注明，这个剧本是由我们两个人共同完成的。

奥斯汀　我才不想让我的名字出现在那狗屁玩意上！我想要值钱的东西。你有什么值钱的吗？你有从沙漠拿回来的小玩意吗？有响尾蛇的骨头吗？我不是一个贪婪的人，任何一点私人藏品就够了。

李　我马上就把你踢出去。

奥斯汀　呵！现在是你要把我踢出去了！现在我成了入侵者。我成了侵犯你宝贵私人领地的人了。

李　我不过是想在这里写剧本！！

（李起身，拿起打字机，用力地把它摔到桌上，停顿，

真正的西部

一片寂静，只剩蟋蟀声。）

奥斯汀　是啊，现在你想要的一切都有了。你有很多咖啡？各
种杂货。还有了车。有了合同。（停顿）你可能需要一
个新的打字机色带，除此之外，你都安排得妥妥的
了。我就留你自己待会儿吧。

（奥斯汀试图站稳并离开，李向他走近一步。）

李　你要去哪儿？

奥斯汀　不用你操心。你现在需要操心的不是我。

（奥斯汀跌跌撞撞地走向门口，而后停了下来。）

李　你出去要干点什么？大晚上到处乱逛？

奥斯汀　我要出去逛一圈。

李　你为什么不去床上躺会儿呢？上帝啊，你让我感到恶心。

奥斯汀　我能照顾好自己。不用你担心。

（奥斯汀又试图蹒跚着离开，但一下子瘫倒在地板上，
李走到他跟前，站在那儿看着他。）

李　要不要我打电话叫你老婆过来？

奥斯汀　（从地板上望向他）我老婆？

李　嗯。我的意思是，也许她能帮帮你。安慰一下你或者
什么的。

奥斯汀　（挣扎着重新站起来）她离这儿有五百英里。北边，从
这里往北，北边一个单调、宁静的地方。我不需要任
何帮助。我要出去，我要去偷个烤面包机。再去偷点

别的东西。或许我还会犯些更大的事儿，大到你都没法想象。超乎想象的犯罪！

（奥斯汀挣扎着站起来，再一次尝试离开。）

李　　　你等一下，奥斯汀。

奥斯汀　为什么？干什么？你不需要我的帮助，对吗？你对这个项目胸有成竹。另外，我好想去感受夜晚的气息。灌木丛、橘子花、车道上的灰尘、喷灌系统、千家万户的灯光。李，你说的那些关于灯光的话，说得没错。其他人都过着这样的生活。家有四壁，心里踏实。家就是天堂。你知道吗？我们现在就住在天堂里。我们总是对这个事实视而不见。

李　　　你现在的调调跟咱家老头一样。

奥斯汀　是啊，喝醉后，我们的调调都差不多，我们就是彼此的应声虫。

李　　　如果我们能一起完成这个剧本的话，或许就可以把他接回来，让他在某个地方定居。

（奥斯汀猛然转向李，朝他挥拳，但没打到，又一次摔到了地上，李仍站在那儿。）

奥斯汀　我不想让他到这儿来！我受够了他！我大老远跑到他那儿！大老远地。我给了他钱，而他做了什么？给我听艾尔·乔尔森的歌，还朝我吐唾沫。我还给他钱了！

（停顿。）

李　你只要在人物方面帮我一下就行了，好吗？你很在行的，奥斯汀。

奥斯汀　（在地板上，笑）人物！

李　嗯。你知道的。就是他们说话的方式还有别的什么。我能想象出来，但是我在纸上描述不出来。

奥斯汀　什么人物？

李　就是那些人。故事里的人。

奥斯汀　他们不是人物。

李　随便你怎么称呼他们。我需要写点东西出来。

奥斯汀　那是对人物的幻觉。

李　我他妈的才不管你怎么叫他们！你知道我在说什么！

奥斯汀　你的所谓人物都是消逝的童年幻想而已。

李　我得在纸上写点什么出来！

（停顿。）

奥斯汀　为什么？索尔不是要给你找个有名的编剧吗？

李　我想自己完成！

奥斯汀　那你就自己做吧！老哥，那你就靠你自己吧。你那么削尖脑袋要出头，现在有苦也要扛到底。

李　我会的，但我需要一些建议。就一点。帮帮忙，奥斯汀。就帮我想想怎么写他们说话的方式。不会很费力的。

奥斯汀　哦，现在你有点怀疑自己了，是吧？发生什么事了？开始加压了。是这么回事吧？你要自己想点子出来。如

果你第一次不搞出点名堂，他们就会砍掉你的计划，
不会再给你第二次机会的。

李 我有个好故事！我知道这是个好故事。我只是需要一
点帮助。

奥斯汀 那也不需要我，不需要你弟弟我。因为我已经退出了。

李 你可以帮我的，奥斯汀。我会分你一半的钱。我会给
你钱的。我只需要一半。一半就够我在路上浪一段时
间了，我也就再也不会打扰你了。我保证你再也不会
见到我了。

奥斯汀 （还在地板上）你会消失吗？

李 我肯定会的。

奥斯汀 你会消失在哪里？

李 那不重要。我有很多地方可以去。

奥斯汀 没人能彻底消失。老头儿已经试过了。看看那让他沦
落到了什么地步。他牙齿都掉光了。

李 因为他从来都是个穷光蛋。

奥斯汀 我不是那个意思。我是说他的牙齿！他真正的牙齿。
他先是没了真牙，然后又丢了假牙。你不知道是吗？
他没向你透露这个？

李 没有，我从来不知道。

奥斯汀 你想喝点吗？

（奥斯汀把酒瓶子递给李，李接了过去，和奥斯汀一起

（坐在厨房的地板上，一起喝酒。）

奥斯汀 是的，他一次只掉一颗牙齿。每天早上醒来都发现床垫上有一颗新掉的牙。最后，他决定一次性把它们全拔掉，但是他没有钱。在亚利桑那中部，没有钱，也没有保险，他每天早上都能在床垫上找到一颗牙。（喝一口酒）你说他该怎么办？

李 我不知道。这种事情我可不知道。

奥斯汀 他向政府伸手。美国军人法案，还是该死的别的什么。还有一些他早忘在脑后的养老金计划，最后，他们给他发了一些钱。

李 是吗？

（他们一人一口，不断交换酒瓶，接着喝酒。）

奥斯汀 嗯。他们把钱寄给他，但钱还是不够。你知道把牙齿都拔掉要花很多钱。他们按颗收钱。每颗牙齿的价格还不一样，有些更贵，比如说靠后的那几颗大牙——

李 那接下来发生了什么？

奥斯汀 所以他在华雷斯市找了个墨西哥牙医，这个墨西哥牙医便宜得很。找到后，他就决定搭便车去边境。

李 搭便车？

奥斯汀 是的。你知道他要花多长时间才能到达边境吗？对一个像他这种年纪的老人来说。

李 我不知道。

奥斯汀　一共花了他八天时间，风雨兼程。每天他的牙都掉在柏油路上，他走啊走啊，始终没有人愿意载他，因为他满嘴都是血。

（停顿，他们继续喝酒。）

奥斯汀　最后，他跌跌撞撞地走到了诊所。牙医拿走了他所有的钱，拔掉了他所有的牙齿。就这样，他在墨西哥把牙床完全缝了起来，钱也花光了。

（长时间停顿，奥斯汀喝着酒。）

李　就这样?

奥斯汀　然后我去找他。把他带出去吃了一顿丰盛的中餐，但是他一点没吃，他只想喝塑料杯盛的马提尼酒。然后他把假牙拿出来放在了桌上，因为他还不习惯戴假牙。所以我们就向服务员要了个打包袋把炒杂碎带回家。结果他把他的牙跟炒杂碎一起装进了打包袋。然后我们走遍了高速公路四周所有的酒吧。他说他想把我介绍给他所有的兄弟。结果他把那个装着炒杂碎和牙的打包袋忘在了一个酒吧里。

李　后来你们再没有找回来?

奥斯汀　我们回去找了，但什么也没找到。（停顿）这是一个真实的故事。贴近生活的真事。

（他们喝着酒，灯光逐渐变暗。）

第七场结束

第八场

凌晨，天还蒙蒙亮，没有蟋蟀声，天亮之前只听到郊狼在远处狂热地咆哮。一小团火从黑暗的隔间里燃烧起来。同时传来李用高尔夫球杆砸打字机的声音。灯光亮了，可以看到李一下一下猛击打字机，然后将几页纸掷向隔间地板上的一个火盆里，火焰一下子跳了起来。奥斯汀偷来的一大堆烤面包机和李偷来的电视机一起并排放在水槽台面上。烤面包机的型号多种多样，大部分是铬合金的，奥斯汀来来回回地看着这些烤面包机，闻着它们的味道，然后用洗碗巾进行擦拭，两个人都喝醉了，空威士忌酒瓶和啤酒罐散落在厨房的地板上。他们在厨房隔间的其中一把椅子上喝着只剩半瓶的酒。奥斯汀说话的时候，李一直故意不停地用九号球杆像劈柴一样砍着打字机，他们母亲所有的家养绿植都死了，叶茎耷拉下来。

奥斯汀　（擦拭着烤面包机）今天早上这附近一带的人家几乎都吃不到吐司了。餐桌上会有很多闷闷不乐却又迷惑不解的面孔。我想最好还是不要去想那些受害者，压根就不要去想。这种心理是正常的吗？

　　李　（停顿）什么？

奥斯汀　这是正常的犯罪心理吗，不去想受害者？

　　李　什么受害者？

（李又一次用球杆猛击打字机，又往火里投了一些纸。）

奥斯汀　犯罪行为的受害者。入室抢劫的受害者。我是说没有良心是成为罪犯的先决条件吗？

李　找一个罪犯问问吧。

（停顿，李盯着奥斯汀。）

你要怎么处理那些烤面包机？我这辈子都没见过比这更蠢的事儿。

奥斯汀　这些家用电器加在一起值好几百块呢，你怕是没有意识到这一点。

李　是啊，那他们房子里的其他电器不是更值钱吗？

奥斯汀　当初你挑战我的时候，你只说了烤面包机。只有烤面包机。所以我无视了其他所有的诱惑。

李　我从没挑战过你！没什么挑战性。任何人都可以偷烤面包机。

（李又砸了下打字机。）

奥斯汀　你不用拿我的打字机出气，你写不出来并不是打字机的错。你这样糟蹋一台好机器是在犯罪。

李　犯罪？

奥斯汀　你要想想有好多作家甚至连一台打字机都没有，一台好的打字机可是很多人梦寐以求的呢。任何打字机都好。

（李又砸了下打字机。）

奥斯汀　（擦拭着烤面包机）所有那些在火柴盒封面上、纸袋上、厕纸上写字的人，那些作品被狱警毁了的人，那些克服一切苦难还在坚持写作的人，都难以理解你的行为。

　　　　（李用九号球杆给了打字机最后一击，打字机就这样在一把椅子上粉身碎骨了，李接着从瓶子里喝了口酒，停顿。）

奥斯汀　（停顿后）更不用说你也破坏了一个完美的高尔夫球杆。那些苦苦挣扎的高尔夫球手会怎么说？李·特雷维诺呢？他九岁的时候还拿着扫帚打球，你觉得他会怎么想？那个一贫如洗的小子。

　　　　（停顿。）

李　　　现在几点了？

奥斯汀　不知道。开心的时候，时间仿佛停止了一样。

李　　　现在才想起来要打电话叫个女人是不是太晚了？你认识其他女人吗？

奥斯汀　我结婚了。

李　　　我是说一个本地的女人。

　　　　（奥斯汀透过水槽上方的窗户向外看。）

奥斯汀　现在不是太晚就是太早。你是一个自然爱好者，你难道不能通过光线来判断时间吗？通过北极星的角度来定位什么的?

李　　　我什么都不知道。

奥斯汀　也许你需要吃点早餐。面包! 来点烤面包怎么样?

　　　　（奥斯汀走到橱柜旁，拿出一条面包，开始往每个烤面
　　　　包机里放入面包片，李坐在那儿喝酒，看着奥斯汀。）

李　　　我不需要烤面包。我需要一个女人。

奥斯汀　女人不是答案。从来都不是。

李　　　我说的不是一劳永逸的解决方案，而是暂时的解脱。

奥斯汀　（在烤面包机里放入面包片）让我们测试一下这些小鬼
　　　　的性能。看看有哪些牌子容易烤焦，哪个牌子能烤出
　　　　金黄而松软的完美吐司。

李　　　你车里还有多少汽油?

奥斯汀　我已经好几天没开车了。还没机会看油量表。

李　　　你猜一下，大概够不够开到贝克斯菲尔德?

奥斯汀　贝克斯菲尔德? 贝克斯菲尔德有什么?

李　　　你不要管贝克斯菲尔德有什么! 你就说油箱里的油到
　　　　底够不够!

奥斯汀　当然。

李　　　当然。你不在乎，对吧。那我就把车开到格雷普韦恩，
　　　　把油全部用光。反正你也不在乎。

奥斯汀　我说有足够的汽油，你去哪儿都够，李。既然你那么
　　　　有决心，也不缺胆量。

李　　　他妈的现在到底几点了？

　　　　（李掏出他的钱包，翻开几十页写有电话号码的小纸片，他扔了一些到地板上，又扔了一些到火里。）

奥斯汀　非常早。这个时候郊狼会出没，捕猎人们养的可卡犬。你听到它们的声音了吗？那就是它们在捕食呢，引诱那些傻乎乎的宠物走出家门。

李　　　（翻阅他的小卡片）贝克斯菲尔德的区号是什么？你知道吗？

奥斯汀　你可以随时打给接线员问问。

李　　　我受不了他们说话的语气。

奥斯汀　什么语气？

李　　　那声音就像在警告你。如果你认真在电话簿上找的话，就压根不用给他们打电话。

　　　　（李站起来，从钱包里拿出一张纸条，跌跌撞撞地走向墙上的电话，一把拽下听筒，开始拨号。）

奥斯汀　我不明白你为什么老是想跟别人谈谈。你可以和我谈啊，毕竟我是你的亲弟弟。

李　　　（拨号中）我想和一个女人聊聊。我已经很长一段时间没听到半个女人的声音了。

奥斯汀　植物学家之后就没有其他女人了？

李　　　什么？

奥斯汀　没什么。（开始边唱歌，边烤吐司）

"夕阳下红色的帆

在蓝色的大海上越走越远

请带上我的爱人

平安回家。"

李　给我闭嘴！我在打长途。

奥斯汀　贝克斯菲尔德？

李　是的，贝克斯菲尔德，在克恩县。

奥斯汀　我们在哪个县？

李　你最好还是喝杯七喜吧。

奥斯汀　每个县都差不多。

（奥斯汀轻轻地哼着"红帆"，李在打电话。）

李　（对电话）是的，接线员，听着——首先我想知道贝克斯菲尔德的区号。对，是贝克斯菲尔德！好的，太好了。我还想知道你能否帮我找个人。（停顿）不，不，我是说这个人的电话号码。只要电话号码就行。好的。（拿起一张纸读出来）好的，名字是梅莉·弗格森。梅莉。（停顿）我不知道。应该是梅莉。也有可能是梅勒妮。对，梅勒妮·弗格森。好的。（停顿）什么？我听不太清。你听起来就像在海底说话。（停顿）你搜到了十个梅勒妮·弗格森？怎么可能呢？贝克斯菲尔德有十个梅勒妮·弗格森？那你就把所有号码都给我。（停顿）你什么意思？把十个梅勒妮·弗格森的联

真正的西部

系方式都给我！没错。等一下。（对奥斯汀）给我支
钢笔。

奥斯汀　我没有钢笔。

　李　那就给我一支铅笔！

奥斯汀　我也没有铅笔。

　李　（对电话）稍等一下，接线员。（对奥斯汀）你不是个
作家吗？你怎么可能连钢笔、铅笔都没有！

奥斯汀　我现在可不是作家。你才是作家。

　李　我在打电话！你赶紧给我一支钢笔或铅笔。

奥斯汀　我得去看看面包烤得怎么样了。

　李　（对电话）别挂，接线员。

　　（李把电话放下，任它悬在空中，拉开厨房所有的抽
屉，把它们扔到地板上，把里面的东西都倒了出来找
铅笔，奥斯汀漫不经心地看着他。）

　　（摔碎抽屉，把东西在厨房里扔得到处都是）这是我最
后一次和另外一个人住在一起。天啊，真让人难以相
信。看看我！再一次陷入绝境！沙漠里永远不会发生
这种事。我绝不会在沙漠里落到这个地步。这个房子
里难道就没有一支钢笔或铅笔吗！到底是谁住在
这儿！

奥斯汀　我们的老妈。

　李　她怎么可能没有钢笔或铅笔！她不是喜欢社交吗？她

不需要列购物清单吗？她得有支铅笔。（发现了一支铅笔）啊哈！（他急忙走到电话旁，拿起听筒）好了，接线员。接线员？喂！接线员！该死的！

（李把电话从墙上拽下来，扔到地上，回到椅子上，一屁股坐下去，喝酒，长时间停顿。）

奥斯汀 她挂了？

李 是的，她挂了。我就知道她肯定会挂的，我能从她的声音里听出来。

（李又开始翻他的纸片。）

奥斯汀 好吧，我看你还是最好和我一起待着吧，我会照顾你的。

李 我不需要照顾！反正不需要你的照顾。

奥斯汀 面包快烤好了。

（吐司弹出来后，奥斯汀开始抹黄油。）

李 我不想吃吐司！

（长时间停顿。）

奥斯汀 你得吃点东西。不能就这么喝酒。话说我们喝了多长时间的酒？

李 （翻看纸片）也许是弗雷斯诺。弗雷斯诺的区号是多少？我怎么会把那个号码弄丢了！她那么漂亮。

（停顿。）

奥斯汀 你为什么不打住，李？别管那个女人了。

李　她有一双绿色的眼睛。你知道绿色的眼睛对我来说意味着什么吗？

奥斯汀　我知道，但不管怎么说，你现在也联系不上她。天已经亮了。她还在贝克斯菲尔德，看在上帝的分儿上。

（长时间停顿，李揣量着当前的情形。）

李　嗯。（望向窗外）天亮了？

奥斯汀　我们来吃点吐司——

李　什么狗屁吐司！让你说得好像救世良药。我才不想吃这些该死的吐司！我跟你说了多少遍！（李站起来，走向舞台后部，走到隔间的窗户前，向外看去，奥斯汀在给吐司涂黄油。）

奥斯汀　有点救世良药的意思。我是说这个气味很治愈。我喜欢吐司的味道。而且太阳要升起来了。这让我觉得一切皆有可能。你知道吗？

李　（回到奥斯汀身边，面向舞台后部的窗户）那你怎么不去教堂呢？

奥斯汀　这就像一个新的开始。我喜欢从头开始。

李　哦，是吗？我倒是更中意结局呢。

奥斯汀　我和你一起去怎么样，李？

李　（李转向奥斯汀，停顿）什么？

奥斯汀　如果我和你一起去沙漠呢？

李　你在开玩笑吗？

奥斯汀　没有。我只想看看沙漠是什么样子。

　　李　那你怕是一天都活不下去，兄弟。

奥斯汀　当初说到烤面包机，你也是这样说的。你也说我不可能偷到一个烤面包机。

　　李　烤面包机跟沙漠一点关系都没有。

奥斯汀　我能行的，李。我没那么废物，我会做饭。

　　李　做饭？

奥斯汀　是的，我能做饭。

　　李　然后呢！你会做饭。用烤面包机做饭吧。

奥斯汀　我能生火。我知道怎么通过冷凝获得淡水。

　　　　（奥斯汀把涂了黄油的烤面包片在盘子里堆成一摞。）

　　　　（李猛地拍桌。）

　　李　这可不是你能从童子军手册上学到的！

奥斯汀　那你是怎么学的呢！你是怎么学会的！

　　　　（停顿。）

　　李　就那么学的呗，就那样。你学会一样东西是因为你不得不学，可对你来说，这没必要。

奥斯汀　你可以教我。

　　李　（站起来）你是疯了还是怎么回事？你上过大学，你在这里能赚那么多钱，上下楼都是坐电梯，你现在居然想学习荒漠求生！

奥斯汀　是的，李。我是说真的。这儿对我来说没什么值得留恋的，从来没有。和我们小时候的景象完全不一样了，那时候这儿充满生机，但是现在——我每次回来，都期望这里还是二十世纪五十年代的样子。结果，当我每每从高速公路上开下来，来到熟悉的地标，却发现那里几乎完全变样了。在赴约的路上，我发现我漫步的街道竟是我记忆中街道的复制品。我记忆中的街道。我说不清那些街道是我住过的地方，还是我在明信片上看过的地方。田野几乎荡然无存。

李　你现在叽叽歪歪哭诉这些，毫无意义。

奥斯汀　这里没有真实的东西，李！尤其是我！

李　我救不了你！

奥斯汀　你可以让我和你一起走。

李　没门，兄弟。

奥斯汀　你可以让我和你一起走，李！

李　嘿，你真以为我愿意住在荒郊野外？是吗？你觉得这是我做的什么哲学选择？我住在外面是因为我在这里没有容身之地！而你却在我面前炫耀你的成功！

奥斯汀　我愿意立刻舍弃一切。真的。

李　（停顿，摇了摇头）难以置信。

奥斯汀　让我和你一起走。

李　不要再说这个了！你比狗还讨人嫌。

（奥斯汀端着一盘堆放得整整齐齐的吐司递给李。）

奥斯汀 你想吃吐司吗?

（李突然爆发，将盘子从奥斯汀手中打落，吐司飞了出去，时间似乎冻结了，李看起来似乎还要继续发飙，这时奥斯汀突然慢慢蹲下来开始捡散落在地板上的吐司，把它们放回盘子里。这时，李以一种缓慢的、捕食者的姿势绕着奥斯汀转圈，在他身后把吐司碾碎。两个人都没说话。与此同时，奥斯汀一直在捡吐司，包括那些被碾碎了的。）

李 老弟，跟你说说我接下来会做什么吧。我会考虑和你做个交易。一桩小小的交易。（奥斯汀继续捡着吐司，李围着他转）你按我说的给我写成剧本，我的意思是你可以使用你的技巧啦什么的，你文绉绉的语言，你的艺术手法。但你得照我说的写，每一步都是。每次我要他们没油，他们就会没油。每次他们想跳上一匹马，他们就会那么做。如果他们想留在得克萨斯州，那么上帝会保佑他们就待在得克萨斯，哪儿也不去!（继续围着奥斯汀转）你替我把整件事搞定，从开头到结尾，然后把我的名字加上去，所有的著作权都属于我，每一分钱都进我的口袋。如果你做到了这些，我保证会带你去沙漠。（李停下来，停顿，低头看着奥斯汀）这个主意听起来怎么样?

（停顿，奥斯汀缓缓站起来，手里拿着一盘碎吐司，他们的脸离得很近，停顿。）

奥斯汀　一言为定。

（李直视着奥斯汀的眼睛，慢慢地从盘子里拿起一片吐司，放到自己嘴里，吃了一大块，眼睛一直盯着奥斯汀，李嚼着吐司，灯光熄灭。）

第八场结束

第九场

中午，没有任何声音，酷热难耐，舞台上一片狼藉——散落着酒瓶、烤面包机、被砸烂的打字机、被拔掉的电话等。之前场景中的所有碎片在黄色光线的强烈照射下都清晰可见，就像正午的沙漠垃圾场，之前场景中的凉爽天气完全消失了。奥斯汀坐在隔间的桌子旁，衬衫敞开着，汗流浃背，弓着腰在笔记本上写字，拼命地用圆珠笔写笔记。李没穿衬衫，手里拿着啤酒，汗如雨注，他围着桌子走着，小心翼翼地绕过地上的东西，时不时地还把它们踢到一边。

李　（边走边说）好了，念给我听！快点读给我听！

奥斯汀　（以最快的速度写）等一下。

李　快点，快点！就读你写好的部分。

奥斯汀　我跟不上！人比不上打字机啊。

　　　　　　　　　　　　　山姆·谢泼德剧作集

李　先读读我们到目前为止写的这些，剩下的先不管。

奥斯汀　好吧。那我先看看——好——（擦了一把脸上的汗开始读，李还在绕圈）卢克说，呃——

李　卢克？

奥斯汀　嗯。

李　主人公叫卢克？好吧，好吧——我们可以稍后再改名字。他说了什么？快点，快点。

奥斯汀　他说，呃——（读）"我告诉过你，你一路跟我到这儿太愚蠢了，我对这片草原了如指掌。"

李　不，不，不！我不是这么说的。我从没说过那个。

奥斯汀　这是我写的。

李　可这和我说的不一样。我从没说过"了如指掌"这种话。这简直是太蠢了。那是一个——你管它叫什么？你叫它什么？

奥斯汀　什么？

李　就是某个东西已经被说过一千遍了。这该怎么说？

奥斯汀　呃——陈词滥调？

李　对。没错。陈词滥调。就是这个词。陈词滥调。"了如指掌"，这太蠢了。

奥斯汀　你就是这么说的。

李　我可从没这么说过！即使我这么说了，那你也应该更正。你应该知道怎么把它改得更好。

奥斯汀 那我怎么能做到一边修改，一边又要记下你说的话？

李 你必须这么做，必须！如果你听到了一句非常蠢的台词，你必须改，这就是你的工作。

奥斯汀 好的。（继续写。）

李 那你要把它改成什么？

奥斯汀 我没在改，我只是试图赶上你的速度。

李 改掉！我们必须把这句话改了，我们不能把"了如指掌"这种话就这样留在剧本里，这简直太傻了。

奥斯汀 （停止写作，往后坐了坐）好的。

李 （踱步）那我们要把它改成什么好呢？

奥斯汀 呃——"我跟这片草原'亲密无间'"怎么样？

李 （他一边走一边想台词）"我跟这片草原'亲密无间'。"亲密无间，亲密无间。亲密——就和性关系一样？

奥斯汀 那个——算吧——或者——

李 他和一片草原有性关系？这个应该怎么解释？

奥斯汀 亲密不一定指性方面的。

李 那指什么呢？

奥斯汀 指，呃——亲近的——私人的——

李 好吧。这样听起来怎么样？把它放进，呃——这一行。再读一遍。看看这回听起来怎么样。（自言自语）"亲密无间"。

奥斯汀 （在笔记本上写着）好的。大致是这样的：（读）"我告诉过你，你一路跟我到这儿太愚蠢了，我跟这片草原亲密无间。"

李　很好。我喜欢这个。非常好。

奥斯汀　你真这样觉得？

李　是，难道你不这样觉得吗？

奥斯汀　当然。

李　这听起来很新颖。"亲密无间"。非常好。好的，现在我们真的是在搞创作了！听起来还挺真实、带劲。

（奥斯汀继续写着，李来回走着，把啤酒洒在他的手臂上，又擦到胸膛上，对这个新的进展感到得意，就在这个时候，他们的母亲带着行李悄无声息地走了进来。她停了下来，看着眼前这幅场景，手里仍拿着行李。两个人继续干着各自的事，没有注意到她的出现，奥斯汀全神贯注于他的写作，李在用啤酒降温。）

李　（继续）"他跟这片草原亲密无间。"听起来很神秘，同时又有一丝威胁性。

奥斯汀　（写得很快）很好。

李　现在——（李转过身，突然看到了妈妈，他盯着她看了一会儿，她也盯着他。奥斯汀一直在热情洋溢地写着，没有注意到，李慢慢地走到了妈妈身旁，细看，长时间停顿。）

李　老妈？

（奥斯汀突然抬起头来，看到妈妈，迅速站了起来，长时间停顿，妈妈在估量家里的损坏程度。）

奥斯汀 妈。你怎么回来了？

妈妈 我回来了。

李 来，我帮你拿行李。

（李把啤酒放在台面上，把她的两个包都接过来，但是在这片垃圾海洋中，他根本就不知道该把行李放哪儿，所以他就一直提着。）

奥斯汀 我没想到你这么快就回来了。我以为，呃——阿拉斯加怎么样？

妈妈 很好。

李 看到冰屋了吗？

妈妈 没有，只有冰川。

奥斯汀 冷吗？

妈妈 什么？

奥斯汀 那边一定很冷吧？

妈妈 还好吧。

李 肯定比这儿冷。这里简直热死人了。

妈妈 噢？（她看着一片狼藉的房间。）

李 嗯。肯定有几百华氏度。

奥斯汀 你想脱掉外套吗，妈妈？

妈妈 不。（停顿，环顾四周）这里怎么回事？

奥斯汀　哦，呃——我和李只是在庆祝，然后，呃——

妈　妈　庆祝？

奥斯汀　嗯。呃——李卖了一个剧本。就是一个故事。

妈　妈　是李写的剧本？

奥斯汀　嗯。

妈　妈　不是你写的？

奥斯汀　嗯。是他。

妈　妈　（对李说）你卖了一个剧本？

　　李　嗯。没错。我们现在正快马加鞭，尽快把它完成。我们
　　　　现在忙的就是这个。

奥斯汀　我和李要去沙漠生活。

妈　妈　你和李？

奥斯汀　嗯。我要和李一起去。

妈　妈　（她来回看他们两个人，停顿）你们要和你父亲住在一
　　　　起吗？

奥斯汀　不。我们要去另一个沙漠，妈妈。

妈　妈　我明白了，好吧，你们迟早都会在同一个沙漠会合
　　　　的。这些烤面包机是干吗的？

奥斯汀　那是我们之间的一场小竞赛。

妈　妈　竞赛？

　　李　嗯。

奥斯汀　李赢了。

妈　妈　　那你赢了大钱吗，李?

　李　　　现在还没有。不过钱总会到手的。

妈　妈　　（对李）你的衬衫怎么了?

　李　　　噢，我出了好多汗，就把衣服脱了。

　　　　　（奥斯汀把李的衬衫从桌子上拿下来扔给他，李放下手
　　　　　提箱，穿上了衬衫。）

妈　妈　　这里真是一团糟，你们不觉得吗?

奥斯汀　　是啊，我会帮你收拾的，妈。我只是没想到你这么快
　　　　　就回来了。

妈　妈　　我也没想到。

奥斯汀　　发生了什么?

妈　妈　　没什么。我只是想我的植物了。

　　　　　（她看到枯死的植物。）

奥斯汀　　噢。

妈　妈　　噢，它们都死了，是不是?（她走到植物跟前，仔细地
　　　　　查看）我想你没有给它们浇过水。

奥斯汀　　我浇了，李来了之后，就——

　李　　　是的，我分散了他的注意力，妈妈。这不是他的错。

　　　　　（停顿，妈妈盯着植物。）

妈　妈　　哦，好吧，至少我可以少照料一个东西了。（转向两兄
　　　　　弟）哦，这提醒了我——你们可能永远也猜不到谁到城
　　　　　里来了。你们猜猜看。

（长时间停顿，两兄弟盯着她。）

奥斯汀　什么意思，妈妈？

妈　妈　猜一下。一个要人来到了咱们这儿。我读到了这条新闻，在灰狗巴士上看到的。

　　李　一个要人？

妈　妈　看看你们能不能猜到。你们永远也猜不到。

奥斯汀　妈妈——我们在试着，呃——（指着白纸簿。）

妈　妈　毕加索。（停顿）毕加索来到了城里。是不是非常难以置信？就现在。

（停顿。）

奥斯汀　毕加索已经死了，妈。

妈　妈　不，他没死。他正在参观博物馆。我在公共汽车上读到的。我们得去城里见他。

奥斯汀　妈妈——

妈　妈　这是一辈子只有一次的机会。你能想象吗？我们可以一起去城里见他，我们三个。

　　李　呃——我觉得我现在真没有时间去见什么人。我，呃——他叫什么？

妈　妈　毕加索！毕加索！你从没听说过毕加索？奥斯汀，你听说过毕加索。

奥斯汀　妈，我们没有时间了。

妈　妈　不会花很长时间的。我们就赶紧上车，直接开到那儿。这样的机会并不是每天都有的。

奥斯汀 妈妈，我们要离开这儿了！

（停顿。）

妈 妈 噢。

李 嗯。

（停顿。）

妈 妈 你们俩都要走了？

李 （看着奥斯汀）我们之前是这样想的，但是现在我——

奥斯汀 不，现在也是这么想的！我们都要走了。我们一切都
计划好了。

妈 妈 （对奥斯汀）那你不能走，你在这儿还有家人呢。

奥斯汀 我要走。我要离开这里。

李 （对妈妈）我真的觉得奥斯汀不适合在沙漠里生活，
是吧？

妈 妈 对，他不能走。

奥斯汀 我要和你一起走，李！

妈 妈 他太瘦弱了。

李 是的，他会在外面被烤死的。

奥斯汀 （对李说）我们只需要把这个剧本写完，然后我们就可
以走了。这是我们计划好的。你就是这么跟我说的。
李，拜托，我们赶紧继续工作吧。

李 我在这儿待不下去了，简直太热了。

奥斯汀　那我们就在沙漠里写吧。

　李　不需要你来告诉我应该怎么做!

妈　妈　不准在这儿嚷嚷。

　李　看来我们得推迟整个计划。

奥斯汀　不能推迟! 来不及了,骑虎难下了。我都是按你说的
　　　　做的。我写的都是你跟我说的。

　李　是,但是你已经看到了,这就是个愚蠢的故事。"两个蠢
　　　　人在得克萨斯州互相追逐。"你就是这么说的,对吧?

奥斯汀　我从没这么说过。

　　　　(李对着奥斯汀冷笑了一下,然后转向妈妈。)

　李　我要跟你借点你的古董,妈妈。你不介意吧? 只是几
　　　　个盘子什么的,银器。

　　　　(李开始在厨房的所有橱柜里翻找,把盘子全部拿出来
　　　　堆放在台面上,妈妈和奥斯汀看着他。)

妈　妈　你在沙漠里没有餐具吗?

　李　没有,我都用完了。

奥斯汀　(对李)你在做什么?

妈　妈　其中有些很古老的,是骨瓷。

　李　我受够了用手吃东西,你知道的,这不文明。

奥斯汀　(对李)你在做什么? 我们不是说好了!

妈　妈　你能拿那些塑料盘子吗? 我有很多塑料盘子。

　李　(他把盘子堆起来)那可不一样。塑料的跟这些一点也

不一样。我需要的是一些货真价实的东西，让我保持和现实的联结。在那儿很容易脱离现实。别担心，我会完璧归赵的。

（奥斯汀冲到李跟前，抓住他的肩膀。）

奥斯汀 你不能就这么半途而废，李！

（李转过身，推着奥斯汀的胸膛，让他撞到了隔间的墙上，妈妈麻木地看着，李转身继续收拾盘子和银器等。）

妈　妈 你们不要在这里打架。要打就出去打。

李 我不是在打架。我要走了。

妈　妈 这地方已经被你们破坏得太厉害了。

李 （他背对着奥斯汀和妈妈，将盘子堆放在台面上）我已经和这里没有任何关系了。这个镇上的一切都令人发疯。看这地方对奥斯汀做了什么。我不想让这种事发生在我身上。出卖自己。不，我宁愿跑到千里之外的地方，也不要这种事发生在我身上。

（就在这时，奥斯汀从地上拿起了被扯坏的电话，把电话线两端紧紧缠在手上，然后突然朝背对着他的李扑了过去，用电话线勒住了李的脖子，踩着李的背往后拉紧了电话线，李拼命地挣扎着，说不出话来，手也够不着奥斯汀，奥斯汀继续用脚使劲踩着李的背，把李的身体压到水槽里，而妈妈就在一边看着。）

奥斯汀 （绷紧电话线）你哪儿都去不了！你什么都不能带走！

　　　　　　　　　　　　　　　　　　山姆·谢泼德剧作集

不能带走我的车！不能带走这些盘子！你什么也不能带走！你就给我待在这儿！

妈　妈　不准在房子里打架。外面那么大的空间够你们打的，你们要打就去外面打。

（李试图挣脱出来，他就像一头愤怒的公牛拖着奥斯汀在舞台上冲撞，他喷出鼻息，愤怒地吼了一声，但是奥斯汀坚持不松手，还成功避开了李想抓他的手，他们撞到桌子上、地上，李脸朝下挣扎着喘气，快要窒息。奥斯汀把电话线拉得更紧了，一只脚踩在李的背上，继续拉紧电话线。）

奥斯汀　（拉住电话线）把钥匙还给我，李！把钥匙拿出来！把它还给我！

（李拼命地翻他的口袋，寻找钥匙，妈妈走近他们。）

妈　妈　（平静地对奥斯汀说）你是要杀死他吗？

奥斯汀　我不知道。我不知道我是不是要杀了他。我只是在阻止他。是的。我只是在阻止他。

（李挣扎着，但奥斯汀丝毫没有手软。）

妈　妈　你应该让他呼吸一下。

奥斯汀　把钥匙拿出来，李！

（李终于把钥匙拿出来扔在了地板上，但是在奥斯汀够不着的地方，奥斯汀继续拉着电话线，拉着李的脖子往后拽，李一只手能够碰到电话线，但不能让自己挣

真正的西部　　　　　　　　　　　　　　　　　　　　305

脱出来。)

奥斯汀　把钥匙扔给我，妈妈。

妈　妈　（不动）你为什么要这样对他?

奥斯汀　把钥匙扔给我!

妈　妈　除非你不再勒他。

奥斯汀　我必须勒他! 如果我不勒他，他就会杀了我!

妈　妈　他不会杀你的，他是你哥哥。

奥斯汀　你把钥匙扔给我就行了!

　　　　　　（停顿。妈妈从地板上捡起钥匙，递给奥斯汀。)

奥斯汀　（对妈妈）谢谢。

妈　妈　你现在能放他走吗?

奥斯汀　我不知道。如果我松开，他不会让我活着离开这儿的。

妈　妈　你不能杀了他。

奥斯汀　我能杀了他! 我可以轻而易举地杀了他。现在，就在
　　　　　　这儿，再勒紧一点就可以了，你看到了吗? （他拉紧了
　　　　　　电话线，李疯狂地挣扎，奥斯汀松了一点，但仍旧拉
　　　　　　着线）你看到了吗?

妈　妈　这太残忍了。

奥斯汀　你不要跟我说我杀不了他，因为我能杀了他。我只需
　　　　　　要继续绞动电话线。（奥斯汀把电话线拧得更紧，李更
　　　　　　虚弱了，呼吸变得非常短促。)

妈　妈　奥斯汀!

（奥斯汀松了一下，李的呼吸稍微轻松了些，但奥斯汀仍控制着他。）

奥斯汀　（看着李，握住电话线）我要去沙漠了。没有什么能阻止我。我要自己去沙漠。

（妈妈朝她的行李走去。）

妈　妈　我要去汽车旅馆住。我再也受不了了。

奥斯汀　先别走!

（妈妈停下。）

妈　妈　我不能待在这儿。在这里比无家可归还要惨。

奥斯汀　妈妈，我会把家里搞好的。我保证。就再待一会儿。

妈　妈　（拿起行李）你要去沙漠。

奥斯汀　等等!

（李挣扎了一下，奥斯汀制服了他，妈妈手里拎着行李，望着这一切，停顿。）

妈　妈　在那儿我感觉糟糕透了。在阿拉斯加。望着窗外。我之前从没这样绝望过。所以，当我看到关于毕加索的那篇文章，我以为——

奥斯汀　待在这里，妈。这就是你家。

（她环视了一下舞台。）

妈　妈　我一点都认不出这儿了。

（她带着行李离开了，奥斯汀朝她走了两步，李开始挣扎，奥斯汀又拉紧电话线制服了他，停顿。）

奥斯汀 （拉住电话线）李？我跟你做笔交易。你让我离开这儿，让我走到车那儿，好吗？你就让我先走一步，我会放开你的。你就让我先走一会儿，行吗？

（李没有回应，奥斯汀缓缓松了一点电话线，李还是什么都没说。）

奥斯汀 李？

（李一动不动。奥斯汀缓慢地站了起来，但还是微微用力拉着电话线，眼睛盯着李，观察他是否有任何活动的迹象，奥斯汀缓慢地放下电话线，站了起来，他低头望了望李，发现李似乎已经死了。）

奥斯汀 （小声说）李？

（停顿。奥斯汀思考着，看着门口，又看向李，然后做了一个轻微的要离开的动作。突然，李站了起来，走向门口，拦住了奥斯汀的出路。他们两个人摆好了对峙的姿势，中间隔着一段距离。停顿。远处传来一只郊狼的声音，灯光渐渐暗了，化为月光，兄弟俩的身影现在似乎被困在一片浩瀚的沙漠中，他们都保持不动，但都在关注着对方的下一个动作，灯光逐渐变暗，兄弟俩搏斗的身影逐渐消失在黑暗中，郊狼的叫声也逐渐退去。）

第二幕结束

　　　　　　　　　　　　　　　　　山姆·谢泼德剧作集